百人一首の研究

徳原茂実 著

和泉書院

はしがき

本書には、筆者がこれまでに発表した論考の中から『百人一首』にかかわりのあるものを選び、改訂を加えた上で三部に分けて収めた。

第一部「百人一首の成立と構成についての論」においては、議論が出尽くしたかの観のある成立論に、新たな観点を提示することをめざした。また『百人一首』の構成に撰者藤原定家の編纂意図を探った。第二部「百人一首の和歌にかかわる論」では、所収歌十余首について、解釈、詠作事情、享受史、歌語歌枕などにかかわる諸問題を論じた。第三部「百人一首の周辺」には、所収歌そのものを対象としない『百人一首』関連論文を収めた。

本書では中近世期の『百人一首』注釈書に言及し、あるいはそれらの本文を引用することが多いのであるが、全て和泉書院刊『百人一首注釈書叢刊』所収の本文に拠ることとし、一々出典を注記することはしない。なお、同『叢刊』に収められていない注釈書については、次の通りである。

『宗祇抄』は、吉田幸一編『影印本百人一首抄』（笠間書院　昭和四十四年）に拠った。同書は明応二年奥書本を底本とする古活字十二行本の影印本である。島津忠夫・上條彰次編『百人一首古注抄』（和泉書院　昭和五十七年）所収『宗祇抄』（文明十年奥書本）、あるいは『応永抄』によって校訂を加えた。

『応永抄』は久曽神昇・樋口芳麻呂編『御所本百人一首抄　宮内庁書陵部蔵』（笠間書院　昭和六十年）の影印によった。

近世期の『百人一首拾穂抄補注』『百人一首新抄』『百人一首嵯峨の山ぶみ』『小倉百首摘要抄』『百人一首一夕話』は、全て武庫川女子大学附属図書館所蔵版本（野中春水先生旧蔵本）を参照した。

私は神戸大学入学当初から、野中春水先生の研究室に出入りさせていただいたが、二年後、先生は退官され、武庫川女子大学に移られた。武庫川女子大学附属図書館に、ご所蔵の百人一首コレクションを寄贈なさったのはそのご縁である。私は武庫川女子大学に奉職して野中コレクションのすばらしさを目のあたりにし、目録作成を思い立った。それが『武庫川女子大学図書館蔵百人一首文献目録』として完成したのは、年号が平成へと変わるころであった。そのささやかな小冊子が、私の初めての編著書である。野中コレクションの生の資料にじっくり向かい合ったことは、私の研究生活の礎となっていると思う。野中先生のご学恩に心から感謝申し上げる。

著　者

目次

第二部 百人一首の和歌にかかわる論

第三部　百人一首の周辺

第一部　百人一首の成立と構成についての論

第一章　百人一首成立論の変遷

一

本章では、『百人一首』がいかなる意図のもとに、いかなるいきさつをへて作られたのかについての中世以来の伝承や諸説をたどり、『百人一首』享受史の一側面を描き出してみようと思う。

藤原定家没後、『百人一首』について書かれた最も古い記述とおぼしいのは、頓阿の『井蛙抄』跋文の中の一節で、同書は久曽神昇氏によれば貞治三年（一三六四）以前の成立とのことである。[1] 次にその一節を『日本歌学大系第五巻』から引用しよう。用字を一部あらためた。

としごろ先達にもたづね申、ふるき物をも見侍れば、まづ高くうるはしき姿をもて第一とすべきにや。（中略）後堀河院へ書進ぜられたる秀歌大体、梶井宮へ進ぜられたる詠歌大概、おのおの数十首、古歌をのせられたる、ただしくうるはしき一体なり。又嵯峨の山荘の障子に、上古以来の歌仙百人のにせ絵を書きて、各一首の歌を書きそへられたる、更にこのうるはしき体のほかに別の体なし。

頓阿はこの文章の中で、『百人一首』（ただし頓阿はこの呼称を用いていない）の性格と成立に言及しているのであるが、「色紙」についての記述がないことに注意しておきたい。先入観ぬきにこの文章を読めば、障子（現代のふすまに相当する）に直接似せ絵を描き、その脇に歌を書き添えたと解せよう。なお、「嵯峨の山荘」は「小倉山荘」と同じ定家所有の山荘というのが中世の人々の認識であって、「嵯峨中院山荘」が宇都宮蓮生所有の山荘であったとの認識は、彼らにはなかったようだ。

『井蛙抄』の成立から約五十年を経た応永十三年（一四〇六）に、宮内庁書陵部蔵御所本『百人一首抄』（『応永抄』あるいは『満基抄』と通称されている）が成立したとされる（ただし、その書写年代については疑義が唱えられている）。その序文を次に引用しよう。(2)便宜的に三段落に分けた。

小椋山庄色紙和歌

右百首は京極黄門小倉山庄色紙和歌也。それを世に百人一首と号する也。これをえらびかきおかるる事は、新古今集の撰、定家卿の心にかなはず。そのゆへは、歌道はいにしへより世をおさめ民をみちびく教誡のはしたり。然ば実を根本にして花を枝葉にすべき事なるを、此集ひとえに花をもととして実をわすれたる集たるにより、本意とおぼさぬなるべし。されば黄門の心あらはれがたき事を口惜おもひ給ふゆへに、古今百人の歌をえらびて我山庄にかきおき給ふ物也。此撰の大意は、実を宗として花をすこしかねたるなり。その後、後堀河院御時、勅を承て新勅撰を撰る。彼集の心、此百首と相おなじかるべし。十分のうち実六七分、花三四分たるべきにや。古今集は花実相対の集也とぞ。後撰は実過分にすとかや。拾遺は花実相かねたるよしをぞ師説申されし。能々その一集一集の建立を見て時代の風を学べき事也。新古今集をば於隠岐国上皇あらためなをさせ給ひし事は、御心にも御後悔の侍るなるべし。されば黄門の心はあきらかなる物也。

抑此百首の人数のうち、世にいかめしく思ふものぞかれ、又させる作者とも見えぬもいり侍る、ふしんの事にや。ただし定家卿の心、世の人思ふにかはれるなるべし。古今の歌よみかずを知らず侍れば、世にきこえたる人、もるべき事うたがひなし。それは世の人の心にゆづりてさしをかれ侍れば、しゐておとすにはあらざるべし。さて世にそれとも思はぬを入らるるも、その人の名誉あらはるる間、尤ありがたき事とぞ申べからむ。

此百首黄門の在世には人あまねくしらざりける。それは世の人の恨をも憚るゆへ也。又主の心に随分とおもふ歌ならぬも入べければ、かたく密せらるるにや。為家卿の世に人あまねくしる事にはなれるとぞ。当時も彼色紙のうち少々世にのこりて侍めり。此歌は家に口伝する事にて、談義する事は侍らざりけれど、大かたのおもむきばかりは談事になれり。しゐては伝受あるべき事也。此うちあるは譜代、あるは歌のめでたき、あるは徳有人の歌入らるる也。此百首は二条の家の骨目也。以此歌俊成定家の心をもさぐりしるべきとぞ説侍し。

全文を引用したが、すぐれて格調の高い文章であるといえよう。また、その実否は別として、『百人一首』の性格、成立、伝来について、非常にゆきとどいた説明がなされている。奥書記載の「応永十三年」という書写年次を疑問視するむきもあるが、仮に奥書に従うならば、この『百人一首抄』は現存最古の『百人一首』注釈書である。右文内容は文明十年（一四七八）奥書本をはじめとする『百人一首抄』（いわゆる『宗祇抄』）諸本と共通している。右文中「此百首は二条の家の骨目也」とあるように、『百人一首』は二条家において重んじられ、この序文は『百人一首』に関する二条家のいわば公式見解として、念入りに執筆されたものとおぼしい。

ちなみに、応永十三年奥書本『百人一首抄』は、昭和二年（一九二七）刊行の福井久蔵著『大日本歌書綜覧』中巻に、簡にして要をえた解説を付して紹介されているのであるが、(3)特に注目されることはなかったようで、この『百人一首抄』が『百人一首』研究の重要資料として取り上げられることは、昭和二十六年（一九五一）の有吉保氏による紹介に始まる。

この序文によれば、『百人一首』は定家が小倉山荘の障子の色紙和歌として書き残したもので、その色紙は現在でも少々残存しているようだという。これは、いわゆる「小倉色紙」についての言及であるが、確かな記録としては、三条西実隆の日記『実隆公記』の延徳二年（一四九〇）三月二十七日の条に、宗祇が「定家卿筆色紙形」を一枚持参して実隆に贈ったとあり、同年十一月二十九日の条に、宗祇が陽成院の「つくばねの……」の歌が書かれた定家真筆と称する色紙を持参し、鑑定を乞うたとあるのが、「小倉色紙」に関する最も古い記録とされている。(4) 十四世紀中葉の『井蛙抄』には「色紙」のことは見えなかったのであるが、その後「小倉色紙」が人の注意をひくようになり、『百人一首抄』の記述の中に組み込まれることとなったのであろう。

「色紙」の登場とはうらはらに、『百人一首抄』の序文には似せ絵についての記述が見られない。同書の成立にかかわった人たちが、『百人一首』は似せ絵をともなっていたという興味深い伝承を取り上げなかったのは、この書における政教主義的な『百人一首』観に、似せ絵が寄与しえないということが大きな理由かもしれないが、ともあれ、二条家の公式見解に似せ絵の伝承が取り入れられなかったという事実は、伝承そのものの衰退をもたらしたようである。『榻鴫暁筆』や『雲玉和歌集』、あるいはいくつかの『百人一首』古注に似せ絵伝承が見出されるもの、(5) いつしか忘れ去られてしまったらしい。これが世に「小倉山荘色紙絵」が伝存しない一因でもあろうか。

『百人一首』撰定は『新古今集』への不満に端を発するという説については、慶長元年（一五九六）成立の細川幽斎の『百人一首抄』（いわゆる『幽斎抄』）序文に、次のような、より詳しい記述が見られる。

これを撰をかるる事は、新古今を五人に仰て撰れし也。然に定家卿は奏覧以前、父の喪に籠り居給へり。さるによりて各の撰歌の体、彼卿の心に叶はず。その趣は明月記に粗みえたり。

しかし、定家が父俊成の喪に服していたために『新古今集』の撰歌にたずさわれなかったというのが事実でないことは、まさに『明月記』によって明らかなのである。ただ、この記述のよってきたるところについて考えようとする時、『幽斎抄』が天智天皇の「秋の田の……」の歌注において「奥義」として紹介している一説が目にとまる。それはこの歌を「王道の御述懐の御歌」とする『宗祇抄』の説に対する疑問を書きつけたあとに紹介されている説で、天智天皇の歌を「諒闇の御歌」「秋の田の庵のごとくやつれ給かなしみあるにより、田家をおぼしめしやりてよみ給へる御製也」とする説である。さらに『幽斎抄』はこれを「孝道の道を上下万民本とする故に此歌を定家卿百人一首の巻頭にをかれしと也」と意味づけている。同書序文の定家服喪説と、これは儒教的徳目「孝」の宣揚において共通している。二条家の政教主義的『百人一首』観が、『幽斎抄』の成立に至るまでにますますの進化をとげていたらしいことが右の一事にうかがえると思うが、同様の小さな例をもうひとつあげておこう。

『応永抄』や『宗祇抄』の序文に、百人の人選について述べた中に、「世にそれとも思はぬを入らるるも、その人の名誉あらはるる間、尤ありがたき事とぞ申べからむ」とあるが、これに相当する記述を『幽斎抄』序文の中で見ると、「世にありとも思はぬ人を入らるるは、其作者の名誉あらはるる間、尤仁の道として有がたき心と申べし」とあり、「仁の道として」という一節が付加されていることが見て取れる。これなども、儒教的価値観による注釈の成長の一例といえるのではないだろうか。

二

近世に入り、幽斎をはじめ、松永貞徳、北村季吟らの力によって、伝統的な古典学が堂上から地下に広まる一方で、過去の学問の殻を打ち破ろうとする気運が生じた。契沖は新しい学問の先駆者であるが、その著『百人一首改観抄』には、『百人一首』の成立の経緯について、次のように説かれている。

定家卿老後に小倉山荘に隠居して、百人の歌を一首づつ色紙形にかきて障子におされけるを、百人一首とも、小倉山荘色紙和歌ともいへり。入べきがいらぬもあり、入たるも作者のむねと思はぬも有べければ、人の見ぬ所におされけるを、後に子息為家卿書あつめて、作者の名をつけて世にひろめらるといへり。（中略）家隆卿の歌は、寛喜元年によまれたるをここに取られたれば、新勅撰集より後などに此百首をば撰ばれけるにや。又詠歌大概などに取られぬ歌どもも入たれば、かならず作者おのおのの秀歌の中の秀歌とて撰ばれたるにも有べからず。おほくはまめやかなる歌のよきをえらばれたりと見えたり。

契沖は『百人一首』の成立に関しては旧注を継承していると評されることが多いが、それが正しくないことは、「定家卿老後に」という冒頭の一節にすでに明らかである。契沖はここで、定家が『新古今集』の歌風にあきたらず『百人一首』を撰んだという伝統的な説を実証的に退けているのである。その根拠は、家隆の歌に関する記述の中に示されている。『百人一首』に採られた家隆の歌「風そよぐならの小川の夕暮はみそぎぞ夏のしるしなりける」は、寛喜元年（一二二九）十一月の女御入内屏風の歌であるから、『百人一首』の成立は当然そのあとであり、元久二年（一二〇五）に一応の成立をみた『新古今集』への不満が『百人一首』を撰ばしめたのだとしたら、寛喜元年以後では遅きにすぎる。おそらくこのように判断して、契沖は従来の『新古今集』不本意説を採用せず、「老後に」「新勅撰集より後などに」とのべているものと思われる。

契沖はさらに考えを進めて、『改観抄』の順徳院御製の注の中で、「右両院の御歌、此色紙形にもかかれたれば新勅撰集にも入らるべきを、彼は関東をはばかられけるにや、後鳥羽院、土御門院、順徳院此御歌どもはすべて一首も入られず。さればそれをくちをしき事に思ひて、せめても此百首に載られ、為家卿も父の心ざしをつぎて此両首を続後撰にはえらび取られけるにや」とのべているのであるが、この、いわば『新勅撰集』不本意説は、現代でも広く支持されている。

契沖の実証精神は、先の引用文において省略した部分にもうかがうことができる。契沖は『続後拾遺集』の「なにはなるみをつくしてもかひぞなき短き芦のひとよばかりは」（定家）と、『新後拾遺集』の「思ひ入る山にてもまた鳴く鹿の猶うき時や秋の夕ぐれ」（雅経）とを取り上げ、前者が『百人一首』の皇嘉門院別当の歌と、後者が俊成の歌と類似していることから、両勅撰集が成立したころには『百人一首』は未だ広く流布していなかったのではないかと推測しているのである。これは為家の時代に『百人一首』が広く知られるようになったという旧注の説に疑問を呈したものである。ただし、この二首を根拠とする論証は十分なものとは言えないように思われる。

以上のように、契沖は『百人一首』の成立や伝来に関しても、旧来の説を実証的な手続きによって吟味し、批判することを怠っていないのであるが、このように、伝統的な学問内容に対する批判精神が醸成されつつあった折も折、『百人一首』の権威の全面否定ともいうべき説が提出された。元禄十五年（一七〇二）、安藤為章がその著『年山紀聞』に定家の日記『明月記』を引用し、それに独自の解釈をつけ加えたのがそれである。為章は同書巻三冒頭の「百人一首」と題する文章を、次のように書き始める。(6)

此和歌の事を、先達の説に、新古今は花を先として実をかたはらにせられけるを、定家卿の心にかなはざるゆゑに、むかし今の歌の中に、実ある歌を百首すぐりて色紙形にみづから書て、ひそかに小倉山荘の障子に押されたるを、定家卿かくれ給て後、為家卿とりあつめて作者の名をしるし給ひしより、二条家の骨髄となれりといへり。しかるに明月記（定家卿日記）をよみて、いささか不審おこれり。先記を抜書して、今按をしるし申べし。（括弧内は割注）

この中に「先達の説」として引かれているのが、『宗祇抄』以来の旧注の説であることは明らかだ。為章は伝統的なこの説を、第一級史料である『明月記』にもとづいて批判しようとするのであって、その戦略は時代精神の健全な一面のあらわれといえよう。

為章は右の文章につづけて、『明月記』の文暦二年（嘉禎元年・一二三五）の四月十二日、十三日、十九日、五月一日、五日、二十七日の記事を取り上げつつコメントを付け加える。このうち五月二十七日の記事は、以下たびたび言及することになるので、その原文（国書刊行会本による）と訓読文を次に掲げておく。

予本自不知書文字事、嵯峨中院障子色紙形、故予可書由彼入道懇切、雖極見苦事愁染筆送之、古来人歌各一首、自天智天皇以来及家隆雅経。

（余もとより文字を書く事を知らず。嵯峨中院障子の色紙形、ことさらに予書くべき由、彼の入道懇切なり。極めて見苦しき事といへども、なまじひに筆を染めてこれを送る。古来の人の歌各一首、天智天皇より以来、家隆雅経に及ぶ。）

為章はこの記述に続くコメントの中で、次のように述べている。

さてもこの色紙形は、彼入道の懇望によりて、定家卿、京にて筆を染たまふなり。（みづから小倉山荘にて書きたまふよしにいふは如何）歌を撰びたるも、彼入道にや。雖極見苦事懃染筆送之。古来人歌各々一首とある書やうは、ただ染筆のみにて、定家卿の撰ともみえざる歟。蓮生法師も歌よみて集にも入たる人なれば、是ばかりの物撰ばむことかたかるまじ。さて又今の世の百人一首は、後鳥羽、順徳を巻尾に載せたるは、誰にても後に次第をあらためられたるにや。但し当時の臣下なる故に、及家隆雅経卿とかかれたる歟。右の明月記の文を以て見れば、此百首の事、先達の説うたがはしくおぼえ侍り。かの契沖師は、さしもこまやかなる考にてありしかども、此明月記の文を見ざりし故に、改観抄（百人一首註）のおもむき、先達の説によれり。しかれども（『改観抄』序よりの引用文省略）と書たるは、この百首精撰とおもはざりし書ざま、契沖が眼はいと高くぞ侍りし。在世に此明月記の趣を見せ侍らぬぞ念なき事に侍る。所詮は蓮生入道が撰にてもあれ、定家卿も同意におもはれたればこそ染筆はしたまひけれ。契沖がいはゆるまめやかなる歌のよきをあつめたる物よとみて、もてあそぶべくこそ。

右文中「京にて筆を染たまふなり」とあるのは、定家が色紙を小倉山荘にて染筆した（すなわち、『百人一首』は小倉山荘で撰ばれた）との俗説（当時の通説）の否定である。為章が『明月記』の四月十二日以下の記事を摘記して定家の動静を明らかにしようとしたのはそのためで、確かに定家は、四月十二日に京を出て嵯峨山荘に到り、しばらく滞在の後、五月五日に帰京しており、五月二十七日には京にいる。

さて、つづく「歌を撰びたるも、彼入道にや」以下の、諸書にしばしば引用される記述については、すでに多くの先学によって指摘されているように、歌壇の大御所である定家に撰歌をまかせず、悪筆をもって自認する定家に染筆のみを依頼するというのはおよそありうることではないし、『百人一首』を「是ばかりの物」（この程度のもの）と言いすてているのは、『百人一首』の作品価値を、あまりにも軽んじた言辞である。しかし為章の戦略は、「先達の説」を第一級史料によって批判し、伝統的な歌学の権威を否定するところにあるのだから、『百人一首』は定家の撰にあらずという、あらかじめ用意された結論にあわせて史料が解読されることになるのは、いわば必然であったといえよう。

為章の戦略は、その契沖批判の中にもあらわれている。先に見た通り、契沖は『百人一首』の成立と伝来についての旧説を実証的に批判し、『新勅撰集』不本意説を打ち出しているのであるが、為章はこれを無視し、「改観抄のおもむき、先達の説によれり」と、見当はずれの評価を下しているのである。ところが為章は『改観抄』の「かならず作者おのおのの秀歌の中の秀歌とて撰ばれたるにも有べからず。おほくはまめやかなる歌のよきをえらばれたりとみえたり」という、さして目新しいとも思えぬ言辞に強く反応し、「契沖が眼はいと高くぞ侍りし」と評価している。このような評価の逆転が生じたのは、定家によって撰ばれた秀歌撰という『百人一首』の常識を打ちやぶることに心を用いる為章の戦略が悪しき先入観を生み出し、文献を読む眼を曇らせているからとしか言いようがないであろう。

以上のべたように、安藤為章は『年山紀聞』の中で『明月記』文暦二年五月二十七日の記事に独自の解釈を付け加えて紹介したのであったが、以来この記事は為章の解釈を背負ったままで一人歩きを始めることとなる。いわば為章は、旧来の『百人一首』伝説を否定し、蓮生撰歌説という新たな『百人一首』伝説を創始した恰好になってしまった。ただし、賀茂真淵が『宇比麻奈備』（一七八一年刊）序の中で、例の『明月記』記事を引用したあと、次のようにのべているのは『年山紀聞』とは一線を画するものである。

此言ただ水ぐきの事ありて、且夜に入て示送と有ば、其日などに書て急ぎて贈られしものぞ。然れば歌も深く撰まれしならねば、げにいかにぞやおぼゆるも入たり。

このように、真淵は蓮生撰歌説を採用していない。小高敏郎氏が「百人一首の成立と研究史[7]」の中で、真淵は「春満に明月記の記事を教わり、後に為章の説を耳にした程度と考えるのが自然である」とのべているのは妥当な見解であろう。

なお、真淵が自説の根拠とした「夜に入て示送」という記述は、『明月記』の例の記事の末尾「……及家隆雅経」に続いて「入夜金吾示送」とあるのをさすものだが、これは「入夜金吾示送、今度除目不可有指事由殿下被仰云々……」と続き、金吾（為家）が「今度」以下に記されている情報を定家のもとにもたらした、の意である。これについては早く石田吉貞氏の『藤原定家の研究[8]』に指摘があるが、上條彰次氏は「『百人一首』追考[9]」の中で、次のように明瞭に整理された。

『明月記』中「金吾示送」（文暦元・七小・六、八・三、九小・九など）とある場合は、為家が何らかの要件を記した書状などを定家に送る意と解せられる。しかもこの場合は、そのコメントの内容が以下に記され、「……云々」のように結ばれる文体となっている。このスタイルを取っていない場合も、文暦二年正月六日の記事などに見えるが、少ない。それに対し、定家が為家に書状などを送る場合には、「示送金吾」（文暦元・七小・五）などの如く記されているようである。上掲文暦二年五月二十七日条の記事も、この原則に従って理解できる。

以上、従うべき見解であり、真淵が「入夜金吾示送」を、為家に色紙を届けさせたの意に解しているのは誤りなのであるが、『年山紀聞』に影響されることなく独自の見解を打ち出した真淵の存在は、蓮生撰歌説信奉者たちの中にあって貴重である。

これにひきくらべ、香川景樹は『百首異見』（一八二三年刊）の〈総論〉において、冒頭からいきなり『年山紀聞』を長々と引用し、続けて次のように述べている。

此年山紀聞は、水戸家に仕へし安藤為章の随筆也。此考決めて確論とぞおぼえ侍る。彼入道より、撰次の事をも托せるならんには、まづ、其事をこそ記さるべきに、さはさて置て、ひたすら染筆の事をのみのべ給ふべきにはあらじ。古来の歌各一首を選出の事は、もとより筆をそむるの類ひならねば、専ら記しおき給ふべき事ならずや。次の文に「入夜金吾示送」と書給へるを見れば、只此日ひねもすに、彼色紙形書をへ給ひしのみならん。さてまづ、其夜とりあへず息金吾為家卿の方までつかはして、嵯峨なる入道のもとへは達せられたる也。（中略）もとより彼入道は、此道の達者にて、秀歌尤世に多し。其詠歌を見あつむるに、万葉をさへくはしくせし人也。されば人の撰をたのむべきにあらず。さこそ己が心たらひにせられけめ。

『年山紀聞』の説に全面的に賛同し、真淵説をも補強材料として取り入れている。しかし、仮に「入夜金吾示送」を、夜になってから色紙を為家のもとに送った、の意にしいて解するとしても、それを根拠に定家が撰歌をしなかったと考えるのは飛躍が過ぎよう。為章説や真淵説（の一部）に、景樹があまりにも無批判に従っているのには首をかしげざるをえない。しかし、この景樹の〈総論〉こそは、『明月記』文暦二年五月二十七日条という新史料をめぐっての、近世における解釈の総決算であったといえよう。

尾崎雅嘉は『百人一首一夕話』（一八三三年刊）の「権中納言定家」の条において、定家が『新古今集』への不満ゆえに『百人一首』を撰んだという旧説を批判した上で、次のように述べている。

また百人一首を文暦の頃書かれしといふ証は、明月記文暦二年の条に曰く五月乙未朝空晴るる、予文字を書く事を知らず（中略）夜に入って金吾に示し送るとあり。定家卿みづから記せられたる明月記の文かくの如くなれば、これは歌を撰ばれたるにはあらず。（中略）この入道より定家卿へ色紙の染筆を頼まれし故、急ぎ書きて夜に入りて、子息の為家卿に持たせて贈られたるものなるべし。今の世に残れる小倉色紙の形に大小あり。
或ひは反古の裏などに書かれたるなどもあるは、かの時の下書にてやありけん。

蓮生撰歌説を採り、『明月記』の「入夜金吾示送」の一節を論拠の一つとしているのは、景樹の『百首異見』と全く同じ論の運び方であって、何らの創見もつけ加えられてはいない。ただしこの著作は広範な読者を獲得したから、蓮生撰歌説の普及には大きく貢献したということはできよう。

以上見てきたように、いわゆる蓮生撰歌説は、『明月記』文暦二年五月二十七日の記事についての、安藤為章の恣意的な解釈と、賀茂真淵の強引な解釈とを、香川景樹が巧妙に結び付けてストーリーを完成させ、尾崎雅嘉が広く流布させたものと見ることができよう。こうして広く支持されるに至った蓮生撰歌説は、実に昭和十年（一九三五）まで命脈を保ち、その間の『百人一首』研究に制約を加え続けたのである。すなわち、『百首異見』や『百人一首一夕話』に見てとれるように、和歌の解釈はますます精緻に、歌人たちの経歴やエピソードはますます詳細に、研究や紹介がなされる一方、『百人一首』そのものをひとつの文学作品として鑑賞し、あるいは究明しようとする立場からの発言は、微々たるものでしかなかったようだ。それもそのはずで、定家ならぬ宇都宮蓮生の撰と考えられていた『百人一首』を、一個のすぐれた文学作品として尊重する気になれないのは無理のない話であったろう。こうして『百人一首』は国文学入門の書として、はては幼童のもてあそび物として、古典文学作品の中では一段低い評価に甘んじることとなった。かつての歌道の聖典としては、その凋落ぶりははなはだしい限りである。

三

近代に至って『百人一首』研究が蓮生撰歌説の呪縛を脱して新たな局面をむかえるのは、昭和十年（一九三五）

に発表された久曽神昇氏の論文によってであるが、それについて述べる前に、昭和三年（一九二八）に発表された吉澤義則氏の「百人一首の撰者など」[10]を取り上げておきたい。それは、この論文がある限られた期間、一定の賛同者を得たから、というだけではなく、吉澤氏の問題提起はいまだに効力を失ってはいないと思うからである。吉澤氏はまず安藤為章の説を紹介した上で、次のようにのべている。

「古来人歌各一首自天智天皇以来及家隆雅経卿」とあるところは、如何にも百人一首のことを云つてゐるやうであるが、右明月記の文章は、その撰者を中院入道に極めてしまはなければならぬほど、窮屈なものでは無いやうに思ふ。定家が選び出したものを書いて送つたと解せられないものでもあるまい。なほ文面に百人といふ数字は見えてゐないのだから、それが果して百人一首であつたかどうかも疑はれないでもない。障子の色紙形に書いたものとしては、数が多すぎるやうにも思はれる。かうして疑ひ始めると、どこまでも疑の手は伸びてゆく。ともかくも年山の説は決定的なものではないやうである。

この論文は、安藤為章（年山）の蓮生撰歌説がいまだに有力視されていた時代に書かれたものであるから、為章説批判が遠慮がちであるのはやむをえないことながら、「定家が選び出したものを書いて送つたと解せられないものでもあるまい」とは、まことにもっともな意見である。さらに吉澤氏は根本的な疑問にまでつき進む。すなわち「（明月記の）文面に百人といふ数字は見えてゐないのだから、それが果して百人一首であつたかどうかも疑はれないでもない」と、これまたひかえめな語調ながら、為章以来、『明月記』の記事に関してだれも考え及ばなかった意見を、さりげなく提出しているのである。

この、『明月記』記事と『百人一首』とを別物かとする仮説を土台として、『百人一首』研究史上よく知られた宗祇仮託説が導き出されることになる。論文の末尾近くから引用しよう。

今日の百人一首は定家の撰でもなければまた頼綱（宇都宮蓮生の俗名―筆者注）の撰でもないかも知れぬ。出現の時が時であり、その出現の後れた理由も、宗祇が云ふが如くんば（『宗祇抄』の記述をさす―筆者注）、甚だ意を得ぬものであるし、それやこれやから考へると、後人が明月記の文などから思ひついた仮託の作ではないかと疑ひたくなる。更に一歩を踏み出すことが許されるならば、その人は宗祇ではなかつたらうかと推想したくなる。

『百人一首』と密接なかかわりのある『百人秀歌』の南北朝期写本が冷泉家時雨亭文庫に所蔵されていることが判明したからには、この宗祇仮託説は否定されなければならない[11]。『明月記』文暦二年五月二十七日条の記事と『百人一首』が全く無関係とも考えがたい。しかし、宗祇仮託説は否定されても、吉澤氏が提出された『明月記』記事に対する根本的疑問は、いまだに解決されていないようである。吉澤氏が「障子の色紙形に書いたものとしては、数が多すぎるやうにも思はれる」とされる問題に関しては、石田吉貞氏が『藤原定家の研究』[12]の中で、次のように述べている。

そこで小倉山荘の色紙であるが、これも「井蛙抄」によると、歌と絵との両方であつたらしく、恐らく障子一枚に、歌と絵と各二枚ずつほどであつたであらう。仮にさうだとすると、百枚の歌の色紙は五十枚の障子に当り、かなり多過ぎるやうに思はれないでもない。しかし山荘とはいつても、関東第一の富強を以て鳴る宇都宮氏の当主の京都における本居であるから、それほどの数は何でもないと考へられる。（中略）大広間に五十枚の障子を立て、親族の大歌人定家から、古来の百歌人の歌を書いて貰つて（絵は恐らく為家の従兄弟信実あたりに依頼したのであらう）豪華を誇らうとするのが、最初からの設計であり、この月一日に定家を招請したのも、その広間を見て貰つて、この色紙歌を依頼する為でもあつたであらう。

石田氏はこのように述べておられるのであるが、五十枚の障子を立て並べた大広間というものが、建築史上、この当時存在したのかどうかについては、十分な検討が加えられていないようである。増田繁夫氏は「百人一首批判」

と題する論考[13]の中で、

仮にその大広間の三面を襖障子で囲んだとして、当時の柱間一間に立てる襖障子は二枚であるから、十間に奥行き三間という大広間が必要になる。当時こんな大広間は山荘では勿論、都の大邸宅でも考えにくい。

と述べ、吉澤氏の疑問は「すこぶる当然」であるとされる。なお障子の立て並べようによっては、増田氏の想定よりもさらに広い大広間が必要ではないかとも考えられるのであって、このような具体的な検討が、この問題の解決には不可欠ではないかと思うのである。

ところで、吉澤論文は発表当初大きな反響をよび、定家自撰説、蓮生撰歌説と並んで、宗祇仮託説が『百人一首』の成立に関する有力な説として紹介されることが多くなるのであるが、このような状況の中で、昭和十年七月に発表された久曽神昇氏の「二四代集と定家の歌論書」[14]は、まさに画期的な論文であった。この論文の主意は、次に引用する論文末尾の要約文に尽くされている。

殆んど一顧の価値もないものとして、その存在をさへ往々閑却されてゐる二四代集もその成立当初には少くとも定家にとつては甚だ大切な座右書であり、秀歌抄出に際しては屢々参照されたのであり嘗て実朝に送つた近代秀歌も、この二四代集によつて秀歌例の条を改められ、又梶井宮尊快法親王に奉つた秀歌大略もこの集から抄出されたものであつた。かくて二四代集は詠歌大概及び自筆本近代秀歌とによつて定家の著たることが確証され、又逆に詠歌大概も一層確かめられ、殊に近代秀歌の自筆本と流布本との根本的相違も、元来実朝に送つたのが流布本として伝つたのであり、かく考へると両者の異同も最も合理的に解されるのである。

久曽神氏はこの論文の中で『百人一首』にも言及され、『百人一首』に収められている八代集の歌九十四首のうち、九十二首までが『二四代集』に見えることを指摘されたのである。

久曽神氏によるこの指摘にいち早く反応したのは風巻景次郎氏であった。風巻氏は昭和十一年刊の著書『新古今

……」から「山ざくら……」に変わり、歌順にもかなりの変動があって、計百一首から成るものである。この『百人秀歌』と『百人一首』との関連や、『明月記』文暦二年五月二十七日の記事をそれらとどう結びつけるかについて、さまざまな意見が提出されたのである。そのうち、昭和四十八年（一九七三）に至る、久曽神昇氏、樋口芳麻呂氏、石田吉貞氏、吉田幸一氏等の諸論考は、島津忠夫氏訳注『百人一首（改訂版）』（角川文庫）の「解説」に紹介され、それぞれの問題点についても指摘されているので、詳細はそちらに譲ることとする。なお島津氏は、平成十一年（一九九九）刊の『新版百人一首』（角川ソフィア文庫）において、その後の研究の動向についても解説を加え、「現在の時点での私の仮説」として、ご自身の成立論をも提示された。

さてここでは、昭和二十六年（一九五一）以来の研究の集大成であり、それ以後の研究の出発点ともなったと思われる二論考を紹介しておきたい。いずれも昭和五十年（一九七五）に発表された、樋口芳麻呂氏の「『百人一首』への道」[17]と、石田吉貞氏の「『百人一首』撰者考」[18]がそれである。

樋口氏によれば、『百人一首』『百人秀歌』成立のいきさつは次の通りである。箇条書きに要約してみる。

（1）文暦二年三月十二日に『新勅撰集』を撰進したが、前関白九条道家、摂政教実父子の要請によって、後鳥羽院など承久の変関係者の歌を除棄したことを不本意に思っていた。

（2）同年五月一日、定家は蓮生入道の嵯峨中院山荘に招かれた。おそらくこの時、蓮生から色紙形染筆の依頼がなされたであろう。また、同席していた信実には、似せ絵の染筆が依頼されたかもしれない。

（3）定家は公任の『十五番歌合』を想起し、二首ごとの組合わせに配慮しつつ撰歌にとりかかった。八代集から百人の秀歌各一首を選び、巻軸には後鳥羽院の歌をすえて、『新勅撰集』撰者としての本意を示すつもりであった（原『百人秀歌』）。後鳥羽院の歌は『八代集秀逸』に撰入した「桜さく……」「秋の露や……」「袖の露も……」の三首中の一首であったかもしれない。

（4）五月十四日になって、隠岐、佐渡両院の還京案を幕府が拒否した事実を知り、大きく動揺して、すでに撰定を終えていたかもしれない原『百人秀歌』の末尾四首を『新勅撰集』（精撰本）の歌にさしかえた。後鳥羽院の歌は除かれ、実朝の作を加え、巻軸には親幕派西園寺公経（入道前太政大臣）の歌をすえた。こうして『百人秀歌』が完成した。

（5）『百人秀歌』をもとに色紙への揮毫にとりかかったが、書き進むにつれて、自己規制を加えて『百人秀歌』へ屈折してしまったことへの苦痛、屈辱感、幕府への反感が募り、『新勅撰集』撰者としての責任感、使命感も強まって、『百人秀歌』をもととして揮毫することを中止し、『百人秀歌』の歌や配列順序を入れ替えて『百人一首』を撰した。

（6）『百人一首』をもととして色紙に揮毫し、五月二十七日に、書き終えた色紙と、歌の配列順序を示したメモとを蓮生のもとに届けさせた。

（7）定家の死後、為家の手で両院の院号や家隆の位階が書き改められ、現存『百人一首』が完成した。

以上の通り、まことに詳細かつドラマチックな推論であって、政治権力に翻弄される文学者定家の心の揺れが、みごとに描き出されている。戦後の『百人一首』研究が到達した一つの究極的な形と言っても過言ではなかろう。しかし、推測の上に推測が重ねられる危うさを感じざるをえないと同時に、困難な時代を生き抜いた老練な政治家でもあった定家が、一片の関東情報をきっかけに、態度を二転三転させるというのは、リアリティーに欠けるようにも思うのである。

石田吉貞氏は「『百人一首』撰者考」の末尾に、自説を次のように要約された。原文のまま引用する。

（1）定家は中院山荘の色紙を依頼されると、九条家や関東との関係、特に宇都宮家と北条氏との重大な関係を思って、最初から両院を入れない『百人秀歌』の形を考えたと思われる。

(2) かれは和歌の選択と配列に一つの芸術的創造を感じて、苦心撰歌したと考えられる。

(3) 嘉禎元年（文暦二年―筆者注）五月二十七日、『百人秀歌』と、それに合わせた色紙とを中院に送り、その旨を日記に記した。この『百人秀歌』と日記の記述との二つの証拠を否定する証拠は何もない。

(4) しかるに後鳥羽院の崩御によって情勢が変化し、慰霊・謝罪のために院の歌を入れてよい機会がきた。それから定家の死までの二年半のあいだに、定家は両院の歌を入れることができたわけである。もし「人もをし」の色紙が真とすればこの期間ではないかと思う。

(5) しかし定家の老年と、二首とも『続後撰集』の歌であること、為家と両院との関係等から、私は為家の改訂を考えたい。

以上である。樋口氏の説との最大の対立点は、文暦二年五月二十七日に蓮生のもとへ送られた色紙は『百人一首』によるものではなく、『百人秀歌』によるものであったというところにある。両院の歌をもつ『百人一首』によって書かれた色紙を蓮生のもとへ届けるというのがいかに不自然であるかを証し立てるために、石田氏は定家と九条家との深いかかわりや、当時の宇都宮家の立場などについて縷々説かれるのであるが、その文章には筆力鼎を上げるとも形容すべき力強さが感じられる。

ところで、右の両氏や、これらに先立って発表された久曽神昇氏、吉田幸一氏等の諸論考は、『百人秀歌』が『百人一首』に先行すると主張する点において共通しているのであるが、近年、逆に『百人一首』が『百人秀歌』に先行すると説く成立論がいくつか見うけられるのは注目すべき動向である。

片桐洋一氏は「百人一首雑談」(19) において、次のような仮説を提示された。その論旨を箇条書きに略記する。

(1) 定家が蓮生から色紙染筆を依頼されたのは文暦二年五月一日よりかなり以前のことで、勅撰集所載歌（『新勅撰集』草稿本を含む）を対象としたアンソロジーとして、『百人一首』は一応の成立をみていた。

（2）文暦元年十月に九条道家より承久の変関係者の歌を『新勅撰集』から除くように命ぜられ、早速その切出し改編に取り組んだ定家には、色紙を仕上げる余裕はなかったであろう。

（3）文暦二年三月十二日に、『新勅撰集』は後鳥羽院の「人もをし」や順徳院の「ももしきや」を含まぬ形で完成した。

（4）同年五月一日、蓮生から色紙染筆を再び強く依頼された定家は、長らく放り出していた『百人一首』を取り出し、勅撰集歌でなくなった両院の歌を切出し、代りの歌を加えて『百人秀歌』を完成し、これによって色紙を染筆した。

次に、加藤惣一氏が「『百人一首』の成立・性格について」[20]の中で述べられた所説を略記しよう。

（1）『百人一首』は貞永元年（一二三二）に定家が『新勅撰集』撰進の下命を受けたころ、私撰集として作られた。

（2）文暦二年三月十二日の『新勅撰集』成立以後、蓮生から色紙形染筆を依頼された定家は、私蔵する『百人一首』を基にして、当時の情勢や蓮生の立場を考慮しつつ、両院の歌を削除して『百人秀歌』を作り、これによって色紙形に染筆し、五月二十七日に蓮生のもとに送った。

次に、伊井春樹氏の「百人一首の成立」[21]から、要点を略記してみよう。

（1）定家は天福二年（一二三四）六月三日に『新勅撰集』（草稿本）を奏覧したが、それと前後して、全く個人的な楽しみとして『百人一首』を作り、色紙に染筆して楽しんでいた。

（2）『百人一首』の話を耳にした蓮生は、文暦二年五月初めに、自分のためにも色紙を染筆してくれるよう依頼した。

（3）定家はしかたなく『百人一首』を再び色紙に写していったのだが、その際、政治情勢を考慮して両院の歌をはずす等の手直しをした。その時の目録に相当するのが『百人秀歌』である。

以上、三氏の説を取り上げたが、文暦二年五月一日（あるいは四月二十三日）の嵯峨中院山荘訪問を出発点とするのではなく、それよりも早く『百人一首』の撰定は始まっていたと考えるところに、三者の共通点が認められる。すぐれた着想といえよう。ただし、その撰定の動機を加藤、伊井両氏は、定家の私的な営みとされるのであるが、定家の撰んだ秀歌撰の多くは、貴人への献上のため、あるいは自ら活用するために作られているのであり、私的な楽しみのための『百人一首』撰定という考え方には、いささか疑問を感じるのである。

『新勅撰集』から承久の変関係者の歌百余首を削除せざるをえなかったことへの無念を晴らし、『新勅撰集』の本意を明らかにすることが『百人一首』撰定の目的であったという、いわば『新勅撰集』不本意説が、従来多くの論者によって支持されてきたが、右の三氏がこの説を採っておられないのは、『百人一首』研究の新たな動向として評価できよう。『新勅撰集』不本意説は、かつての『新古今集』不本意説や蓮生撰歌説と同様、根拠の薄弱なストーリーであり、徹底的な検証が必要であると思われる。確かに定家は『新勅撰集』からの百余首削除を不本意に思ったことだろう。だからといって、小歌集『百人一首』に両院の歌を各一首撰入してうさをはらすというのでは、児戯に類する所業と言わねばなるまい。定家が歌の削除を無念に思ったのであれば、日の目を見なかった草稿本のおもかげを、後世に伝えようとはしなかったであろうか。

樋口芳麻呂氏は前掲「『百人一首』への道」や影印本『新勅撰和歌集』[22]解説の中で、飛鳥井宋世奥書本『新勅撰和歌集』（宮内庁書陵部蔵）を紹介しておられるのであるが、この本には定家の識語・奥書、勘物、宋世奥書などが記されており、定家の奥書とおぼしきものには次のようにあるという。

此草子、去年内々進入之時、所書留也。切棄歌等摺除訖。其闕文之跡甚見苦。永不可他見。

この「去年内々進入」を樋口氏は、文暦元年（天福二年）十一月十日に道家より受け取った草稿本から百余首を切り出して進上した際のこととしておられるのであるが、むしろ同年六月三日に後堀河院に草稿本を清書して奏覧した際のことと考える方がよいのではないだろうか。草稿本を清書するにあたっては、草稿原本を判読しつつ書写するだけでも骨折りである上に、新たに変更を加えた個所もあったであろうから、そうしてようやく完成した清書本の副本を作り、手元にとどめておいたとしても不思議はない。院崩御の翌日（同年八月七日）、定家は落胆のあまり草稿原本を庭で焼却したが（『明月記』同日条）、これは二年間の苦心のあとがありありと見える草稿原本に決別したまでのことで、清書本の副本が手元にあるからこそできた所業であろう。

その後、百余首を切り出した精撰本を道家に進上するにあたって、手元にあった草稿本の副本からも、除棄歌を削除したのである。草稿本の形のままに所持することは、災いを招きかねないと判断したからでもあろう。しかし、「摺除訖」とはいっても、元の文字が判読できる程度に消しておけば、原形を復元することは容易である。「闕文之跡」が見苦しいから他見を許さぬとは表向きの理由であって、末永く家の秘書として伝えたいという願望が、「永不可他見」の「永」字にこめられているように思うのである。ところが、「甚見苦」を文字通りに解釈した人物が、見苦しくないように「闕文之跡」を消去して書写した本が今に伝わり、原本は失われてしまったため、草稿本の姿を後世に伝えようとした定家の苦心は水泡に帰した。このように推測することもできるのではないだろうか。

四

近年の和歌文学研究の分野において特筆すべき出来事といえば、冷泉家時雨亭文庫所蔵の膨大な古典籍に学術的な調査研究が加えられたことであろう。その過程において、定家の真跡がいくつも確認された一方で、従来定家の真筆とされてきた書跡に対する疑義が生ずるに至ったのは、『百人一首』研究にとっても、ゆるがせにできない重大事であるといえよう。片桐洋一氏は「百人一首雑談　その後」[23]において、次のように述べておられる。

平成の初年から、私は冷泉家時雨亭叢書の編集委員となり、定家の真跡を手に取って念入りに見る機会を与えられた。写真や印刷された口絵で見るのとはまったく違った経験をしたわけであるが、その一方、各地の展覧会で「小倉色紙」が出陳されていると聞くと、駆けつけてじっくり見た。その結果を総合すると、これだけは真筆間違いないと言われていた前掲「ひともおしひともうらめし……」の色紙を含めて、現存の「小倉色紙」のすべては定家の真筆ではなく、後世の偽作であると断定せざるを得なくなったのである。

この「断定」については議論のあるところかもしれないが、冷泉家時雨亭文庫の調査を最初から領導してこられた片桐氏の判断として重視すべきであり、ここに『百人一首』研究も新たな局面を迎えたと言うことができよう。すなわち、『百人一首』の成立についての議論に、小倉色紙は関与しえないのではないか。たとえば小倉色紙「ひともおし……」を定家真筆と判断して、『明月記』文暦二年五月二十七日に染筆された色紙は『百人秀歌』ではなく『百人一首』であったと主張する、といった議論は、今や不可能となったのではないか。

しかし、定家がこの日、色紙に染筆して蓮生入道に送った事実は『明月記』によって明らかである。次章では、この日染筆された色紙をめぐって、私自身の『百人一首』成立論を展開してみたい。

注

（1）『日本歌学大系　第五巻』（昭和32年　風間書房）解題による。
（2）笠間書院刊の影印『御所本百人一首抄』（昭和60年4月）により、適宜校訂を施した。
（3）福井久蔵『大日本歌書綜覧　中巻』（昭和2年　不二書房）四八八ページ。
（4）名児耶明「定家色紙の受容」参照。五島美術館展覧会図録『定家様』（昭和62年）所収。

（5）島津忠夫訳注『新版百人一首』（平成11年11月　角川ソフィア文庫）解説「歌仙絵と百人一首」参照。
（6）『年山紀聞』の引用は『日本随筆大成』（吉川弘文館）による。
（7）小高敏郎・犬養廉『小倉百人一首新釈』（昭和29年　白楊社）所収。
（8）石田吉貞『藤原定家の研究』（昭和32年　文雅堂書店）四二七ページ。
（9）上條彰次「『百人一首』追考―『明月記』関連記事の周辺など―」（『文林』第27号　平成5年3月）
（10）吉澤義則「百人一首の撰者など」（『国語国文の研究』第16号　昭和3年1月）
（11）この『百人秀歌』は冷泉家時雨亭叢書37『五代簡要・定家歌学』に影印が収められた（平成8年4月）。
（12）前掲『藤原定家の研究』四三三ページ。
（13）増田繁夫「百人一首批判」（学燈社『国文学』平成4年1月号）
（14）久曽神昇「二四代集と定家の歌論書―近代秀歌・詠歌大概・秀歌大体―」（『国語と国文学』第12巻第7号　昭和10年7月）
（15）風巻景次郎『新古今時代』（昭和11年　人文書院）所収。後に『風巻景次郎全集第六巻』（昭和45年　桜楓社）所収。
（16）有吉保「百人一首宗祇抄について―その著者を論じ百人一首の撰者に及ぶ―」（『語文』第一輯　昭和26年1月）
同「百人一首の書名成立過程について」（『古典論叢』創刊号　昭和26年7月）
（17）樋口芳麻呂「『百人一首』への道（上）（下）」（『文学』昭和50年5・6月）
（18）石田吉貞「『百人一首』撰者考」（『文学』昭和50年12月）
（19）片桐洋一「百人一首雑談」（『リポート笠間』第12号　昭和50年11月）
（20）加藤惣一「『百人一首』の成立・性格について」（広島女学院大学『国語国文学誌』第17号　昭和62年12月）
（21）伊井春樹「百人一首の成立」（季刊『墨』スペシャル『百人一首』平成2年1月　芸術新聞社）
（22）日本古典文学影印叢刊『新勅撰和歌集』（昭和55年　日本古典文学会）
（23）『百人一首研究集成』（平成15年2月　和泉書院）所収。前掲「百人一首雑談」を新たな知見のもとにリライトされた論考である。

第二章　百人一首の成立についての試論

一

私は前章「百人一首成立論の変遷」において、『百人一首』が、いつ、誰の手によって、いかなる意図のもとに、いかなるいきさつをへて作られたのかについての古来の伝承や諸説をたどり、『百人一首』の享受史の一側面を描き出そうとした。本章では私自身の成立論を提示したいと思う。

『百人一首』の成立を論じるにあたって最も重要な資料は、言うまでもなく『明月記』文暦二年（一二三五　この年九月十九日に嘉禎と改元）五月二十七日条に見える次の記述である。原文を国書刊行会本によって掲出し、さらに今川文雄氏による読み下し[1]文をも併せ掲げておく。

予本自不知書文字事、嵯峨中院障子色紙形、故予可書由彼入道懇切、雖極見苦事慭染筆送之、古来人歌各一首、自天智天皇以来及家隆雅経。

（予、本より文字を書くことを知らず。嵯峨中院障子の色紙形、ことさらに予に書くべき由、彼の入道懇切なり。極めて見苦しき事と雖も、なまじひに筆を染めて之を送る。古来の人の歌、各一首。天智天皇より以来、家隆雅経に及ぶ。）

ここには百人とも百首とも書かれてはおらず、したがってこの時定家が色紙に染筆したのが『百人一首』（あるいは『百人秀歌』）そのものであったとは断定できない。しかし、「古来人歌各一首、自天智天皇以来及家隆雅経」との記述から知られる、一人につき一首であること、天智天皇からはじまること、近代の歌人としては家隆と雅経を含むことの三点は『百人一首』と共通しており、特に第一点と第二点とは『百人一首』あるいは『百人秀歌』固有の特徴といってよいから、この『明月記』の記述が『百人一首』と深いかかわりがあることは確かであろう。

ところで、ここに記されているのは、宇都宮蓮生入道（定家の子為家の舅）の依頼によって、嵯峨中院山荘の障子に貼付する色紙の歌を定家が染筆したという事実であるが、従来の諸説の多くは、この時定家によって書かれた百枚の色紙が障子に貼られたとか、歌人の肖像が描かれた色紙百枚とあわせて二百枚の色紙が障子に貼られたと考えている。その根拠はひとえに、次に引用する『井蛙抄』（『水蛙眼目』）の一節にあるといってもいいのではなかろうか。

とし比先達にもたづね申、ふるき物をも見侍れば、先たかくうるはしきすがたをもて第一とすべきにや。（中略）後堀河院へ書進ぜられたる秀歌大体、梶井宮へ進ぜられたる詠歌大概、おのおの数十首、古歌をのせられたる、ただしくうるはしき一体なり。又嵯峨の山荘の障子に、上古以来の歌仙百人のにせ絵を書て、各一首の歌を書そへられたる、更に此うるはしき体のほかに別の体なし。(2)

これは前掲『明月記』以後はじめて『百人一首』とおぼしきものに言及した文献で、『井蛙抄』の成立が定家没後わずか百年あまりであることや、筆者頓阿の二条派歌壇に占める地位の重さなどからして、かなり信用できる記述とも考えられる。風巻景次郎氏も「百人一首の再吟味(3)」の中で、「頓阿の諸書は比較的信じられるものであり、引用書などにも偽書の絶対にないことが確かめ得られるし、逸話の類も『徒然草』くらいの史料価値は十分持ちうると思われる。否、もっと上であるかも知れぬのである」とのべている。

ところが小高敏郎氏は「百人一首の成立と研究史(4)」の中で、「水蛙眼目そのものは信じられるとしても、右に引用した記事には甚だ疑問がある。元来水蛙眼目は、井蛙抄の巻六雑話の部が独立したものと言われるが、右に引いた記事は、水蛙眼目の小序又は跋と見做される部分にあるのである」とし、『井蛙抄』諸本について言及した上で、「この小序は（中略）井蛙抄成立以後、水蛙眼目として独立するに際し、何人かの手によって付加せられたもの」であり、「この記事を付加した時と人とが明確にされない限り、あまり信をおくのは危険だと思われる」とのべているのである。

ここで確認しておきたいことは、『井蛙抄』の一部伝本や『水蛙眼目』に見られる『百人一首』関連の記事については、無条件に『百人一首』の成立考証に結びつけてはならないということである。まして『井蛙抄』以後の文献のあつかいについては、より慎重でなければならないだろう。

次に『井蛙抄』（『水蛙眼目』）の記事の内容について、検討を加えてみよう。そこには「嵯峨の山荘の障子に、上古以来の歌仙百人のにせ絵を書て、各一首の歌を書そへられたる」とあるのだが、ここでいう「嵯峨の山荘」は、当然ながら定家所有の山荘と認識されていたであろう。南北朝期や室町期において、定家所有の嵯峨山荘（小倉山荘）と宇都宮蓮生所有の嵯峨中院山荘が区別して認識されていたとは考え難いし、蓮生所有の山荘を為家が相続したという事実も、忘れられつつあったろう。また「障子に……にせ絵を書て」とあるのは、障子に直接似せ絵を描いたの意であって、似せ絵を描いた色紙を貼付したとは読めない。また常識的に考えても、障子の面に絵を描くというのは自然だが、色紙に絵を描いてそれを障子に百枚も貼付するというのは、きわめて異例と言わざるをえない。また「歌を書そへられたる」とあるのは、肖像画の脇に歌を直接書きつけたのか、歌を書いた色紙を貼付したのか、どちらともとれる記述であるが、ともあれ『井蛙抄』の記事においては、色紙については明言されていないのである。

この記事を先の『明月記』の記事と比較してみると、『明月記』には蓮生所有の嵯峨中院山荘の障子のために、色紙に和歌を書いたとされているのに対して、ここでは定家は自らの山荘の障子に似せ絵を描き、その脇に歌を書き添えたとされているのであって、この二つの記事に書かれているのは、異なった事実であると言わざるをえないのではなかろうか。

以上の考察から導き出される結論は、『明月記』文暦二年五月二十七日条の記事を読み解こうとする時、『井蛙抄』(『水蛙眼目』)の記事をこれに重ね合わせて『明月記』の行間を埋めようとする試みは、厳につつしまなければならないということである。次節では『明月記』の記事にたち返り、これを従来の研究とはちがった角度から検討してみたいと思う。

二

『明月記』文暦二年五月二十七日条に記述されている「嵯峨中院障子」の実態について、従来はどのように考えられてきたのであろうか。それについて諸先学の論考に明確な記述を見出すことはまれである。百枚の和歌色紙が大広間をとりかこむ障子にずらりと貼付されるといったイメージが、漠然と抱かれていたものかと思われるが、そのような、現代における書道展会場のような広間のイメージがいかに奇態なものであるかが指摘されることはまれである。

平安時代の半ばごろから、屛風、障子といえば、そこには四季折々の風物や行事、名所などをモチーフとする大和絵(以下これを四季大和絵と称する)が描かれるのが一般であったことは、あらためて言うにも及ばない常識である。もちろん例外はあるのであって、すでに指摘されているように、加茂重保撰の『月詣和歌集』(一一八二年成立)に、「加茂重保がだうの障子に歌よみのかたをかきて、おのおのよみたるを色紙がたに書きけるを」云々、といった詞書が見られ、歌仙絵の障子が存在したことが知られるが、宇都宮蓮生の嵯峨中院山荘の障子が、これと同様の歌仙絵障子であったという証拠はない。嵯峨中院山荘の障子には四季大和絵が描かれており、その所々に配された色紙形に貼付すべき色紙の和歌の染筆を定家は依頼されたとするのが、最も妥当性の高い推測といえるのではないだろうか。

　このような推測のもとに、『明月記』の当該条に名のあげられている三人の『百人一首』所収歌を見てみよう。

　秋の田のかりほの庵のとまをあらみわが衣手は露にぬれつつ　天智天皇

　風そよぐならの小川の夕暮はみそぎぞ夏のしるしなりける　従二位家隆

　みよしのの山の秋風さよふけてふるさと寒く衣うつなり　参議雅経

以上が三人の歌であるが、これらはいずれも四季歌であり、しかも秋の田の番人、六月祓、擣衣というのは屏風歌や障子絵の歌にしばしばとりあげられたモチーフにほかならない。すなわちこれらのモチーフは、四季大和絵の画題でもあったのだ。

　家永三郎氏の『上代倭絵年表』(5)は、寿永元年（一一八二）までに描かれた絵画作品を、文献資料によって集成した年表であるが、この『年表』にもとづき、景物画の画題を季節毎に整理した同氏著『上代倭絵全史』第三章二によれば、「秋田」題には二十三、「六月祓」題には三十二、「擣衣」題には六つの作例が示されている。また寛喜元年（一二二九）の女御入内屏風までを収める田嶋智子氏の『屏風歌の研究　資料編』(6)の「歌材索引」には、「田（秋）」に四十五、「六月祓」に四十八、「擣衣」に六の作例が示されている。これらのうち、特に「秋田」と「六月祓」とが、その作例の多さからして、四季大和絵を代表する画題であったことは明らかといえよう。

　定家自身も関与した二度の女御入内屏風について見ると、まず文治六年（一一九〇）の女御（任子）入内屏風は各月三題、計三十六題の中に、六月には「六月祓」題、八月には「田家」題が存する。(7)「田家」題の歌の中には

風だにもあらくは吹かぬ御世なればいねにけらしな門田もるしづ　（実定）
山田もるしづがいほりにおとづれて稲葉にやどる秋の夕暮　（良経）

など、田の番人が詠み込まれてもいるのである。

寛喜元年（一二二九）の女御（竴子）入内屛風も各月三題、計三十六題であって、六月に「六月祓」題、九月に「田家」題が存する。「六月祓」題に採用されたのはほかならぬ家隆の「風そよぐ……」の一首であり、これを定家が「今度宜歌唯六月祓許尋常也」と評価したことはよく知られている。(8)「擣衣」はこれらの屛風の題ではないのだが、文治六年の入内屛風の七月「秋風」題の絵は「山野　人家に秋風吹きたる所荻有」というもので、仮にこの絵の色紙形に「みよしのの山の秋風さよふけてふるさと寒く衣うつなり」のような一首を書き付けても、特に不自然とはいえないのではないか。「衣うつなり」の「なり」は聴覚的印象をあらわしているから、画中に砧を打つ人物が描き添えられていなくても問題はないであろう。

『最勝四天王院障子和歌』の「鳥羽」題の歌の中に、

雲居とぶ雁の羽風に月さえて鳥羽田の里に衣うつなり　（後鳥羽院）

という一首があるが、他の九人が「擣衣」を詠んでいないことからして、「擣衣」はこの画面の主要なモチーフではなかったらしい。ひょっとすると砧を打つ人物は描かれておらず、「衣うつなり」は作者の想像であったのかもしれない。前掲『上代倭絵全史』や『屛風歌の研究』に取り上げられた「擣衣」題の作例が多くないことをも考え合わせるならば、どうやら「擣衣」は四季大和絵の画題として単独に取り上げられることの少ないモチーフであったようだ。しかし、秋の山里の風景の中に、点景として砧を打つ人物が書き添えられることは少なくなかったであろうし、それが描かれていなくても、画中の人家から砧を打つ音が聞こえてくるのを想像して屛風歌を詠むこともあったろう。家永氏が前掲書の中で「擣衣」について「この画題は砧の音を意味するものであるが、この場合砧打つ人物を直接に画くことなく、擣衣の時処にふさわしい風物又はこれを聴く人物の姿勢等によって、間接に音を表現しようとしたものが多かった様である」と述べておられるのに賛意を表したい。

以上、天智天皇、家隆、雅経の三首が、屏風歌として詠まれた家隆の一首はもとより、他の二首も、この時代の四季大和絵障屏画の作品世界を彷彿させる内実をそなえていることを確かめてきたのであるが、それは言いかえれば、三首とも四季大和絵障屏画の中の色紙形に書かれても違和感のない作品であったということである。これは、嵯峨中院山荘の障子には四季大和絵が描かれており、定家はその所々に配された色紙形に貼付する色紙に和歌を染筆したのではないかという、先ほどの私の推測を裏付ける一つの証拠ではないだろうか。

すでにのべたように、『明月記』文暦二年五月二十七日条は、『百人一首』または『百人秀歌』と深いかかわりがあるだろう。しかし『百人一首』も『百人秀歌』も、末尾の二人は「家隆雅経」ではないのであるから、『明月記』の記述を素直にうけとるならば、定家は『百人一首』（または『百人秀歌』）の中から障子の絵にふさわしい若干の歌を選び出して色紙形に書いたのであり、その歌の作者の中には、古いところでは天智天皇、当代の歌人としては家隆雅経がいると読み取れるのではないだろうか。歌数としては、障子絵が月次絵で、毎月一題であったとすると十二首、毎月二題であったとすると二十四首が必要だが、格式を重んじ、規則的な画面構成がなされたであろう女御入内屏風などとは異なり、これはプライベートな山荘の障子絵であるから、興趣に満ちた春秋の景物は心ゆくまで描き込まれ、そのぶん夏冬のためにさかれるスペースは少なかったかもしれない。また山荘の近くの、紅葉の名所として知られる小倉山にちなんで、特に秋に重点が置かれていたかもしれない。いずれにしても、山荘の一室の障子絵の歌としては、六曲四帖の大和絵屏風と同程度の、十数首、あるいは二十数首といった歌数ではなかったかと想像される。なお、最勝四天王院の障子和歌は、四十六首という多数に及ぶが、これは院内の各所に名所絵の障子がはめこまれていたもので、嵯峨中院山荘の障子絵よりはるかに大規模な作例であるから、歌数が多いのは当然といえようし、最勝四天王院の障子和歌ですら、百首もの歌は必要なかったということなのである。

以上、嵯峨中院山荘の障子には四季大和絵が描かれており、定家はその色紙形のために若干の歌を『百人一首』の中から選んで染筆したのではないかと推定した。

三

『百人一首』の歌は全て勅撰集入集歌であって、うち三十二首が四季部に収められている。うちわけは春六首、夏四首、秋十六首、冬六首であるが、四季部に収められていない歌の中にも、『古今集』羇旅歌の「このたびはぬさもとりあへず手向山もみぢの錦神のまにまに」（菅家）や、『拾遺集』雑秋の「小倉山みねのもみぢば心あらばいまひとたびのみゆきまたなむ」（貞信公）など、季節の風物を詠み込んだ歌は何首か見出せる。

『明月記』によれば、定家は文暦二年の四月二十三日と五月一日に蓮生の嵯峨中院山荘を訪れている。その際、定家は障子絵を見たに違いないし、色紙染筆の依頼があったのはおそらくこの折のことであろう。蓮生には定家の新作和歌を期待する下心があったかもしれないが、定家は脳裏に深くきざみこんでいた百首、のちに『百人一首』とよばれることになる百首の中から適当な歌を選んで染筆しようと思いついた。おそらく依頼されたその場で、障子絵を前にして、その各画面にふさわしい歌を次々と決定し、手控えに記していったものと思われる。五月二十七日、定家は自邸にてその手控えを見ながら、色紙に歌を染筆したのであろう。

ところで、先に見たように、『百人一首』には四季の風物が詠みこまれた歌が三十二首以上存在するとはいっても、それらの中からどうしても候補作を見出せない画面があったかもしれない。そのような場合、『百人一首』の中から歌を選ぼうという思いつきは定家の胸中にのみあって、何ら規制力をもたないわけだから、『百人一首』以外の歌をとりあげるのに躊躇はなかったであろう。これについて思いあたるのは、『百人秀歌』に見える俊頼の一首である。

周知のように、『百人秀歌』は『百人一首』とくらべると、後鳥羽院と順徳院の歌をもたず、かわりに一条院皇后宮、権中納言国信、同長方の歌をもち、源俊頼の歌が「うかりける人をはつせの山おろしよはげしかれとは祈らぬものを」から「山桜さきそめしより久方の雲ゐにみゆる滝の白糸」に変わり、歌順にもかなりの変動があって、計百一首より成る。『百人一首』と『百人秀歌』の双方に顔を出す歌人は九十八人であるが、その中で歌が入れ替っているのは俊頼一人なのである。この奇妙な事実を説明するために、次のような仮説を提出したい。

嵯峨中院山荘の障子絵には、遠山の桜を描いた画面があったのではないだろうか。前掲の、定家とかかわりのあった作例について見ると、最勝四天王院の障子においては、「吉野山」の画面に遠山の桜が描かれていたようであるし、寛喜元年女御入内屛風においては、三月に「遠山人家桜花盛開客尋見」という画面が存在した。『百人一首』の中では、そのような画面の色紙形に書くのにふさわしい歌としては、「高砂の尾上の桜咲きにけり外山の霞たたずもあらなむ」(前中納言匡房)がある。しかし、画面のおもむきにぴったりあてはまる歌として定家の脳裏にまっ先に浮んだのは、『百人一首』にない「山桜さきそめしより……」だったのではないか。定家はこの歌を「うかりける……」と共に高く評価し、『近代秀歌』(流布本・自筆本)、『八代集秀逸』、『秀歌之体大略』などに撰入しているのである。障子絵の歌を『百人一首』の中から選ぶことにしたのは、てっとり早く撰歌するための便法であり、これに拘束されるいわれはない。そう考えて定家は「高砂の……」ではなく「山桜……」を選んで色紙に書いたのではなかっただろうか。のちに定家は『百人一首』を改編して『百人秀歌』を作る際、このいきさつを思い出し、「山桜……」の一首を撰入して『百人秀歌』に花を添えようとしたのではなかったか。なお、話が前後してしまったが、『百人秀歌』の成立に関する私見は、あとで述べることとする。

以上の推測をひとまずまとめておこう。定家は文暦二年四月二十三日、または五月一日に、嵯峨中院山荘の障子絵を前にして、そこに描かれた四季大和絵の所々に貼付する色紙への染筆を蓮生から依頼された。早速その場で撰歌にとりかかったが、てっとり早い便法として、そのころ脳裏に深く刻み込まれていた百首（『百人一首』）の中から歌を選ぶこととし、より画面にふさわしい歌を思いつけばそれ以外からも採り、手控えに記した。五月二十七日に、その手控えを見ながら色紙に染筆した。すなわち、のちに『百人一首』と呼ばれることとなる百首歌は、文暦二年五月に撰ばれたのではなく、色紙染筆の依頼を受けた時、すでに定家の脳裏に深く刻み込まれていたと推定するものである。

四

では、『百人一首』はいかなるいきさつのもとに、いつ撰ばれたのであろうか。百首の中で詠作年代が判明する歌のうち最も新しいのは、先にも取り上げた寛喜元年（一二二九）十一月の女御入内屏風の歌として詠まれた家隆の「風そよぐ……」である。したがって『百人一首』は寛喜元年十一月以後、文暦二年（一二三五）五月以前に編纂されたと考えられる。その間六年たらずであるが、この時期、定家がなしとげた最大の業績は、いうまでもなく『新勅撰集』の撰進であった。

『明月記』によれば、関白九条道家から新たな勅撰集について下問のあったのは寛喜二年（一二三〇）七月五日のこと。翌日、時期尚早の旨返答したが、このころから定家は、将来自ら撰進すべき第九番目の勅撰集について、現実的に思いめぐらすことがあったにちがいない。後堀河天皇から撰進の勅命を受けたのは貞永元年（一二三二）六月十三日。天福二年（一二三四）六月三日に草稿本を奏覧した。ところがこの年の八月六日に後堀河院が崩御、定家は落胆のあまり手元にあった草稿原本を庭で焼却したが、奏覧された草稿本を見出した前関白九条道家、摂政教実父子の下命により、十一月九日、草稿本から約百首を切り出し、若干を切り入れた。翌文暦二年（一二三五）三月十二日に、世尊寺行能の手で清書された精撰本が道家に進上され、ここに『新勅撰集』は完成した。このように、『百人一首』が作られたと推測される寛喜元年十一月から文暦二年五月の間に、『新勅撰集』下命の前ぶれから奉勅、完成に至る期間は全て収まるのである。この事実から、『百人一首』の成立は『新勅撰集』の撰進と何らかのかかわりがあるのではないかという仮説を立ててみたい。

『百人一首』の歌風が『新勅撰集』の歌風と共通性をもっていることは、『応永抄』に「此の撰の大意は、実を宗として花をすこしかねたるなり。その後、後堀川院御時、勅を承りて新勅撰を撰る。彼集の心、此百首と相おなじかるべし」とあるのをはじめとして、今に至るまでくり返し指摘されており、特に異論もないようである。これは、定家晩年の好みと説明されることが多いのであるが、両者の歌風の一致には、より積極的な、定家の意図を見出すことはできないであろうか。

『百人一首』の成立が『新勅撰集』の撰進と何らかのかかわりがあると仮定する時、まず考えられるのは、『新勅撰集』編纂の合間に、気晴らしに撰ばれた百首歌ではなかったかという推測である。しかし、定家が編んだ秀歌撰は『秀歌之体大略』『八代集秀逸』『秀歌大体』のように、貴人への献上のために、あるいは『定家八代抄』のように、自らの仕事に活用するために作られているのであり、気晴らしのために作られたという推測は成り立ち難いように思われる。『百人一首』は何らかの目的のもとに撰ばれたのではないだろうか。

このように考える時、『百人一首』は『新勅撰集』編纂のための指針として作られたのではないかという仮説が浮かび上がってくるのではないだろうか。定家は『新勅撰集』の編纂に着手するのに先立ち、庶幾する歌風を自らの内にゆるぎないものとして確立するために、主に八代集の中から指針となるべき歌を選び出し、百首歌を構成することを思いついたのではないだろうか。百首としたのは、生涯多くの百首歌を詠んだ定家にとって、多数の歌をひとつのまとまりとして把握するのに過不足のない歌数であったからだろうし、百人の歌各一首としたのは、一定の歌風を庶幾しながらも、多彩な詠み口を視野に収めたかったからであろう。

定家はこのような意図のもとに、まず『定家八代抄』から九十二首を選び、これに公任と道因の歌を加え、さらに存命歌人五人（公経、定家、家隆、後鳥羽院、順徳院）と、物故者ながら八代集に入集歌がない実朝との計六名の歌は、『新勅撰集』に入集を予定している歌の中から選び、あわせて百首としたのであろう。遠島両院をはじめ、承久の変における宮方関係者の歌が『新勅撰集』草稿本には収められていたようであるから、その指針として撰ばれた百首歌に両院の作が採用されないはずはない。したがって、この時に作られたのは『百人秀歌』ではなく、両院の歌をもつ『百人一首』であったと考えられる。

このようにして選んだ百首の歌を、定家は脳裏に深く刻み込んで『新勅撰集』の編纂にとりかかったことであろう。ある歌を採るべきか否か迷った場合には、『百人一首』の歌風に染め上げられた定家の頭脳は、すみやかに判断を下すことができたにちがいない。『新勅撰集』の完成直後、障子絵に貼付する色紙への染筆を依頼された定家が、『百人一首』の中から歌を選ぶことにしたのは、まさに最もてっとり早い方法であったといえよう。

『百人一首』は、本来の製作目的からすると公表すべきものではないから、定家の手元にとどめられていたであろうが、その存在をうわさに聞いたある貴人が一見したいと所望した、といったいきさつから、改めて成書化する必要が生じ、改編して『百人秀歌』が作られたのであろう。改編にあたっては、『新勅撰集』草稿本から承久の変関係者の歌を切り出さざるをえなかった目下の政治情勢を考慮して、遠島両院の歌を除き（それは結果的に、現時点で勅撰集に入集していない二首を除くこととなった）、かわりに一条院皇后宮、国信、長方の歌を加え、俊頼の歌を入れ替え、歌順にも手を加えて献上本を完成したのであろう。新たに三人の歌を加えたのは、当初、遠島両院の歌のみならず、謙退の意をこめて定家自身の歌をも除いたからではないか。のちに定家の歌を挿入したために（貴人の慫慂によるか）、結果的に歌数が百一首となってしまったと推測しておきたい。

『百人秀歌』は家隆を「正三位」としているから、その成立の下限は、家隆が正三位から従二位に叙された文暦二年（一二三五）九月十日である。『百人一首』が家隆を「従二位」としているのは、後鳥羽順徳両院の諡号と同じく、後世の所為と見られる。

五

『百人一首』は『新勅撰集』編纂の指針とすべく作られたのではないか。嵯峨中院山荘の障子絵は四季大和絵であり、定家はその色紙形のために、『百人一首』所収歌を主とする若干の歌を染筆したのではなかったか。貴人への献上を目的として『百人一首』を改編したのが『百人秀歌』ではなかったか。本章ではこのようなことを述べてきたのであるが、『百人一首』の成立事情が本章でのべた通りであったならば、『百人一首』は上古以来の歌人の中から上位百人を選出したものでもなければ、各歌人の最高傑作を選んだアンソロジーでもなかったということになる。『百人一首』に対しては、当然取り上げられてしかるべき有力歌人が何人も落とされているとか、逆にさしたる歌人的名声も実績もない人物が取り上げられているとかいう批判、あるいは何人かの歌人について、その代表作とは思えない歌が選ばれているという批判が、古来たびたびなされてきた。しかし本章の成立論の観点から見れば、これらの批判は全て見当はずれと言わざるをえないのである。

『百人秀歌』には、定家自身によって記されたとおぼしき、次の識語が付されている。

上古以来歌仙之一首、随思出書出之。名誉之人秀逸之詠皆漏之。用捨在心。自他不可有傍難歟。

これは『百人秀歌』の人選と撰歌についてのべた文章だが、『百人秀歌』と『百人一首』とは九十八人、九十七首が共通しているから、これを『百人一首』の撰定に関する定家の見解として読むこともできるだろう。

一見、これは型通りの謙辞のようにも受け取れる。しかし本章にのべた成立論を前提としてこの一文を読めば、「名誉の人、秀逸の詠、皆これを漏らす」と言い、「用捨心に在り」と言うのは、これが単なる秀歌撰ではなく、ある独特の基準に従って撰んだものであることを率直に表明した文章として理解できると思うのである。

定家が晩年、『百人一首』の中から歌を選んで色紙に書くことは、蓮生から依頼のあった折に限らなかったかもしれない。『明月記』に「予、本より文字を書く事を知らず」と記した定家ではあっても、自ら楽しむために筆をとるのに、何らはばかる理由はない。また、子女や孫の教育のために、反故の裏に和歌を書いて与えることもあったのではないか。近時、学校教育において『百人一首』が取り上げられる機会が増え、百首を暗唱する子供も少なくないようだが、国語教育史上、『百人一首』の暗唱を始めて課せられたのは定家の孫娘ではなかったか、などと空想するのは楽しい。ただし前章でも述べたように、今に伝わる小倉色紙のあるものを定家真筆と鑑定することには、きわめて慎重でなければならないようである。

注

（1）今川文雄『訓読明月記』（昭和54年　河出書房新社）一七五ページ。
（2）『日本歌学大系　第五巻』（昭和32年　風間書房）所収「井蛙抄」
（3）風巻景次郎『新古今時代』（昭和11年　人文書院）所収。のちに『風巻景次郎全集第六巻』（昭和45年　桜楓社）所収。
（4）小高敏郎・犬養廉『小倉百人一首新釈』（昭和29年　白楊社）所収。
（5）家永三郎『上代倭絵年表』、同『上代倭絵全史』（共に昭和41年改訂版　墨水書房）

（6）田嶋智子『屛風歌の研究　資料篇』（平成19年3月　和泉書院）
（7）以下とりあげる二度の女御入内屛風の歌、及び「最勝四天王院障子和歌」は、『新編国歌大観』より引用。
（8）『明月記』寛喜元年十一月十四日条。

第三章　百人一首の巻頭歌と巻末歌の意義

『百人一首』の巻頭に天智天皇、持統天皇の歌が置かれ、巻末に後鳥羽院、順徳院の歌が置かれているのは、前二者が上代の天皇、後二者が当代の天皇と対照的であり、しかもそれぞれが親子の組み合わせであるなど、きわめて意図的な配列であることは明らかで、それは先学によってもくり返し言及されている。また、作者の顔ぶれと表裏一体をなすこれら四首の選歌理由についても、多くの考察が重ねられてきた。本章では従来とはやや異なった観点から巻頭歌と巻末歌について考察し、定家の意図した両者の対照性を明らかにしてみたい。

一

巻末歌「ももしきや古きのきばのしのぶにもなほあまりある昔なりけり」について、下河辺長流の『三奥抄』は次のように注している。

（前略）古き軒ばとは唯今王道のおとろへたる心をいふ。王道はふるくして用るにたらずと云て、武臣あたらしく威をふるひて世をとる時節なれば、かくはよませらるるなり。ふるき軒にはしのぶと云草の生るにことよせて、むかしを忍ぶにしのび果る期なき心を、猶あまり有とはあそばせり。上世王道さかんに行はれて天下大平のときに今をかへさばやとおぼせどかへらぬがゆへなり。天智よりここにいたりて漸五百五十年に王道は滅却し給へるなり。毛詩の序に、治世之音安以楽其政和、亡国之音哀以思其民困とかけり。秋の田の歌は治世の声にして、百しきのうたは亡国の音のかなしみて以ておもふの心を顕はせり。詩人歌人のもつ共歎べきときなれば、黄門の心のここに有べし。本に二帝の御製をはじめて末に両院の御製を載らる。是又壱部の首尾なり。

契沖の『改観抄』は、この上にいくつかの記述をつけ加えてはいるが、基本的にはこれに全面的に依拠している。この、王道の衰えを嘆く歌との把握は、早く『宗祇抄』に「心は王道のすたれゆくをなげきおぼしめす儀也。すゑの代になれば、むかしを忍はならひなるに、王道おとろへては一身の御上ならず、天下万民のためなれば、しのぶといふにもなをあまりある心をのべ給へる也。此御歌と巻頭の御歌は、いづれも皇道をよみたまへる内に上古の風と当世の風とのすがたかはれるなり。よくおもひさとるべしとぞ侍し」とあるのをはじめ、古注以来の定説と言えようし、秀歌の少なくない順徳院の詠作の中から、定家が特にこの一首を選んで『百人一首』の巻末に据えたのも、このように考えた上でのことであったろう。

ちなみに、この歌は『順徳院御集』によれば建保四年（一二一六）七、八月ごろの作で、承久の変をさかのぼること五年、作者二十歳である。したがって、順徳天皇（当時）の作意が王朝の盛時を追慕するところにあったことは確かとしても、王道の衰えを嘆くとまでの心情がどの程度切実なものであったか、はかりがたいのではなかろうか。承久の変における朝廷権力の失墜と院の佐渡遷幸という現実を目のあたりにして、定家はこの歌を改めて想起し、院の悲劇を象徴する一首として胸に刻み込んだに違いない。

同様のことが後鳥羽院の歌についてもいえるのではないだろうか。院は建暦二年（一二一二）十二月、定家をはじめ四人の歌人から各二十首を召し、自らも二十首を詠作したが、その折の院の「述懐」五首は次の通りである。(1)

人ごころ恨みわびぬる袖の上をあはれとや思ふ山の端の月

いかにせんみそぢあまりの初霜をうちはらふほどになりにけるかな
人もをし人も恨めしあぢきなく世を思ふゆゑに物思ふ身は
うき世いとふ思ひは年ぞつもりぬる富士の煙の夕暮の空
かくしつつそむかん世まで忘るなよ天照るかげの有明の月

これら五首から読みとることができるのは、老いを嘆き、世を厭い、出家を願う心であって、「人もをし」の一首にしても、中世の『百人一首』諸注が強調する政治性が、院の作意であったとは考えられない。この歌は、加茂真淵の『宇比麻奈備』に、「すべては源氏物語に、かかるをりは人わろくうらめしき人多く、世間はあぢきなきものかなとのみ、万につけておぼす、云々とある意言を用ゐさせ給ひて、一首となさせ給ひし成べし(2)」と指摘されている通り、『源氏物語』須磨の巻における、須磨下向を前にした光源氏の心中描写を下敷きとした、いわば『源氏物語』取りの一首であって、当初の評価はせいぜいのところ、当時流行の詠法を無難にこなした佳作、といったところではなかったか。

これが特別な一首として定家の脳裏によみがえるのは、やはり承久の変をきっかけとしてであったろう。須磨下向の光源氏の身になぞらえてものされたこの一首と、院の隠岐遷幸という現実の暗合は、この歌を院の運命を象徴する一首として思い起こさせたであろうし、ひょっとすると、光源氏のような京都帰還を院の将来に期待する心情をも、定家はこの一首に託していたかもしれない。ともあれ、後鳥羽院と順徳院の二首は、承久の変以後の政治状況の中で特に強く意識されるようになったであろう王道の衰退を、両院がかねて述懐した歌として、本来の作意を逸脱しつつ『百人一首』の巻末に屹立させせられているのである。

では、これら二首と対照的な位置にある巻頭の二首は、定家によってどのように意義づけられていたのであろうか。次に考えてみたい。

二

巻頭の天智天皇の歌については『三奥抄』の順徳院歌注に「秋の田の歌は治世の声にして」云々とあって、巻頭歌と巻末歌の対照性が指摘されているのは先に見た通りであるが、同書は天智天皇歌注において、次のようにのべている。

此歌は天子の御身をみづからおしくだして土民に成てよませ給ふが難有なり。しかるを王道おとろへさせ給ふ述懐の歌といひ、あるいは哀傷の御歌なりなどいふ、皆ひがごとなり。述懐哀傷共に吉事にあらず。不吉の歌を巻頭に用る事は惣じていむことなるを、京極黄門第一此義を用られざらんや。（中略）天子万乗の位を以て賤にくだり給ふ御心ある時は、万民ことごとく帰伏し奉りて天下大に治る也。天下の治るばかりめでたき事なし。よつて此御製を以て巻頭にはおかれしなり。

『改観抄』はこの説を継承しながら、さらに詳しく次のようにのべている。

我衣手はとは古来此我を天子の我にして民の上をおぼしめしやりてよませ給へると執する故に釈し損する也。万葉古今等の七夕歌に、あるひは牽牛となり、或は織女となりてよめるごとく、是は土民のわれにて、天子の御身をおし下して、またく土民に成て辛苦をいたはりてよませ給ふが有がたきなり。

ここで契沖が「古来此我を天子の我にして」云々とのべているのは、天智天皇が農民の労苦を思いやってこの歌を詠んだとする従来の解釈をさしている。たとえば『幽斎抄』に「此御門は事外労を御沙汰ありし性也。其故に民の上を一段つよく思食かなしみたるなり。時過たるかり庵にて田を守り民の心をつくすを御覧じて、不便のわざかなと天子の御袖になみだをかけられたるを、我衣では露にぬれつつとあそばしたる也」とあるのがそれにあたるが、上句を農民の辛苦、下句を天子の心労と、一首を上下に分断するかのような解釈は、確かに不自然である。これを天智天皇の作と見る限りにおいては、天皇が農民の立場に立って作歌しているとする長流、契沖説は、筋の通った解釈であるといえよう。ただし、古代の天皇の作とされている一首を、後世の屏風歌や題詠歌の詠法によって解釈することの妥当性は、それがあくまで定家（あるいはその同時代人）の解釈であるという観点によって説明されなければならないだろうが、長流、契沖にはそこまでの言及はない。

ところで『三奥抄』が古注をとりあげて「王道おとろへさせ給ふ述懐の歌といひ」と紹介しているのは、『宗祇抄』（『幽斎抄』にも）の次の記述をさしていよう。

これは王道の御述懐の御歌なり。此きみは九州におはしましける時、世をおそれたまひて、かるかやのせきを立、わうらいの人を名乗せてとをしたまひし事あり。天子の御身にて御用心の事あるは王道もはや時すぐるにやとおぼしめす御心なり。とき過たるかりほのいほにてかくごすべし。

また『三奥抄』に「哀傷の御歌なりなどいふ」とされている古注とは、おそらく『幽斎抄』の次の記述をさすのであろう。

此裏の奥義は諒闇の御歌なり。平民のものも倚廬とて父母喪のときつつしみ居る所なり。天子は諒闇の時、父御門の御なしひにつきてかり庵を作り、かたはいにして板布をさげ、あしの簾をかけ苫にふし壌を枕にすといふなり。（中略）かくのごとくして秋の田の庵のごとくやつれ給かなしみあるにより田家をおぼしめしやりてよみ給へる御製也。孝行の道を上下万民本とする故に、此歌を定家卿百人一首の巻頭にをかれしとなり。

長流がこれらの説について「皆ひがごとなり。述懐哀傷共に吉事にあらず。不吉の歌を巻頭に用る事は惣じていむことなるを」云々とのべているのは、きわめて説得力がある。これらの説が生み出され受容されたのは、もちろん理由のあることであろうが、これらの説が定家の意図を反映しているかどうかというと、長流、契沖の言うように、否定的にならざるをえないのである。

定家が『百人一首』の巻末に、近代における王道の衰えを嘆く順徳院の歌を配し、巻頭にはそれと対照的に、上代における理想の治世をあらわす一首を置いたことは明らかといえよう。そして、そのような一首として天智天皇の歌を解釈しようとする時、長流、契沖のように、天皇が農民の心になりかわって歌を詠まれたのが尊いのであるとか、『幽斎抄』の一説のように、天皇が農民の労苦を思いやって心を痛めておられるのであるとかの理解は、出るべくして出たと言えようし、近現代の諸注においても、このような理解が主流であるように見受けられる。しかしながら、下万民への慈愛といったことは、歴代天皇の個人的資質に帰せられるべき美質であり、上代の聖帝に限った美質ではない。たとえば後鳥羽院や順徳院にしたところで、彼らが慈愛深くはなかったなどと、当時の誰が言明できようか。

定家が『百人一首』の巻頭歌と巻末歌との対照によって表現しようとしたのは、個人の力ではどうしようもない歴史の趨勢ではなかったか。巻頭歌は上代の聖天子の治世を象徴する映像を彷彿させる一首として選ばれているのではないだろうか。このような観点から、巻頭歌について改めて考察してみたい。

三

記紀においては仁徳天皇が、その色好みを強調して語られる一方で、古代中国風の聖天子として造形されていることは周知の通りである。『古事記』下巻には次のように語られている。(3)

ここに天皇、高き山に登りて、よもの国を見て詔《の》らししく、「国中《くぬち》にけぶり発たず。国みなまづし。かれ、今より三年に至るまでに、ことごとおほみたからの課役《えつき》をゆるせ」。ここをもちて、大殿破れこぼれて、ことごと雨漏れども、かつてつくろひたまはず。函もちてその漏る雨を受けて、漏らざる処に遷りさりましき。後に国中を見たまへば、国にけぶり満てり。かれ、おほみたから富めりとして、今はと課役をおほせたまへり。ここをもちて、おほみたから栄えて、えだちに苦しびざりき。かれ、その御世をたたへて、聖《ひじり》の帝の世とまをす。

皇居の雨漏りを器で受け、漏らない場所に避難する聖天子像は印象的であるが、『日本書紀』仁徳天皇四年三月条にも同様のエピソードが見える。ここでは雨漏りに関する部分のみ引用しよう(4)。

是を以て、宮垣崩《やぶ》るれども造らず、茅茨壊《くづ》るれども葺かず。風雨隙に入りて、衣被をうるほす。星辰壊《やれま》より漏りて、床褥をあらはにす。

また、同七年四月条に、炊煙が盛んに立っているのを高殿から望見した天皇が「朕、既に富めり。更に愁無し」とのたもうた際の皇后の言葉に「宮垣壊れて、をさむることを得ず。殿屋破れて、衣被露にしほる。何をか富めりと謂ふや」とある。この「衣被をうるほす」(沾衣被)あるいは「衣被露にしほる」(衣被露)という表現は容易に、「わがころもでは露にぬれつつ」という歌句を連想させはしないだろうか。そして、ひとたびこの連想がはたらけば、「茅茨壊るれども葺かず。風雨隙に入りて」あるいは「殿屋破れて」という『日本書紀』の本文と、歌句「とまをあらみ」との照応関係も浮かび上がってこよう。

王朝貴族は、その必読文献である『日本書紀』によって、仁徳天皇を上代の聖天子ととらえていたにちがいない。そして同書によって、高殿に登って国見をする天皇像と、雨漏りのする皇居で衣服をぬらす天皇像とが、仁徳天皇といへばまっさきに思い浮かぶイメージだったのではなかろうか。元慶六年(八八二)の「日本紀竟宴和歌」において、藤原国経は仁徳天皇を題として次の二首を詠んでいる。

けぶりなきやどをめぐみしすめらこそよもにけぶりていまぞとみぬる
おほさざきたかつのみやのあめもるとふかせぬことをたみはよろこぶ

まさに高殿での国見と雨漏りのする皇居とをテーマとした詠作である。また延喜六年（九〇六）の「日本紀竟宴和歌」においては、藤原時平が仁徳天皇を題として次のように詠んだ。

たかどのにのぼりてみればあめのしたよもにけぶりていまぞとみぬる

ここでも高殿からの国見がテーマとされている。さらにこの歌の左注にあたる文章には、次のように書かれているのである。

このすめら、くにしろしめすよとせといふに、たかどのにのぼりまして、とほくのぞみたまふに、さかひのけぶりたたざりければ、たみのまづしきなりとおぼして、みとせみつぎものはたらず、つかふことなくして、めぐみたまへり。また、みやづくりもせられざりければ、あめかぜいりて、おほむぞをうるほし、ほしのひかりもりて、みゆかもあらはなり。（以下略）

このように、高殿からの国見と皇居の荒廃とが一体となって仁徳天皇像をかたちづくっていることが明らかである。なお、時平の歌の異伝かと思われる「高き屋に登りて見れば煙立つ民のかまどはにぎはひにけり」の一首が、ほかならぬ仁徳天皇の作として『新古今集』賀歌（七〇七）に収められているという事実は、国経、時平の時代から三百年を経ても、仁徳天皇のイメージに大きな変化がないことを物語っていよう。

さて「秋の田のかりほのいほのとまをあらみわがころもでは露にぬれつつ」の一首であるが、この歌の作者は天智天皇とされており、仁徳天皇御製との伝承はない。また、歌中の人物が居るのは秋の田のほとりの仮小屋であり、皇居ではない。したがって、この一首と仁徳天皇の故事とは、ひとまずは無関係というべきであろう。しかしながら、天智天皇は平安時代の歴代天皇の直系の祖として、平安時代を通じて尊敬され、重んじられていたことが指摘されている。(5)その天智天皇の作とされる一首に「とまをあらみわがころもでは露にぬれつつ」とあれば、そこに「聖天子」仁徳天皇の故事がオーバーラップするのは、自然なりゆきとは言えないだろうか。この一首の歌句から古代聖天子のイメージが立ち上がることこそ、この歌が天智天皇御製たるにふさわしい秀歌とみなされるゆえんであっただろうし、定家がこれを『百人一首』の巻頭に置いた主たる理由も、そこにあったのではないかと考えられよう。

『百人一首』の巻頭に古代聖天子のイメージを必要としたのであるなら、いっそのこと定家は、ほかならぬ仁徳天皇の御製とされていた「高き屋に登りて見れば……」の一首を巻頭に据えればよかったのではないかという疑問が、当然ながら生じるであろう。同歌は『新古今集』入集歌であるから、勅撰集からの採歌という『百人一首』の撰歌方針と何ら抵触しないのである。しかしながら同歌は、和歌史上、著名な一首であったことは確かとしても、定家としては、これは秀歌として取り上げるたぐいの歌ではなかったようだ。定家はこれを『八代抄』には収載しているが、他の秀歌撰には取り上げていない。『八代抄』にしても、同歌の歴史的重要性を考慮しての採歌だったのではなかろうか。一方、「秋の田の」の一首は、自筆本『近代秀歌』の秀歌例や『秀歌体大略』に取り上げられており、定家がこれを高く評価していたことは明らかである。『百人一首』の巻頭歌に仁徳天皇御製ではなく天智天皇御製が選ばれたのは、当然のなりゆきではなかったか。

四

前節では、天智天皇歌の歌句に上代の聖天子のイメージが読み取られていたのではないかと述べたが、このように考えることによって、次の持統天皇歌の理解にも、有力な視点が与えられるように思う。

そもそも、巻頭に上代の天皇二人、巻末に近代の天皇二人の歌を配し、それぞれが親子の関係にあるというのは、きわめて対照的であり、編者の意図するところであったと考えられる。したがって、巻頭歌が天智天皇の御製と決定されれば、続く二首目の作者は娘の持統天皇、歌は『新古今集』入集歌である「春すぎて夏きにけらし白妙の衣ほすてふあまの香具山」が選ばれることは、ほぼ必然であったかのように思われる。しかも、巻頭歌から上代の聖天子の映像が立ち上がってくるとするならば、それと対をなすこの一首には、后妃、皇女、あるいは女帝としての、すなわち最高の地位にある女性としての理想像の一端を読み取ることが、編者によって期待されているにちがいない。おそらくそれは、歌句「衣ほす」にかかわるであろう。

衣料の生産と管理が女性の職分とされていたことは言うまでもなかろう。養蚕、製糸、機織、染色、裁縫、洗濯、保管など、衣料にかかわる仕事の大半が女性たちの手にゆだねられていたのである。后妃や女帝など、高い地位にある女性であれば、そのような仕事に携わる必要はないのであるが、女性の本分とされていたであろうそれらの仕事に関心を向け、時には手づからとりくむ姿勢を示すことが、望ましい美質とされていたのではなかろうか。『万葉集』巻第二十、四四九三番歌の題詞に「（天平宝字）二年の春の正月の三日に、侍従、豎子、王臣等を召し、内裏の東の垣下に侍はしめ、すなはち玉箒を賜ひて　宴したまふ[6]」云々とある。これは「正月の初子の日には、辛鋤《からすき》と玉箒とを宮中に飾り、天皇躬《みずか》らの耕作と皇后親《みずか》らの養蚕を象《かたど》り、予祝とした[7]」ことにちなんだ宴であり、玉箒を賜わったのは時の帝が女帝（孝謙天皇）であったためであろう。この「后妃親蚕」（この場合は「女帝親蚕」と言うべきか）こそは、最高の地位にある女性にとっての徳目の一つであったにちがいない。

さて、持統天皇の歌であるが、解釈の一定しないこの歌についての、いかなる解釈に拠るにしても、作者自身が衣を干しているのでないことは明らかである。しかし、持統女帝が衣を干すという女性のなりわいに注目し、詠歌しているのは、聖代における后妃や女帝のあるべき姿として、巻頭歌の聖天子像と並び立っているとはいえないだろうか。

ところで、先ほどその題詞の一部を引いた『万葉集』四四九三番歌は、次のようなものである。

初春の初子の今日の玉箒手に取るからにゆらぐ玉の緒

この歌には、作者大伴家持は政務の都合で、この一首を奏上することができなかったとの左注が付されている。平安時代には、この一首は志賀寺の上人と京極御息所にまつわる説話の中で、上人が御息所の手を取って詠んだ歌として伝承されることとなる（『俊頼髄脳』等）。そして『新古今集』賀歌巻頭部には、例の伝仁徳天皇歌と並んで、次のような形で収められているのである。

みつぎものゆるされて、国とめるを御覧じて

仁徳天皇御歌

たかき屋にのぼりて見れば煙たつたみのかまどはにぎはひにけり

題しらず

よみ人しらず

初春のはつねのけふの玉はきてにとるからにゆらぐ玉のを

ここで「初春の」の一首が「題しらず　よみ人しらず」とされているのは興味深い。『新古今集』成立当時、『万葉集』を熟知している一部の歌学者は別として、一般にはこの歌は、志賀寺上人の作と信じられていたであろうから、これを「題しらず　よみ人しらず」として収めたのは、一般の常識に異を唱えたものと解される。これを志賀寺上人の歌として取り上げるのであれば「恋」の部にふさわしいし、京極御息所の返歌と伝えられる「よしさらばまことの道にしるべして我をいざなへゆらぐ玉の緒」と共に「釈教」の部に収めるという手もあった。ところがこの伝承を無視する形で「賀」の部に収めたのは、『万葉集』に明記されている当歌の詠作事情を強く意識してのこととしか考えられないだろう。すなわち「后妃親蚕」のテーマである。このテーマにふさわしい作者は女性であるから、あえて大伴家持の名を記さず、「よみ人しらず」とする便法に従ったのではないだろうか。

久保田淳氏は『新古今集』賀歌の巻頭歌について、次のように述べておられる。(8)

賀の歌の巻頭として、聖天子仁徳天皇の詠と伝えられてきた古歌を据えた。ここに、新古今時代における、というかむしろ本集を親裁した後鳥羽院における、和歌と政治との関係がどのように考えられていたかを、端的に窺うことができる。すなわち、和歌は聖帝による政事の頌歌という性格を具備すべきものなのであった。従うべき見解であると思うが、これは次の「初春の」の一首をも含めて言えることなのではないだろうか。『新古今集』賀歌の巻頭二首は、聖代における帝徳と、それに相並ぶ婦徳をテーマとしているのではないか。そして定家は、これと同じテーマを、別の歌によって『百人一首』の巻頭に表現しようとしたのではないだろうか。すなわち、天智天皇歌は「聖天子」仁徳天皇の雨漏りの故事を彷彿とさせる一首であるのみならず、農事にかかわる天智天皇歌と衣料にかかわる持統天皇歌には、「帝王躬耕」と「后妃親蚕」という、聖代を象徴する対概念が託されているのではないかと考えるものである。

五

『百人一首』巻頭部における聖代観について見てきたのであるが、それについては、巻末歌との関連で、なお考えなければならない点が残されているように思う。

建暦二年（一二一二）成立の『方丈記』の、福原への都遷りの記述の末尾に、次のような一節がある。

伝へ聞く、いにしへの賢き御世には、あはれみをもて国を治め給ふ。すなはち、殿に茅ふきても、軒をだにととのへず、煙のともしきを見給ふ時は、限りある貢物をさへゆるされき。これ、民を恵み、世を助け給ふによりてなり。今の世の有様、昔になぞらへて知りぬべし。

ここには仁徳天皇の高殿からの国見の故事と共に、「軒をだにととのへず」という、もう一つの故事が取り上げられている。それについて簗瀬一雄氏は、次のように注しておられる。[9]

> 「軒」は、屋根の勾配のさがった先である。「だに」は副助詞で、下に打消の語をともなって、軽いものをあげて、言外に他の重いものを類推させる語である。すなわち、何でもない軒端の整斉すらしないので、他の点にはまるで気をくばらないというのである。これは『史記』（秦本紀）に「堯の天下を有《たも》つや、堂の高さ三尺、采椽刮《けづ》らず、茅茨剪《き》らず」とある故事である。しかし、このことは、『漢書』（司馬遷伝）にも、『墨子』にも、『帝範』にも出ており、『日本書紀』（仁徳天皇の条）にも「茅茨の蓋、部斉せず」とあって、長明が何によったかは、うかがうすべがない。文献によったというよりは、広く知られている常識的故事を用いたと見るべきであろう。

従うべき見解であると思う。『日本書紀』の記述というのは、仁徳天皇元年春正月の条に、高津宮の簡素なさまをのべた中に「茅茨之蓋弗部斉」（岩波日本古典文学大系本は前田家本に従って「部」を「割」と改訂している）とあるもので、皇居の軒を切り整えないというのは、本朝にあっては仁徳天皇の故事、そしてその原拠は古代中国の聖天子堯の故事として広く知られていたらしいのである。

そこで思い起こされるのは、『百人一首』の巻末歌である。「ももしきや古きのきば」と、皇居の軒を詠み据えた作者が、しかも「しのぶにもなほあまりある昔なりけり」と、いにしえを偲んで詠嘆する作者が、皇居の軒にまつわる古代聖天子の故事を思い浮かべていなかったとは考えられない。『順徳院御集』において、この歌の次に「春の立つ民のかまどのけぶりにものどけき空を人にしれつつ」という、仁徳天皇の故事を詠み込んだ歌が続くことは、この推測の妥当性を物語っていよう。かくして『百人一首』の巻末歌は、古代の聖天子にまつわる映像を介して、巻頭歌と首尾呼応しているといえよう。

結び

『百人一首』の巻頭歌と巻末歌の対照性については早くから様々な形で指摘されており、その代表的な例として最初に『三奥抄』『改観抄』をあげた。本章ではそれら従来の指摘にとどまらず、仁徳天皇を聖天子として描く『日本書紀』の記述の中の雨漏りの故事が、巻頭歌の歌句から連想される点にまず着目した。巻末歌は王道の衰退を嘆き、盛時を偲ぶ内容であるから、巻頭歌によって上代の聖天子の映像が立ち上がることは、両者の対照性をよりきわだたせる結果となるのである。なお巻末歌については、皇居の軒を切りそろえなかったという、仁徳天皇にかかわるもう一つの故事との関連性をも指摘した。これらは当時周知の故事であり、巻頭歌と巻末歌が「聖天子」仁徳天皇にまつわる映像によって結ばれていることは明らかではないだろうか。

さらに、巻頭歌が農事を、続く持統天皇歌が衣料をモチーフとしているのは、「帝王躬耕」「后妃親蚕」という、聖代の理想をあらわす対概念が、巻頭二首を結びつけるテーマではなかったかと推測したのであるが、これは『新古今集』賀歌巻頭二首の理念にも通じよう。『百人一首』巻頭部と巻末部には、従来考えられていたよりはるかに多くの歴史認識、政治認識が反映しているのではないか。本章がより深い考察の糸口となれば幸いである。

注

（1）和歌文学大系24『後鳥羽院御集』（寺島恒世校注　平成9年7月　明治書院）による。

（2）この説は丸谷才一『後鳥羽院』（昭和48年　筑摩書房）に、岡本况斎『百首要解』の説として紹介されて以来、况斎の説として引用されることが多いが、これが『宇比麻奈備』からの引用であることは明らかである。

（3）新編日本古典文学全集『古事記』（小学館）の訓読文による。
（4）日本古典文学大系『日本書紀　上』（岩波書店）の訓読文による。振り仮名の多くは省略した。
（5）岸上慎二「後撰集の天智天皇歌一首について―とくにその収載の事由」（『語文』第八輯　昭和35年5月）
（6）伊藤博『萬葉集釋注　十』（平成10年12月　集英社）の訓読によった。
（7）注6書七七六ページ。
（8）久保田淳『新古今和歌集全評釈　第四巻』（昭和52年2月　講談社）一四ページ。
（9）簗瀬一雄『方丈記全注釈』（昭和46年8月　角川書店）。本文引用も同書による。

第四章　百人一首の人麿と定家

一

本章では、次にあげる二首の和歌の類似性と対照性から導かれる問題について、考えてみたいと思う。

① ほのぼのと明石の浦の朝霧に島がくれゆく舟をしぞ思ふ

② こぬひとを松帆の浦の夕凪に焼くやもしほの身もこがれつつ

前者は『古今集』巻第九羇旅歌（四〇九）に「よみ人しらず」として収められているが、左注に「この歌はある人のいはく、かきのもとの人まろが歌なり」とあり、近世に至るまで、人麿（人丸）の代表作として喧伝されてきた一首である。後者は藤原定家が自作の中から『百人一首』に撰入した一首で、多くの自信作の中からこの歌を選び抜くにあたっては、胸中にさまざまな思いが去来したことであろう。それについては本書第二部第十二章「歌枕「松帆の浦」をめぐって」に考えを述べておいた。

ところでこの二首であるが、①においては初句「ほのぼのと」を形容詞「明し」が受け、「明し」は掛詞となって地名「明石の浦」をみちびいている。一方②では、初句「こぬひとを」を動詞「待つ」が受け、「待つ」は掛詞となって地名「松帆の浦」をみちびいている。このように、両歌の初二句は歌句の構造が類似しているのであるが、それのみならず、播磨の「明石の浦」と淡路の「松帆の浦」とは、実際に明石海峡をはさんで相対する海岸であるという点でも、両詠の初二句はきわめて対照的な関係性を有していると言えよう。

次に第二句と第三句であるが、「明石の浦の朝霧に」「松帆の浦の夕凪に」と、両者の地域的関連性のみならず、「朝霧」と「夕凪」という、時間的にも視覚的にも対照的な自然現象が詠み込まれていることによって、この二首の対照性はきわだっている。二句目末尾の助詞「の」、三句目末尾の助詞「に」が両詠に共通していることも、二首の類似性と対照性をきわだたせていよう。

下句については、句形や語彙に類似性や対照性は認められない。しかし、①は遠ざかり行く舟への思いを詠じており、それはその舟に乗って去り行く人に寄せる思いと解することができる。一方②は、来ぬ人に恋い焦がれる思いを詠じていて、両者の内容はきわめて対照的であると言えよう。なお、①の「島がくれゆく舟」については、これを単なる嘱目の景と解釈することもできるが、たとえば『古今集両度聞書』では、「これは海路に我思人のおもむくを送りてよめる歌也。明石の浦は所の道地也。たとへば明石の浦より舟出して漕ぎ出づる人の次第に遠ざかり行く折節、霧のむらむらはるばると立ちて、ある時はかすかになり、又はさやかに見ゆる折節も侍り。猶見るままに嶋隠れ果てぬるを、今はいづくにか行くらん、いかやうにかなりぬらんなど、ひとかたならず思ひやるよしなり。おほかたの旅の空さへ、あはれにもかなしくも侍るを、まして万里の波濤を思ふ人の漕ぎ行かむを思ひやる心、いふかぎりなう、あはれ深かるべきにこそ」と、人との別れを読み取っている。定家もこのように解釈していた可能性は否定しがたい。

ちなみに、「こぬ人を」詠の注釈にあたって、「ほのぼのと」詠との関連性を右のように指摘したものは管見に入らない。大取一馬氏が御論考[1]に引用された平間長雅の『百人一首抄講談秘註』に「来ぬ人を松帆浦秀句也。惣じて秀句は好まぬ事ながら如是の秀句は歌の命とす。読方伝受の一ヶ条也。ほのぼのとあかしと人丸の受給へるに同じ」云々とあるのは、人麿詠をひきあいに出している点、注目される。しかしこれは、「こぬ人を松帆の浦」が

「待つ」との掛詞（秀句）であることを指摘し、それが欠点ではなくむしろ「歌の命」であることを、「人丸」の代表作の「ほのぼのと明石」も掛詞であることを引き合いに出して主張しているにすぎず、両歌の類似性や対照性には言及していない。

さて、このような二首の類似性と対照性は、もちろん①の作者の知るところではなく、②の作者定家による作為が想像されるところであるが、それは②が『百人一首』所収歌であることと何らかの関わりをもっているのであろうか。以下、いささか考えをめぐらせてみたい。

二

『百人一首』の巻頭の四首と巻末の四首は次の通りである。

秋の田のかりほのいほのとまを荒みわがころもでは露にぬれつつ　天智天皇
春すぎて夏来にけらし白妙のころもほすてふあまのかぐ山　持統天皇
あしひきの山鳥の尾のしだり尾のながながし夜をひとりかもねん　柿本人麿
田子の浦にうち出でてみれば白妙の富士のたかねに雪はふりつつ　山部赤人

こぬ人を松帆の浦の夕凪に焼くやもしほの身もこがれつつ　権中納言定家
風そよぐならの小川の夕暮はみそぎぞ夏のしるしなりける　従二位家隆
人もをし人も恨めしあぢきなくよを思ふゆゑにもの思ふ身は　後鳥羽院

ももしきや古き軒端のしのぶにもなほあまりある昔なりけり　順徳院

巻頭歌と巻末歌について、あるいは巻頭の二首と巻末の二首については、すでに第一部第三章「百人一首の巻頭歌と巻末歌の意義」において詳しく論じたので、ここでは繰り返さない。では、そこで論じたように、巻頭の二首と巻末の二首が、それぞれ二首一組をなして首尾呼応していると考えることができるとすると、巻頭二首に続く人麿、赤人の歌、あるいは巻末二首に先立つ定家、家隆の歌についても、それぞれ二首一組として組み合わせ、その二組を巻頭部と巻末部に対照的に配置しようとする意図は読み取れないであろうか。以下この問題について考えてみたいのである。

　人麿、赤人については、上代の二歌聖の組み合わせであることは明白であろう。この両者の組み合わせは、『古今集』仮名序に「かの御時に、おほきみつのくらゐ柿本人麿なむ歌の聖なりける。（中略）また、山部赤人といふ人あり。歌にあやしくたへなりけり。人麿は赤人が上に立たむことかたく、赤人は人麿が下に立たむことかたくなむありける」と記述されて以来、二歌聖としての位置づけは不動といってよかろう。定家もその常識に従って、上代の「聖帝」の二首に続けて、二歌聖の歌を配したに違いない。すると、二歌聖の位置と対照をなす位置、すなわち巻末の御製二首の直前に位置している定家、家隆の組み合わせには、当代を代表する二歌人という意味が秘められているのではないだろうか。我こそは当代の人麿なりという定家の矜持が、そこには込められてはいないであろうか。本章では『百人一首』の巻頭四首と巻末四首の作者の顔触れと配列とから着想したこの仮説の実証へ向けて、定家の歌の分析を試みたいと思う。

三

定家の「来ぬ人を」詠については、第二部第十二章「歌枕「松帆の浦」をめぐって」において詳しく論じたので、その内容を要約しておこう。定家があえて笠金村の長歌を本歌とし、耳馴れぬ地名「松帆の浦」を詠み込んだのは、『伊勢物語』第八十七段に触発されて着想した「海人《あま》娘子の待つ恋」のテーマを作品化するのに、それがうってつけの本歌であり、地名であったからである。そしてこの一首は、歌枕への関心が高まっていた順徳天皇内裏歌壇の趨勢にきわめてマッチした作品であった。ただし、これが定家にとって、いかに会心の作であったとしても、あえてこの歌を『百人一首』に撰入したについては、そこには何らかの意図が隠されている可能性があろう。それは想像するしかないのであるが、巻末の後鳥羽院と順徳院の歌が、本来の詠作意図を逸脱して、きわめて政治的な意味あいを付与されているらしいことから推して、定家のこの作にも、本来の詠作事情とは別に、当時の政治状況を踏まえた、後鳥羽院の京都帰還を願う思いが託されていたのではないか。このように考えてみたのである。「歌枕「松帆の浦」をめぐって」の一部を引用しておく。

「こぬ人」は隠岐におわす後鳥羽院、「こぬ人をまつ」のは定家。淡路島北端の松帆の浦に立てば、瀬戸内海を東上する船影をいちはやく視野に収めることができるであろう。身を焼く思いで定家は院の船を待ち続ける。一方、後鳥羽院の「人もをし人もうらめしあぢきなく世をおもふゆゑにものおもふ身は」の一首は、賀茂真淵の『宇比麻奈備』によれば、『源氏物語』須磨の巻の「かかるをりは人わろくうらめしき人多く、世の中はあぢきなきものかなとのみ、よろづにつけておぼす」という、光源氏の心内語をふまえた物語取りの一首であったということだが、この説はおそらく正しい。定家が院のこの歌を『百人一首』に収めたのは、光源氏のごとき京都帰還を院の将来に期待する思いをもこめてのことであったかもしれない。あたかも松帆の浦は、京に向けて光源氏が旅立った明石の地に限りなく近い。定家の心情をこのように忖度することができるならば、『百人一首』の定家詠と後鳥羽院詠は、院の帰還を祈念するというテーマで結ばれることとなる。

私はこのように述べ、定家が「こぬ人を」詠を『百人一首』に採用した理由を推測した。この考え方に変更はないが、本章の冒頭で述べた、「ほのぼのと」詠との類似性、対照性に着目する時、いまひとつの推測が浮かび上がってくると思うのである。

四

「こぬ人を松帆の浦の夕凪に焼くやもしほの身もこがれつつ」は、建保四年（一二一六）六月の「内裏百番歌合」のために詠まれた作だが、その時に定家が「ほのぼのと」詠を念頭においてこの歌を詠んでいたとは断言できないように思う。この歌の本歌はあくまでも『万葉集』所収の長歌であり、本歌では作者の恋慕の対象であった海人乙女を歌の主人公にとりなし、その恋心を表現するというのがこの歌の本意であるから、その上さらに人麿の代表作とされる「ほのぼのと」詠を連想せしめるというのは、趣向がすぎるといえなくもなかろう。また、「ほのぼのと」詠はあまりにも著名な一首であるから、その歌の上句の句形を無意識のうちに踏襲してしまうといったいきさつは、ありえなくはないと思うのである。しかし、定家ともあろう歌人が、二首のこれほどの類似性、対照性に終始無頓着であったとは考え難いところである。

したがって、仮に詠作時の定家の念頭に「ほのぼのと」詠がなかったとしても、その後自ら気付くか、誰かに指摘されるかして、著名歌と自作との類似性、対照性を意識することになるのは目に見えていよう。『百人一首』に自作を一首選び抜くにあたって、「こぬ人を」詠を選択した理由としては、「歌枕「松帆の浦」をめぐって」において、それが会心の作であったのみならず、本来の詠作意図とは別に、隠岐からの後鳥羽院の帰還を願う心がこの一首に託されたとする推測を述べたのであるが、伝人麿詠との関連性を考慮する時、いまひとつの推測が浮かび上がってくる。

本章第二節に示したように、『百人一首』には巻頭の二帝の歌の直後に人麿、赤人（二歌聖）の歌が配され、巻末の二帝の歌の直前に定家、家隆の歌が配されるという対照性が見出されるのであるが、この事実と、「こぬ人を」詠が人麿の代表作とされていた「ほのぼのと」詠を想起させるという事実とは相俟って、そこに定家の、自らを当代随一の歌人と自負する矜持が込められているとは考えられないだろうか。本来のこの歌の作意とは別に、『百人一首』の中においては、後鳥羽院の帰還を祈念するとともに、自らを当代の人麿に擬すという、二つのメッセージがこの歌には込められているのではないかと推測するものである。

それならばいっそのこと、『百人一首』には人麿の作として「あしひきの山鳥の尾のしだり尾の……」ではなく、「ほのぼのと」詠を選んでおけば、そのメッセージはより明確に伝わったはずではないかという疑問が、当然ながら浮かんでこよう。「ほのぼのと」詠は『古今集』（元永本、筋切、唐紙巻子本をのぞく諸本）においては「よみ人しらず」であり、左注に伝人麿とされているにすぎないのであるが、だからといって『百人一首』の撰歌の対象にならないとはいえない。「奥山にもみぢふみわけなく鹿の声きくときぞ秋はかなしき」が、『古今集』では「よみ人しらず」であり、左注は付されていないにもかかわらず、『百人一首』では猿丸太夫の作として採られていることから考えて、「ほのぼのと」詠が対象からはずされる理由はないのではなかろうか。(2)

しかしながら、もし「ほのぼのと」詠が選ばれたとすると、「こぬ人の」詠との関係性はあからさまとなる。定家はあえて人麿作としては「あしひきの」詠を撰入し、メッセージを朧化して、自らを人麿になぞらえる不遑な試みにカモフラージュをほどこしたのではなかったか。

「歌枕「松帆の浦」をめぐって」においては、『百人一首』では定家詠と後鳥羽院詠とが結びつくことによって、院の京都帰還を祈念する定家の心が浮かび上がると論じているのであるが、本章では、人麿詠「あしひきの……」と定家詠との配置の対照性や、伝人麿詠「ほのぼのと……」と定家詠との類似性、対照性に着目することによって、そこに込められた定家の自負心を浮き彫りにしようとした。定家の「こぬ人を」詠がいかに自信作であったとしても、多くの自讃歌の中からこの一首を選び出すにあたっては、何らかの特別な意図なり思いなりがあったはずである。それを『応永抄』は「黄門の心にわきて此百首にのせらるる上は、思はかる所に侍らんや。しきりに眼を付て其心をさぐり知るべきにこそ」と述べている。[3] 本章では私なりに「其心をさぐ」ってみた次第である。当代の赤人の位置に家隆を置いた定家の意図など、残された問題は多いが、これからの課題としたい。

最後に『百人秀歌』に言及しておきたい。周知のように、『百人秀歌』には後鳥羽院、順徳院の歌がなく、巻末は実朝、家隆、定家、公経の順となっている。定家詠と後鳥羽院詠との関係性が消滅し、人麿詠との配列の対照性も消えているのである。すなわち、私が指摘したメッセージが二つとも消滅しているのであって、ここに『百人秀歌』が改めて作られなければならなかった理由が見て取れよう。私は第一部第二章「百人一首の成立についての試論」において、さる貴人からの求めに応じ、『百人一首』を改編して献上されたのが『百人秀歌』ではなかったかと述べたが、献上本からは危険なメッセージや不遜なメッセージは注意深く取り除かれなければならなかったのである。

注

（1）大取一馬『新勅撰和歌集古注釈とその研究〔上〕』（昭和61年3月　思文閣出版）所収「『新勅撰和歌集』所収の定

家の歌一首」。この論考の初出は『龍谷大学論集』四二六（昭和60年5月）。

（2）定家が『百人一首』に人麿の作として「ほのぼのと……」ではなく「あしひきの……」を選んだ理由について、たとえば『百人一首拾穂抄』所引「師説」（貞徳説）は「ほのぼのとあかしの浦のうたは、大納言公任卿の九品をたて給ひしに、上品上の体に出し給へるを、定家卿此百首にとり分て此うた（「あしひきの」をさす―筆者注）をいれ給へる事、御心ばへあるべきにや。人丸のうたは情をもととして景気をのづからそなはれるよし玄旨の御説なり。就中此歌はかのほのぼのの歌よりは詞づかひは猶まさりて侍るべし」云々と述べている。

（3）家隆の歌の上句「風そよぐならの小川の夕暮は」が、定家詠の上句「こぬ人を松帆の浦の夕凪に」と類似性が認められるのは興味深い。なお藤平春男『新古今歌風の形成』（『藤平春男著作集　第一巻』平成9年6月　笠間書院、一三二ページ）に「『新勅撰集』における入集歌数第一位は家隆であったが、その歌数四三首は、彼の新古今入集歌数と全く一致する。これは或いは定家が意識したことかと思われるのであって、三、四十年来つねに一歩下がりながらもぴったりついては離れないこの歌友を定家は意識しないわけにはいかなかったのである」とあるのは、誠に興味深い指摘である。後鳥羽院も「定家家隆両卿撰歌合」を撰して、特にこの両者を取り合わせている。

第五章　百人一首の中の三十六歌仙

一

三十六歌仙は、藤原公任（九六六〜一〇四一）の『三十六人撰』に選ばれた三十六人の歌人の総称である。そのメンバーは、人麿、貫之、躬恒、伊勢、家持、赤人、業平、遍照、素性、友則、猿丸大夫、小町、兼輔、朝忠、敦忠、高光、公忠、忠岑、斎宮女御、頼基、敏行、重之、宗于、信明、清正、順、興風、元輔、是則、元真、小大君、仲文、能宣、忠見、兼盛、中務、以上三十六人である。

『三十六人撰』およびそのメンバーたる三十六歌仙が、その後の歌壇においてきわめて重要視されていたことは、院政期における『三十六人歌仙伝』の成立や『三十六人集』の集成といった動向によって明らかだが、藤原基俊（一〇六〇〜一一四二）が『新三十六人』を選び（散逸）、藤原範兼（一一〇七〜一一六五）が『後六六撰』を編纂し、藤原俊成（一一一四〜一二〇四）が『三十六人撰』の歌を選び直すなど[1]、歌人たちの批評意欲をかきたてる好素材でもあったようだ。藤原定家は『三十六人撰』を書写しており、その転写本が宮内庁書陵部や陽明文庫に所蔵されているが、定家はその識語の中で、三十六人の人選について疑問を呈している[2]。三十六歌仙をめぐるこのような流れから考えて、定家が『百人一首』を撰んだ際、特に歌人の人選にあたっては、三十六歌仙のメンバーの処遇について、いささか考えをめぐらしたであろうことは、容易に推測できるのではなかろうか。

『百人一首』には三十六歌仙のうち二十五名の歌が採られている。その二十五名を『百人一首』の歌順に従って列挙すると、人麿、赤人、猿丸大夫、家持、小町、遍照、業平、敏行、伊勢、素性、兼輔、宗于、躬恒、忠岑、是則、友則、興風、貫之、兼盛、忠見、元輔、敦忠、朝忠、重之、能宣、以上二十五名である。『百人一首』に歌が採られなかった三十六歌仙メンバーは、高光、公忠、斎宮女御、頼基、信明、清正、順、元真、小大君、仲文、中務、以上十一名である。これら十一名の作がどうして『百人一首』に採られなかったのか、一人一人について定家の胸中を忖度してみるのも面白かろうが、それは別の機会にゆずり、本章では『百人一首』に歌をとられた二十五名に関するささやかな発見から、話を始めることにしたい。

二

ささやかな発見とは、この二十五名の歌が全て『百人一首』の前半部に収まっているという事実である。すなわち、先ほど二十五名を『百人一首』の歌順に従って列挙したが、その最後にあたる大中臣能宣の歌は『百人一首』の四九番歌であって、前半五十首の中に二十五人の歌の全てが出揃っているのである。ただし、これはいわばあたりまえの話であって、三十六歌仙は藤原公任の在世時以前の人々であるから、ほぼ作者の生存年代順に歌が並べられている『百人一首』の前半部に三十六歌仙の歌が集まるのは当然で、五一番歌より後に一人も越境していないのは、単なる偶然とも見なしえよう。「ささやかな発見」と述べたゆえんである。

ところが、『百人一首』を仔細に観察すると、五〇番歌と五一番歌との間に、大きな時代的断絶が見出されるのである。四八番歌の作者、源重之は、長保二年（一〇〇〇）ごろ、七十歳前後で世を去っている。四九番歌の作者能宣は、延喜二十一年（九二一）に生まれ、正暦二年（九九一）に七十一歳で没している。晩年の彼らと若き日の公任とは同じ時代の空気を吸っていたのであるが、康保三年（九六六）生まれの公任から見ると、彼らは父親の世代に属する人物にほかならない。重之や能宣が三十六歌仙に選ばれたのは、彼らが公任から見て一時代前の有力歌人と認識されていたからである。三十六歌仙は、公任にとっては過去に属する歌人たちであって、公任と同年代の歌人は選ばれていない(3)。この事実は和歌史に詳しい誰の目にも明らかな事実であって、もちろん定家にとっても同様であろう。

『百人一首』五〇番歌の作者藤原義孝は、天暦八年（九五四）に生まれ、天延二年（九七四）に、二十一歳で没している。天延二年に公任は九歳であるから、義孝は公任にとって明らかに過去の人物である。義孝の子息行成（九七二〜一〇二七）こそが、公任の同時代人にほかならない。義孝は三十六歌仙ではないが、三十六歌仙の時代の最末期に、短い生涯を送った人物であった。

一方、五一番歌の作者、藤原実方は、長徳四年（九九八）に四十歳ばかりで没している。天徳四年（九六〇）ごろの出生で、公任とはまさに同世代である。『実方集』『公任集』『小大君集』等によって、公任との交流が知られる。また、五二番歌の作者藤原道信は、天禄二年（九七二）に生まれ、正暦五年（九九四）に没している。公任より六歳年少であり、二十三歳で夭折している。この人々や公任は、三十六歌仙の中で最も生存年代の下る歌人たちよりほぼ一世代若い、いわば三十六歌仙より後の新時代の劈頭に属する人々なのである。このように、『百人一首』の前半部が義孝の歌で終り、後半部が新世代のこの二人の歌から始まっているのは注目に値しよう。前半五十首は三十六歌仙の時代、後半五十首はそれ以後の新時代というのが、定家によって意図された『百人一首』の基本構造だったのではなかろうか。

三

前節での推測のもとに、『百人一首』の前半五十首全てが三十六歌仙の時代の人々の歌であるか、作者の顔触れを改めて見直してみると、確かにそこには公任以後の新時代の作者はまぎれこんではいない。では、後半の五十首の作者は全て公任の活躍期かそれ以後の歌人であるかというと、実は例外が二人見出されるのである。それは右大将道綱母（五三番歌）と儀同三司母（五四番歌）であって、この二人以外には、三十六歌仙の時代に属する歌人はいない。

道綱母は長徳元年（九九五）ごろ、六十歳ばかりで世を去っており、儀同三司母（高階貴子）は長徳二年、これも六十歳ばかりで没している。このように、二人は全くの同世代と言ってもいいであろうが、彼女たちが重之や能宣と同様、公任から見て親の世代に属していることは明らかである。(4)また、そのような事実を定家が見誤るはずもない。では、この二人の存在をもって、前節で推定した『百人一首』の基本構造は崩れてしまうのか、さらに検討を進めてみたい。

『百人一首』の後半五十首は、先に見た通り、公任と同世代の実方、道信の歌から始まる。それに続くのが道綱母と儀同三司母の歌で、その後に公任の歌が置かれている。注目されるのは、公任の歌の後に、和泉式部、紫式部、大弐三位、赤染衛門、小式部内侍、伊勢大輔、清少納言と、女性歌人の歌が七首も連続して配列されていることである。なお、清少納言の歌の後には左京大夫道雅（九九二〜一〇五四）、権中納言定頼（九九五〜一〇四五）と、公任から見て一世代あとの人物の歌が並んでいる。

さて、公任の後に配されている七人は、紫式部とその娘、大弐三位や、和泉式部とその娘、小式部内侍など、明らかに二世代に及んでいるにもかかわらず、ここに一括されているのは、七人を王朝女流文学の最盛期を代表する女性たちとして『百人一首』の中に位置づけ、印象づけようとする定家の意図によるものと考えて間違いはないであろう。では、これら七人に対して、道綱母と儀同三司母の位置づけは、いかなる意図によるものであろうか。

まず、並べ収められている二人の歌「なげきつつひとりぬる夜のあくるまはいかに久しきものとかは知る」「わすれじの行く末まではかたければ今日を限りの命ともがな」であるが、一方は夫の不実を歎きつつその苦しみを訴え、一方は幸せの絶頂にありながら将来の破局を見据えていて、平安貴族女性にとって最も深刻な問題、すなわち平安女流文学にとって最も重要なテーマを歌い上げた、女歌の双璧とも称すべき作品である。作者について見ると、道綱母は女流日記文学の嚆矢をなす『蜻蛉日記』の作者であり、歌人としての令名も高かった人物である。儀同三司母は、歌人として多くの作品を残しているわけではないが、高内侍と呼ばれて円融院に仕え、漢学の素養をもって知られ、関白道隆の妻、中宮定子や儀同三司伊周たちの母として『枕草子』や『栄華物語』などの王朝文学においてもなじみの深い人物である。この二人とその二首の歌は、王朝女流文学全盛期のさきがけとして『百人一首』の中に位置づけられ、まさに全盛期の人々の歌として和泉式部以下の七人の歌が続き、前の二人と後の七人の時代を区分すべく、その間に公任の歌が挿入されているというのが、道綱母から清少納言に至る十首、十人の配列に関する定家の意図であったと考えて、ほぼ間違いはないように思われるのである。

以上、『百人一首』は前半の五十首が三十六歌仙の時代の歌、後半の五十首はそれ以後の新しい時代の歌と、画然と区分されており、道綱母の歌と儀同三司母の歌は、新しい時代の幕開けを飾る女流文学者たちのさきがけとして、例外的に後半部に置かれたのではないかと述べてきた。『百人一首』は公任以前（三十六歌仙の時代）の歌と公任以後の歌とがほぼ同じ比重をもたせられて成り立っている小歌集なのである。

ところで、「三十六歌仙の時代」などと、聞きなれない言葉を使ってきたが、通用の言葉に言い換えるならば、これは「三代集の時代」にほぼ重なる。定家が三代集を重んじたことは『詠歌大概』等によって明らかで、定家が三代集の時代とそれ以後の時代とをはっきりと区別していたことは明白である。それでは、『百人一首』の前半部は「三代集の時代」にほかならず、三十六歌仙は強くは意識されていないかというと、どうやらそうでもなさそうなのである。

四

『百人一首』の前半五〇首と三十六歌仙とのかかわりについて、改めて検討を加えてみたい。先に『百人一首』には三十六歌仙のうち二十五名の歌が選ばれていると述べたが、この数字は大きいと言っていいのか、すなわち定家の三十六歌仙重視のあらわれなのか、それとも小さいのか、すなわち二十五名がたまたま一致したにすぎないのか、難しいところである。

そもそも三十六歌仙の顔触れと『百人一首』前半五十首の歌人たちの顔触れを比べてみると、公任は三十六人の選抜にあたって、いくつかの制約を設けていたであろうことが浮き彫りになってくる。まず、三十六歌仙に天皇が一人も選ばれていないことは、『百人一首』では前半五十首に限っても四首の天皇御製が撰ばれているという事実と比較すると、著しい特徴である。これはおそらく、御製の軽視ではなく、『三十六人撰』及びその成立のきっかけをなした『前十五番歌合』が歌合形式をなしているため、御製を番えることをはばかった結果と推測できよう。ちなみに、『百人一首』には元良親王が撰ばれているが、親王が撰ばれていないことも、これに準じて説明できるであろう。

次に、三十六歌仙に大臣クラスの人物が選ばれていないことが、『百人一首』前半部に河原左大臣（源融）、菅家

（菅原道真）、三条右大臣（藤原定方）、貞信公（藤原忠平）、謙徳公（藤原伊尹）の五人が選ばれている事実との比較によって注意されよう。中でも『一条摂政御集』の伊尹は、三十六歌仙の歌人たちと比べて特に遜色はないであろうのに、選ばれていない。貫之が『古今集』仮名序において近代歌人評（いわゆる六歌仙評）を始めるに先立って「つかさくらゐたかき人をば、たやすきやうなれば入れず」とした前例に従ったものでもあろうか。

最後に、『百人一首』前半部に歌が採られてはいるものの、その人の作と伝えられる歌の数が極端に少ない安倍仲麿、喜撰法師、蟬丸の名が三十六歌仙の中にはない。これについては、『三十六人撰』が人麿たち六人の有力歌人については一人あたり十首、その他三十人については一人あたり三首の歌によって構成されている以上、一首乃至二首の伝承歌しか伝わらないこれらの人物が入る余地はなかったと言うことができよう。なお、『百人一首』前半部に見える文屋康秀、春道列樹、文屋朝康、右近、参議等（源等）などは、その詠作を三首以上見出すことは可能であるが、やはり伝来する作品の極端に少ない人々として、『三十六人撰』の対象とはなりえなかったのであろう。公任の在世時に三十六人の家集が全て存在した確証はなく、後に『三十六人集』の成立にあたって何人かの家集は新たに編まれることもあったかもしれないが、それにしてもこれら三十六人は、家集を持ちうるだけの実績のある歌人達として選ばれたのであることは疑いのないところであろう。(5)

『三十六人撰』における歌人選択の方針といったものを、『百人一首』前半部の歌人の顔触れとの比較を通じて推しはかってきたのであるが、その方針に合致しない『百人一首』歌人、すなわち右にあげた天皇四人、親王一人、大臣クラス五人、伝承歌の極端に少ない三人を合計すると十三人である。『百人一首』前半部の五十人からこの十三人を除くと残り三十七人となり、三十六歌仙の人数に近づくことは興味深い事実であるが、さらに文屋康秀、春道列樹、文屋朝康など、先にあげた歌数の少ない人達の中の誰かをこの十三人に上乗せして差し引くならば、その数字は三十六に限りなく近づく。定家が三十六歌仙のメンバーを選び直したのがこの約三十六人である、とまで言っては言いすぎであろうが、この約三十六人の中には大江千里、清原深養父、曽禰好忠、恵慶法師など、三十六歌仙に選ばれなかった有力歌人が何人も含まれていることには、やはり注目していいのではなかろうか。

五

先に、三十六歌仙のうち二十五名の歌が『百人一首』に採られていると述べた。その二十五首のうち何首が『三十六人撰』に見出されるか、最後に検証してみたいと思う。参考までに、俊成が歌を撰びなおしたとされる『三十六人歌合』をも取り上げておく。(6)『百人一首』の歌順に従って和歌を掲げ、その歌が公任『三十六人撰』に収められている場合は歌の上の二字分の空白の一マス目に○印を、俊成『三十六人歌合』に収められている場合は二マス目に○印を付した。たとえば「○○」は当該歌が『三十六人撰』『三十六人歌合』の双方に収められていることをあらわし、「　○」は『三十六人歌合』にのみ収められていることをあらわす。

　　　　　　　　　柿本人麿
○○あしひきの山鳥の尾のしだり尾のながながし夜をひとりかも寝む
　　　　　　　　　山辺赤人
　　田子の浦にうちいでて見れば白妙の富士の高嶺に雪は降りつつ
　　　　　　　　　猿丸大夫
○○奥山にもみぢふみわけ鳴く鹿の声聞くときぞ秋はかなしき
　　　　　　　　　中納言家持
○かささぎのわたせる橋におく霜の白きを見れば夜ぞ更けにける

○○花の色はうつりにけりないたづらに我が身よにふるながめせしまに
小野小町
あまつ風雲のかよひ路吹きとぢよをとめの姿しばしとどめむ
僧正遍照
ちはやぶる神代もきかず竜田川からくれなゐに水くくるとは
在原業平朝臣
住の江の岸による波よるさへや夢の通ひ路人目よくらむ
藤原敏行朝臣
難波潟みじかき葦のふしのまもあはでこの世をすぐしてよとや
伊勢
○○今来むと言ひしばかりに長月の有明の月を待ちいでつるかな
素性法師
○みかの原わきて流るる泉川いつ見きとてか恋しかるらむ
中納言兼輔
○○山里は冬ぞさびしさまさりける人目も草もかれぬと思へば
源宗于朝臣
○　こころあてに折らばや折らむ初霜の置きまどはせる白菊の花
凡河内躬恒
壬生忠岑

○有明のつれなく見えし別れより暁ばかりうきものはなし
坂上是則
○朝ぼらけ有明の月と見るまでに吉野の里に降れる白雪
紀友則
久方の光のどけき春の日にしづ心なく花の散るらむ
藤原興風
○○たれをかも知る人にせむ高砂の松も昔の友ならなくに
紀貫之
人はいさ心も知らずふるさとは花ぞ昔のかににほひける
平兼盛
○忍ぶれど色にいでにけり我が恋はものや思ふと人の問ふまで
壬生忠見
○恋すてふ我が名はまだき立ちにけり人知れずこそ思ひそめしか
清原元輔
○ちぎりきなかたみに袖をしほりつつ末の松山波こさじとは
権中納言敦忠
○　あひ見てののちの心にくらぶれば昔はものも思はざりけり
中納言朝忠
○○あふことのたえてしなくはなかなかに人をも身をもうらみざらまし

源重之

〇〇風をいたみ岩うつ波のおのれのみくだけてものを思ふころかな

大中臣能宣

〇みかきもり衛士のたく火の夜はもえ昼は消えつつものをこそ思へ

右によれば、『百人一首』の二十五首のうち、十首が『三十六人撰』に見出される。『三十六人撰』には人麿、貫之、躬恒、伊勢、兼盛は各十首、(7)他は一人当たり三首が採られているのであるから、これら二十五人分百十首の中から、最大限可能な二十五首の四十パーセントにあたる十首しか『百人一首』に採られていないというのは、かなり少ない数字と言えよう。定家が公任の撰歌にさほど影響されず、独自の撰歌をなしていることは明らかであろう。なお、俊成『三十六人歌合』とは十六首（二十五首の六十四パーセント）が『百人一首』と一致しているのは、時代的な好尚の変化や父からの影響を考慮すると、妥当な数字であろうか。俊成『三十六人歌合』が仮託の書であるならば、その撰者はかなりの知恵者であるといえよう。『三十六人撰』とも『三十六人歌合』とも一致しない七首は、定家独自の鑑賞眼を示すものといえようし、(8)うち六首までが自筆本『近代秀歌』あるいは『秀歌体大略』のいずれか、あるいは双方に見える。「田子の浦に」のみはどちらにも見出されず、『秀歌大体』に至ってようやく選び出されている。

前節において、定家が公任『三十六人撰』の人選、すなわち三十六歌仙の顔触れについて、かなりのこだわりを見せていたことを指摘したが、一方、『三十六人撰』所収歌にはさして拘泥することなく、自らの見識にもとづいて『百人一首』の歌を撰んでいることがうかがえた。さすがの定家も、歌壇において二百年にわたって重んじられてきた三十六歌仙については、その人選を批判的に見ながらも無視しえなかったことは、注（2）に引いた『三十六人撰』識語に「採択の員数是非に迷ふと雖も、已に其の人を定めらる。来たる所遠し」とあることからも推測できる。しかし『百人一首』の歌を撰ぶにあたっては、『三十六人撰』における公任の撰歌に、さほどの権威を認めていなかったと言うことができよう。(9)三十六歌仙をめぐる和歌史には敬意を表しても、『三十六人撰』の撰歌からは自由であったということなのである。

注

(1) 田仲洋己「『俊成三十六人歌合』について」(『岡山大学文学部紀要』31　平成11年7月)は、この書を俊成に仮託されたものと論じているが、しばらく旧来の説に従っておく。

(2) 「採択員数雖迷是非、已被定其人、所来遠、争不書留一本哉、先年所持引失了、仍令書之、不及校」

(3) ただし、小大君については少々問題がある。彼女は寛和二年(九八六)に立太子した居貞親王(後の三条天皇)に東宮女蔵人として仕え、寛弘ごろまで生存したと推定されている(『和歌大辞典』等)。また、公任や実方と何らかの交流があったらしいことが『小大君集』によってうかがわれる。小大君が三十六歌仙に加えられたのは、公任から見て彼女がやや年配であり、その目に過去の歌人と映っていたからであろうか。村瀬敏夫氏は小大君について、「公任撰の「三十六人撰」は、寛弘・長和の交に成ったと見られるが、彼女以外の三十五人がいずれも故人であるのを見ても、当時、彼女も鬼籍に入っていたのだろう」(『平安朝歌人の研究』平成6年11月　新典社)と述べておられるのであるが、『三十六人撰』のメンバーが全て物故者から選ばれたとの推定は説得力がある。

(4) 公任が『三十六人撰』に先立って編んだ『前十五番歌合』では「傅殿母」(道綱母)と「帥殿母」(儀同三司母)とが番えられている。

(5) 猿丸太夫は実態が定かでなく、『猿丸大夫集』の歌は全て伝承歌であるが、そのことについてはここでは問わない。また、頼基、元真、仲文などは三十六歌仙に加えるべきではなかったという古来の批判についても、ここでは問題にしない。

(6) これらの本文については樋口芳麻呂校注『王朝秀歌選』(岩波文庫　昭和58年3月)を参照させていただいた。

(7) 『三十六人撰』では中務も十首が採られているが、中務の歌は『百人一首』に採られていないのでここには名前をあげていない。なお、中務と右近はほぼ同時代人であるが、歌人としての実績や名声は中務の方がはるかに上であるにもかかわらず、『百人一首』に中務の歌は採られず、右近の歌が採られている。右近の作「わすらるる身をば思はずちかひてし人の命のをしくもあるかな」が、女歌として定家の好みにかなったこと、一方、中務の作の中には、晴歌に見るべきものはあっても、定家好みの女歌がなかったことがその理由であろうか。

（8）ちなみに、この七首は全て後鳥羽院撰『時代不同歌合』に採られていない。

（9）一方、『古今集』よみ人しらずの「奥山にもみぢ踏み分け鳴く鹿の……」を猿丸大夫の作として『百人一首』に収めたのは、この歌を採るために、あえて三十六歌仙の権威を借りたものか。

第二部　百人一首の和歌にかかわる論

第一章　喜撰法師の歌に見る宇治

一

私は「平安京の周縁としての芥川」と題する論考[1]において、平安時代、平安京の文化的影響力が直接及ぶ地域はどのあたりまでであったかについて考察し、京より西南、山陽道の方面では、現在の大阪府高槻市を流れる芥川あたりまでであったかと推測した。その小論（以下「前稿」と呼称）の冒頭部を次に引用しておこう。

平安時代において、都でつちかわれた文化の及ぶ範囲、すなわち平安京文化圏とでもいうべき地域は、どのあたりまで拡がっていたのであろうか。それは都人にとっての日常的な行動範囲であり、その周縁部から先は異界と認識される地域であったと、一応は考えられようかと思う。ではその周縁部、すなわち都のさいはてと認識されていたのは、どのあたりであったのか。もちろん、平安時代は約四百年間に及び、時代によって変化はあるにちがいないが、それぞれの時期において、都と地方とを結ぶ交通路上のある地点がそれと強く認識され、そのような地点が都の周囲に、おそらくは交通路の数と等しく存在していたことであろう。

前稿では、このような問題意識のもとに、手始めに山陽道方面における平安京の周縁部を探ったのであったが、今後の課題について、前稿末尾に次のように述べた。

都の西南、山陽道方面における郊外の果ては芥川の辺であったということ、すなわち、平安京文化圏の周縁部のひとつが芥川の辺であったと述べてきたのであるが、ではその他の方面ではどうだったのであろうか。これは今後の課題とさせていただきたいところであるが、今ある程度の確信をもって言えることは、都から南、奈良へと向う街道について言えば、宇治のあたりがまさしくそれにあたると言っていいのではないかということである。宇治川という河川によって限られている点で芥川と似通っているし、別荘や寺院が貴族たちの私的な需要のもとに建てられた（歴史的事実としても、『源氏物語』においても）のは、まさしく都の郊外の果てという土地柄にふさわしい現象といえよう。今後はこの宇治をも含め、平安京の周縁部を各方面に探っていきたいと思う。それこそが、平安時代における関西圏の実態を解明する有力な方法であると考えられるからである。

そこで本章では、前稿を受けて、宇治を取り上げることとしたい。『蜻蛉日記』の作者が長谷寺参詣の帰途、夫兼家の出迎えを受けたのはまさしく宇治においてであって、都の出入り口としてのその性格がうかがえるし、『源氏物語』宇治十帖において、宇治が都のさいはてとして描き出されていることは、ここにこと新しく述べるにも及ばないであろう。本章では、これらの作品より百年ばかり先立って詠まれ、宇治に一定のイメージを付与した喜撰法師の歌を取り上げてみたい。もちろんこの著名歌については、従来多くの言及がなされているのであるが、平安京文化圏の周縁部において成立した歌という視点から、改めて考えてみようと思う。

二

わがいほは都のたつみしかぞすむ世をうぢ山と人は言ふなり

『百人一首』に採られているこの歌の出典は『古今集』で、その巻十七雑歌下（九八三）に、「題しらず　喜撰法師」として収められている。喜撰は『古今集』仮名序に、「ちかき世にその名きこえたる人」として名をあげられ、のちに「六歌仙」と呼びならわされることになる六人の中の一人であるが、喜撰の作として確実なのはこの一首にすぎない。鎌倉期の勅撰集である『玉葉集』の夏部（四〇〇）に、「木の間より見ゆるは谷の螢かもいさりにあまの海へ行くかも」という歌が喜撰の作として見えるが、実作であるかどうか、はなはだ疑わしい。おそらく後世作られた伝承歌であろうが、『古今和歌集目録』によれば、『孫姫式』にこの歌が「基泉法師」の作として見えるとのことであるから、平安後期にはこの歌と「喜撰」「基泉」にまつわる伝承が生じていたものと思われる。それにしても、『古今集』仮名序に「宇治山の僧喜撰」と紹介されている人物の歌に「海」が詠まれているのは不可解といえようが、この歌が芦屋の里を舞台とする『伊勢物語』第八十七段に見える歌「晴るる夜の星か河辺の螢かもわが住む方のあまのたく火か」と似ているのが注意される。喜撰と摂津の国芦屋の里とのかかわりを物語る伝承が生じていたのであろうか。

さて、「わがいほは……」の一首の解釈について、古来しばしば言及されるのは、第三句「しかぞすむ」の「しか」（副詞）に「鹿」の意が掛けられているか否かという問題である。早く『古今集』教長注に「鹿」説が見えるが、顕昭（『古今秘注抄』『古今集注』）はこれに不同意であり、定家（『顕注密勘』）は顕昭と同意見である。『古今秘注抄』に「鹿の住まむからによをうぢ山と云べきよしなかるべし」（鹿が住んでいるからといって、「世をうぢ山」と続ける関連性が見出し難い）と述べているのは説得力がある。しかし、「鹿」説が広く受け入れられていたことは確かであって、元永本『古今集』（一一二〇年書写）にこの歌の第三句が「しかぞなく」とあるのは（同系統の筋切も同様）、「鹿」説が本文異同を生ぜしめるほど有力であった証拠である。また、「鹿」説に従って喜撰の歌を本歌取りしたとおぼしい作が見出されたり、[2]宇治平等院鳳凰堂の壁画に鹿が描かれているのは「鹿」説の影響かとされる[3]など、多くの指摘がなされている。一方、萩谷朴氏は「辰・巳・午の縁で、「しかぞ」の中に「鹿」が詠み込まれていること、そしてそれが辰巳に続き、鹿との縁で言外に「午」（馬）の存在を予測せしめるというところまでは認められてよいであろう」と、興味深い説を唱えておられる。(4) ただ、「鹿」説の可否は、この一首の本筋と直接かかわらない、二義的な問題である。この一首を正しく理解する上での肝要は、「しかぞすむ」の一義的な解釈ではないかと思うのである。

「しか」は「そのように」の意の副詞であるから、「しかぞすむ」の現代語訳は「そのように住んでいる」となろう。ところが、「そのように」とはどのようにであるのか、一首の中に示されていないことが、解釈に困難をもたらしている。そこで諸注の多くは、副詞「しか」に何らかのニュアンスを付け加えることによって、解釈の筋を通そうとしている。「しかぞすむ」の一句に付された現代語訳をいくつか紹介すると、「このように心静かに住んでいる」（有吉保『百人一首全訳注』講談社学術文庫、井上宗雄『百人一首　王朝和歌から中世和歌へ』笠間書院）、「そこにご覧のように心静かに住んでいます」（島津忠夫訳注『新版百人一首』角川ソフィア文庫）、「このように愁いなく住んでいる」（樋口芳麻呂『王朝秀歌選』岩波文庫）、「このように心安らかに住んでいる」（小町谷照彦『古今和歌集』旺文社文庫）のようであって、「心静かに」「愁いなく」「心安らかに」など、副詞「しか」の語義にはない文言を付け加えて、解釈の筋を通そうとしておられるのである。「まさにそのように住んでいます」（片桐洋一『古今和歌集全評釈（下）』講談社）と、語義に忠実な訳もまれに見られるが、では「そのように住」むとは具体的にはどうなのか、説明がむつかしい。このような解釈の困難さが「鹿」説を生み出す原動力となったことは、想像に難くない。教長が「しかぞすむは、山里なれば鹿すむによせて、然ぞ住すると我身をかけたり」と言っているのは、鹿が住むような山中に私も鹿同然に住んでいるとの解釈のようで、俗解なるがゆえにかえって、当時においては強い説得力をもっていたのであろう。

三

では、喜撰の歌の第三句「しかぞすむ」の解釈について、改めて考えてみたい。副詞「しか」が「そのように」の意であるからは、その内実は「しか」の出現より前に示されていなければ意味をなさないはずである。しかし第三句「しかぞすむ」に先行する二句「わがいほは都のたつみ」には、喜撰の庵が都の東南に位置することが述べられてはいても、それが「しか」の内実であるとは受け取りがたい。「しかぞすむ」とは何らかの生活の実態を指し示しているとしか考えられないからである。しいて初二句に隠遁生活の実態を読み取ろうとするならば、都の丑寅（東北）に位置する比叡山を正統的な出家生活の場とする世間の常識に反して、私は都の丑寅ならぬ辰巳に、比叡山のお歴々とは似ても似つかぬみすぼらしい隠者として庵を結んでいる、といった解釈が成り立たないものでもない。しかしこれほどの深読みは、おそらく作者の意図するところではなかったように思うのである。

新日本古典文学大系『古今和歌集』[5]（岩波書店）の当歌注は、『論語』の『何晏集解』に「巽、恭也」とあるのを引き、「たつみ」を「恭」の字に転じて「しかぞ」の内容を示していると説明し、上句を「わが庵（いおり）は都の東南で、その「巽（たつみ）」という名の通りに慎ましく住んでいるだけのことだ」と現代語訳しておられる。これも「しかぞ」の内実を先行する歌句に求めた解釈であるが、「たつみ」なる歌句から「恭」字を連想するというのは、中世の神秘的な解釈じみていて、これまた深読みに過ぎると言わざるをえないのではないだろうか。初二句から隠遁生活の実態を読み取ることは、断念せざるをえないのではないかと思うのである。

第三句「しかぞすむ」に先行する二句に「しか」の指し示す内実が述べられていないのであれば、この歌そのものに先行して、すでにその内実が存在したとしか考えられないのではないだろうか。すなわち、この歌は喜撰の隠遁生活の実態についての人々の共通認識を前提とし、それを副詞「しか」によって歌中に取り込んで詠まれているのではないのだろうか。なおこの考え方からは、喜撰についての共通認識にもとづいて、いつしかこの一首が人々の間で生み出されたという仮説が生じうるし、その可能性もなくはなかろうが、喜撰の実作と考えておいても別に不都合はないだろう。

さて、このように考えるならば、この一首の上句の解釈は、「わたしの庵は都の東南、その地に皆さんご承知の通りの隠遁生活を送っています」となろう。その生活が心静かなものであったか、愁いなきものであったかどうかはわからない。そうであったかもしれないし、逆に激しく苦難に満ちたものであったかもしれないが、それはこの一首を読む限りでは知りえないのである。

喜撰の生活ぶりについて、人々の間に何らかの共通認識があったであろうことは、『古今集』仮名序の六歌人評の中の喜撰についての記述から明らかである。

宇治山の僧喜撰は、言葉かすかにして、はじめ終りたしかならず。いはば、秋の月を見るに、暁の雲にあへるがごとし。よめる歌多くきこえねば、かれこれをかよはしてよく知らず。

まず「宇治山の僧喜撰は」という出だしの文言が注目される。他の五人について見ると、いずれも「僧正遍照は」「在原業平は」「文屋康秀は」「小野小町は」「大友黒主は」と始まっていて、喜撰のみ「僧喜撰」の上に「宇治山の」と、その属性が冠せられている（真名序にも「宇治山僧喜撰」とある）。これはおそらく、宇治山以外の地に住む同名の人物との区別の必要があったわけではなく、喜撰の存命時、あるいは死後もしばらくの間は、宇治山といえば喜撰、喜撰といえば宇治山と、両者が分かち難く結びついた名物男として喜撰が記憶されていたからにほかならないであろう。それこそが、「よめる歌多くきこえ」ないにもかかわらず、喜撰が歌人として「ちかき世にその名きこえたる人」の中に取り上げられた理由の一つと言うことができよう。そのような喜撰であれば、その隠遁生活に関して、さまざまなエピソードが流布していたに違いなく、「しかぞすむ」とは、それらを含みこんでの表現であったと考えられないだろうか。

「言葉かすかにして、はじめ終りたしかならず。いはば、秋の月を見るに、暁の雲にあへるがごとし」という評語は、喜撰の歌風を正しく言い当てようとしたものではないだろう。そのことは続く「よめる歌多くきこえねば、かれこれをかよはしてよく知らず」によって明らかといえよう。では『宗祇抄』等に云われているように、「わがいほは……」の一首についての評語かといえば、この一首から受ける明快で断定的な印象とこの評語とは、決定的に乖離しているように思われる。おそらくこの評語は、隠者の歌風とはかくあるものとの表明であって、喜撰は隠者の代表としてこの六歌人評に取り上げられているのである。

同様のことは、続く小野小町と大伴黒主についても言えるだろう。「小野小町は、いにしへの衣通姫の流なり。あはれなるやうにて強からず。いはば、よきをうなのなやめるところあるににたり。強からぬはをうなの歌なればなるべし」という小町評は、なにほどか小町の歌風を言い当ててはいようが、それは彼女が女性であるがゆえにもたらされたものとされている。つまり、小町は女性歌人の代表として、ここに位置づけられているのである。「大伴黒主は、そのさまいやし。いはば、薪おへる山人の、花のかげに休めるがごとし」というのも、黒主を民衆歌人の代表として取り上げたもので、それは貴族的ではないがゆえに「そのさまいやし」なのである。黒主の作がこの評語にあてはまるかどうか一々検討しても、あまり意味はない。なお、六歌人評における喜撰、小町、黒主についての以上の見解は、本書所収「小野小町の歌と美人伝説(6)」にも述べた。

以上の検討から言えることは、宇治山の僧喜撰は、その隠者としての生活ぶりが都の人々の関心をひきつける有名人であり、「わがいほは……」詠に代表される少数の興味ある歌の作者としても知られていたという推測である。それは、世間との交わりを絶って山奥に隠れ住み、仮りに歌を詠むとすれば「言葉かすかにして、はじめ終りたしかなら」ぬ歌を詠むにちがいない隠者たちの中にあって異数の存在（真の隠者から見れば困った存在）ではあるが、近代の歌人にして隠者の代表となれば、喜撰をあげるほかないほどの知名度をもった存在だったのであろう。その確実な作としてたった一首しか知られない喜撰が、「ちかき世にその名きこえたる」六人の一人に選ばれた理由の一つは、このようなものではなかっただろうか。

四

前節にて上句「わがいほは都のたつみしかぞすむ」を、「私の庵は都の東南、その地に皆さんご承知の通りの隠遁生活を送っています」と解釈したのであるが、では下句「世をうぢ山と人は言ふなり」についてはどうであろうか。「『世をうぢ山』と世間では言っているようだ」の意であることに間違いはないが、問題は「世をうぢ山」である。諸注を参照すると、「この世につらい憂き山、宇治山」（『新版百人一首』角川ソフィア文庫）、「世を憂し（いやだ）として宇治山に住む」（『王朝秀歌選』岩波文庫）などとあり、前者は作者が住む宇治山に、後者は宇治山に住む作者に焦点を当てた解釈といえよう。

ところで、注意しておかなければならないのは、諸注のほとんどが、「世をうぢ山」という世評について作者が違和感を抱いていると受け取っている点である。それはもちろん第三句「しかぞ住む」を、「心静かに住む」「愁いなく住む」などと言葉を補って解釈しているのと連動するもので、「宇治山といへども、われは住みえたるさまの心」「世を宇治山と人はいへどもとあるべき歌」という『応永抄』（『宗祇抄』）の所説は、その早い例であると言えよう。しかし、「しかぞ住む」を言葉通り「そのように（皆さんご承知のように）住んでいる」と解釈する本章の立場からすれば、「世をうぢ山」という世評に対する作者の否定的な感情を想定する必要はない。そもそも作者が出家遁世し、隠者となって都から離れた山中に庵を結ぶに至ったのは、具体的なきっかけはどうであれ、「世を憂し」と思ったからに相違なく、それ以外の理由など考えられない。「世をうぢ山」という秀句に対して、うまいことを言うものだと感心したのがこの一首の創作動機だったとすら想像できなくはないであろう。

では、諸注の多くが「このように心静かに（愁いなく）住んでいるのに、世間の人は私が世を憂し、つらしと悲観して宇治山に住んでいると言っているそうだ」といった解釈に傾きがちなのはなぜであろうか。もちろんそこには『宗祇抄』などの古注の影響もありえようが、むしろ近世演劇の世界における軽妙洒脱な喜撰像（たとえば『六歌仙容彩』）が、思わず知らず解釈の上に影を落しているのではないだろうか。それは「隠者」のイメージからはほど遠い、浮かれ坊主的キャラクターであり、「世を憂し」という世評に異議をとなえかねない喜撰像である。もっとも、近世演劇における喜撰像といえども、もとをただせば、中世古注釈の喜撰像と無関係ではないかもしれない。

ところで、「世をうぢ山」という文句は、世間の人々の言いぐさとして、一首の中に引用されているわけであるが、「世を憂」と「宇治山」を掛けた、まさに秀句というべき名文句である。先に喜撰を当時の名物男と推定したが、この秀句は名物男喜撰の生き方を一言で表した秀句として、人々の口の端にのぼることが多かったのではないだろうか。そして、極端なことを言うなら、「世をうぢ山」という秀句さえあればこの一首はできたも同然であるから、私は先に、これを喜撰の自作と考えても不都合はないと言ったが、一方、何者かがこの秀句をもとに、喜撰になりかわってこの歌を作ったとの推定も可能である。仮にそうだとすると、喜撰としても、それは自作ではないとむきになって否定するにも及ばない内容の歌であるから、とかくの口出しもしないでいるうちに、いつしか喜撰の代表作として喧伝されるに至ったといったいきさつも想像されなくはないのである。

五

前節までの考察では、喜撰の著名歌についての従来の解釈を再検討し、私なりの解釈を提示した。それは「私の庵は都の東南、そこに皆さんご承知の通りの隠遁生活を送っています。世間では私のことを、『世をうぢ山』（世を憂く思って宇治山に住んでいる）と言っているようです。（うまいこと言うじゃありませんか）」といったものである。「うまいこと言うじゃありませんか」というのは、歌の表にはあらわされていない作者の感想を忖度したにすぎず、無視していただいても結構である。

ところで、本章の最初に私は、宇治を平安京文化圏の周縁部、すなわち、都の南のさいはてにして外界との接点ととらえる視点を示唆しておいたのであるが、喜撰の歌や『古今集』仮名序の喜撰評によってうかがうことのできる喜撰像は、このような宇治という土地がらと、まことによくマッチしていると思われるのである。

真の隠者であれば、吉野山の奥にでも庵を結んで、世間との交わりを絶ってしまえばいいのであるが、喜撰は都から遠からず近からずという宇治の地に居を定めた。宇治は山陽道における芥川と同様、交通の要衝であり、都から日帰りの可能な地点であり、河川によって外界とへだてられた都のさいはてであった。そこは南都方面へ行き来する旅人を見送り、出迎えるのにふさわしい地点であり、また貴顕の別荘や寺院も多く営まれていて、都人士の姿をたびたび見かける土地柄である。やや奥まった山中とはいえ、人里から遠からぬ喜撰の庵には、物好きな都人士が折りにふれ訪れ、都の情報をもたらすと共に、喜撰の生活ぶりを都に伝えていたに違いない。先に見たように、喜撰の生活ぶりやエピソードが都の人々に広く知られ、一方、都での自分の評判を喜撰が聞き知っているというのは、喜撰の住む宇治という土地柄が大きくあずかってのことなのである。そして、あえてそのような土地に庵を結ぶことによって、喜撰は隠者でありながら都人士とのつながりを維持するという道を選んだのであったろう。このような新しいタイプの隠者が、当時すでに少なからず存在し、詩歌や管弦などの分野で名を知られ、同時代文化の一翼を担っていたことが、『古今集』両序の六歌人評の中に隠者の代表が取り上げられた理由の一つだったのではなかろうか。

結び

本章では「宇治山の僧喜撰」を、その歌や『古今集』序の記述の分析を通じて、隠者でありながら平安京文化圏の周縁部に住み、文学や芸能に携わった文化人の一人として位置づけた。同様の例をほかに求めるならば、喜撰と同様に『百人一首』に歌が採られている蟬丸がすぐに思い浮かぶ。その歌は『後撰集』雑一に「逢坂の関に庵室をつくりて住みはべりけるに、ゆきかふ人を見て」という詞書のもとに収められている「これやこの行くも帰るもわかれつつ知るも知らぬもあふさかの関」（『百人一首』では第三句「わかれては」）である。蟬丸が住んだとされている逢坂の関が、都と東国との境界であり、旅人を見送り、また出迎える場所であったことは、芥川や宇治と変りはない。蟬丸がそのような平安京文化圏の周縁部に住み、後世の歌集に見える伝承歌（『新古今集』に二首、『続古今集』に一首）を除けば、たった一首の著名歌によって知られているという点、喜撰と驚くほど似ている。また、蟬丸が琵琶の名手であったという伝承や、博雅の三位（あるいは良岑宗貞）が秘曲伝授を願って夜毎に蟬丸のもとに通ったという説話は、どこまで事実か保障の限りではないが、そこには都のさいはてに住んで詩歌や芸能をこととする隠者というイメージが強く投影されており、そのような一群の人々に対する都人たちの驚嘆と親しみの入り混じったまなざしを感じざるをえないのである。

宇治山の喜撰や逢坂の関の蟬丸と同様、前稿「平安京の周縁としての芥川」で取り上げた古曽部の入道能因も、都の周縁部（古曽部は芥川の近く）に住む隠者文化人の系譜につらなることは明らかである。ただし、専門歌人として多くの和歌を残し、旅をこととするその生き方は、後世の西行、宗祇、芭蕉へとつらなる旅の詩人の系譜を生み出すこととなるのであり、喜撰や蟬丸の正統的な後継者としては、日野山（これも都の周縁部）に方丈の庵を結んだ鴨長明をあげることができるであろう。長明がこの二人に関心を抱いていたことは、『方丈記』や『無名抄』によってうかがい知られるところである。

注

（1）関西文化研究叢書1『関西文化の諸相』（平成18年3月　武庫川女子大学関西文化研究センター）所収。
（2）井上宗雄「百人一首注釈雑考」（同氏著『中世歌壇と歌人伝の研究』所収　平成19年7月　笠間書院）参照。
（3）奥村恒哉『歌枕』（昭和52年4月　平凡社）参照。
（4）萩谷朴「都のたつみしかぞ住む」（『解釈』10―5　昭和39年5月）
（5）小島憲之・新井栄蔵校注『古今和歌集』（岩波書店　新日本古典文学大系）
（6）初出は拙稿「古今集の女歌―美人伝説の意味―」（學燈社『国文学　解釈と教材の研究』11月号　平成16年11月）

第二章　小野篁の船出

一

『百人一首』に採られた小野篁の歌の出典は『古今集』巻第九羇旅歌で、同巻巻頭に次のような詞書を付して収められている。

隠岐国に流されける時に、船に乗りていでたつとて、京なる人のもとにつかはしける　小野篁朝臣

わたの原八十島かけてこぎいでぬと人にはつげよあまの釣舟　(四〇七)

小野篁が隠岐国へ流罪となり、船に乗って出立する折に詠み、京に残してきた人に贈った歌というのである。遣唐副使であった篁が国命にそむいたために流罪に処せられたという詳細は詞書には記されていないが、それは当時周知の事実であったのだろう。船出した場所、すなわちこの歌の詠まれた場所については、難波とするのが従来の説で、「八十島」はこれから向かおうとしている瀬戸内海の島々をさすというのが大方の理解であった。

これに対して佐伯有清氏は、著書『最後の遣唐使』[1]の序章「小野篁の渡航拒否」において、この歌を紹介した上で次のように述べておられる。

不思議なことに、いままでの注釈者のすべては、この歌を説明して、篁が難波（大阪市）から船に乗って、島

の多い瀬戸内海を航行するにあたっての感慨として疑わない。だが当時の隠岐への交通路は、難波から船出して瀬戸内海を通って行くのではなかった。山陰道の諸国を通過する陸路をまず通ったのである。すなわち京から丹波（京都府）・但馬（兵庫県）・因幡（鳥取県）・伯耆（同上）をへて出雲（島根県）に到り、同国の黒田駅（松江市大庭町黒田あたり）から支路に入って千酌駅（島根県八束郡美保関町千酌）に達する交通路である。そしてここから船で隠岐へ渡るのであった。隠岐への配流者の道も同じであった。したがって、「わたの原やそしまかけてこぎいでぬと」の歌は、篁が難波で船出するときに詠んだ歌とは考えられない。難波を出雲の千酌にあらためたうえで、この歌をみなおさなければならない。

佐伯氏はこのように述べ、さらに「謫行吟」の一部と見られる『和漢朗詠集』所収の詩句「渡口郵船風定出　波頭謫所日晴看」も、千酌《ちくみ》の渡し場からの船出を吟詠した作であることは間違いないとされる。これは古代史研究の立場からの説得力のある見解といえようし、その後、古典文学研究の立場から、川村晃生氏も同様の見解を示しておられるのである。(2)

なお、佐伯氏が出雲国への陸路として、山陰道のみに言及しておられるのは、古代駅制がいまだ実質的に機能していた篁の時代には、まさに山陰道こそが出雲方面への正式な官道であったからでもあろうし、それから百五十年以上を経た長徳二年（九九六）に至っても、出雲権守として左遷された藤原隆家が病と称して但馬国にとどまったのは、山陰道を下向していたからにほかならない。一方、別に山陽道を経由するルートもあって、後世にはそれが多く記録にあらわれる。すなわち、山陽道を西進し、播磨国飾磨郡の草上駅付近から分岐して美作国へ向かう支道を進み、播磨国佐用郡の中川駅の先からさらに分岐して因幡国へ向かう連絡路を北上するというルートが官道として整備されていたようである。(3)時代は下るが、承徳三年（一〇九九）に平時範が出雲守として任地に下向した際に、ほぼこれと同じ行程をたどっていることが『時範記』によって知られる。(4)また、川村氏も指摘しておられるように、さらに後代のことであるが、後鳥羽院が隠岐島へ遷幸されたのも、山陽路から山越えをして伯耆、出雲へと達するルートであった。

このように、都から隠岐国へ達するには、都を出発するにあたって、山陰道か山陽道か、いずれかを選択することができるにしても、出雲国までは陸路であることにかわりはない（5）。難波から直接出雲あるいは隠岐へ達する船旅は、約八百年のちの、川村瑞賢による西廻り航路の開発によって、ようやく本格化するのである。

では、「船に乗りていでたつ」とは、難波からではなく、出雲国千酌駅の船着場からの出航であると訂正すれば、従来の説の誤謬は正され、問題は解決するのかというと、私見によればそう簡単な話ではないようで、ここに新たな問題が発生するのである。ことは動詞「いでたつ」にかかわる。次節において検討を加えてみたい。

二

「いでたつ」は、辞書にはいくつかの語義が示されているが、出発するの意で用いられる場合は、本拠地からの出発というケースにほぼ限られるようである。まず『古今集』の中の他の用例を見よう。

紀のむねさだがあづまへまかりける時に、人の家に宿りて、暁いでたつとて、まかり申しければ、女のよみていだせりける　よみ人しらず

えぞ知らぬ今こころみよ命あらば我やわするる人やとはぬと　（三七七）

「人の家に宿りて」とは、旅立ちにあたって、自宅を出て一旦他の家に移り、そこから本格的な旅立ちをするという、当時の風習「門出」を意味している。したがって、この「いでたつ」は旅に出発するの意であることに間違い

はないが、これまでの生活の本拠地であった京から本式に旅立つのであって、旅の中継地点からの出発ではない。なお、旅立ちをする家は、陰陽師によって勘申された方角に位置する知人の家が選ばれるのが通例であろうから、この歌の作者はその家の主婦である可能性が大きい。おそらく「むねさだ」の出立の挨拶に対して、夫に代わって詠まれた離別歌であろう。離別歌が恋歌めくのは、いくらも例のあることである。愛人の家から出立したとか、歌の作者は「むねさだ」の先妻とする通説には従い難いように思う。

もろこしにて月を見てよみける　　安倍仲麿

天の原ふりさけ見れば春日なる三笠の山にいでし月かも　（四〇六）

この歌は、昔、仲麿をもろこしにものならはしにつかはしたりけるに、あまたの年をへて、え帰りまうで来ざりけるを、この国よりまた使ひまかりいたりけるに、たぐひてまうで来なむとていでたちけるに、明州といふ所の海辺にて、かの国の人、むまのはなむけしけり。夜になりて、月のいとおもしろくさしいでたりけるを見てよめるとなむ語りつたふる

この左注に見られる「いでたち」も、長年生活の本拠地としてきた中国を離れ、いよいよ日本へ向けて出発するという状況のもとに使用されている。

文屋康秀が三河掾になりて、県見にはえいでたたじやと言ひやれりける返事によめる　　小野小町

わびぬれば身をうき草の根をたえてさそふ水あらばいなむとぞ思ふ　（九三八）

この場合の「いでたつ」も、現在の生活の本拠地である都から地方への旅立ちを意味していることは明らかである。歌の「根をたえて……いなむ」という表現は、このような「いでたつ」の語義に対応しているといえよう。
『古今集』ではこれらのほかに、「仮名序」に次の例が見出される。

かくてぞ、花をめで、鳥をうらやみ、霞をあはれび、露をかなしぶ、心言葉多く、さまざまになりにける。遠き所も、いでたつ足もとより始まりて年月をわたり、高き山も、ふもとのちりひぢよりなりて、雨雲たなびくまでおひのぼれるがごとくに、この歌もかくのごとくなるべし。

この著名な一節の中の、「遠き所も、いでたつ足もとより始まりて年月をわたり」においても、「いでたつ」は、これまでの生活の本拠地から長途の旅への出発を意味していることに間違いはないであろう。
『古今集』の用例は以上であるが、同時代の『伊勢物語』に唯一見出される「いでたつ」の用例（第六十三段）は、これらとはやや趣を異にしている。

さてのち男見えざりければ、女、男の家に行きてかいま見けるを、男ほのかに見て
ももとせにひととせたらぬつくもがみ我を恋ふらしおもかげに見ゆ
とていでたつけしきを見て、むばらからたちにかかりて、家に来てうちふせり。

この場合の「いでたつ」は、自宅から外出するの意で、これまでの例のように、長途の旅に出立しようとしているわけではない。しかし、自宅という本拠地からの出発であることに変わりはないのである。
ところで、『土佐日記』に見出される唯一の「いでたつ」の用例は、今問題にしている篁の歌の詞書の場合と同様、船出にかかわる用例であり、参考となろう。それは一月四日の記事で、「四日、風吹けば、えいでたたず」云々とあるものである。
十二月二十一日に官舎を出て大津へ移った（門出した）一行は、二十七日に大津を出航、浦戸へ向かう。二十八

日には浦戸から大湊に達した。ところが、二十九日から一月八日まで大湊に滞在し、九日に至ってようやく奈半の泊へ向かって漕ぎ出したと書かれている。右の用例は大湊に停泊中の記述で、この日、強風（あるいは逆風）のせいで出航できなかったという記述である。この「いでたつ」が、本拠地からの出発の意を含み持っているかどうか、検討してみよう。

大湊に滞在初日の二十九日、医師が正月用品を携えて来訪、一月二日には講師が食物や酒を差し入れてくれた。四日には「まさつら」が酒などをたてまつり、七日には池という所に住む女から大量の料理が差し入れられた。割籠を従者に持たせて来訪した男もあった。九日の出航にあたっては、国境内はお見送りしましょうと言っていた人々が多かった中でも、「藤原のときざね」「橘のすゑひら」「長谷部のゆきまさ」らは門出の日からこの日まで、国司一行の行く先々を追って来、ここで最後の別れをとげた。このあとも奈半、室津と、土佐国内の港に停泊しつつ船旅は続くのだが、そこに見送り人の姿はなく、「この人々の深きこころざしは、この海にも劣らざるべし」と、その厚情を絶賛された「藤原のときざね」以下の三人すら、全く姿をあらわさないのである。このようないきさつから読み取れるのは、大湊こそが土佐国の、いわば海の玄関口であり、その先にもいくつかの港が土佐国内には存在するものの、それらは国府を中心とする生活圏から見て、辺境地域にすぎなかったということであろう。そして、大湊という港が『土佐日記』においてこのように位置づけられているからには、そこからの出航は前国司一行にとって、これまで数年間暮らしてきた土佐国からの訣別にほかならない。したがって一月四日条の「えいでたたず」は、土佐国からの訣別と京への本格的な旅立ちがこの日かなわなかったの意であって、これまで見てきた用例と同様、本拠地からの出発を意味する「いでたつ」の、格好の用例ということができるであろう。

以上、『古今集』及びそれと同時代に成立した作品に見出される「いでたつ」の用例が、全て本拠地からの出立という範疇に収まることを確認したが、少し時代が下る『蜻蛉日記』においても、十三例の「いでたつ」のうち、わずかな例外（6）を除く全てが、本拠地からの出立と解しうる。このような「いでたつ」の語義からして、問題としている『古今集』篁歌の詞書の「いでたつ」にしても、同様に解釈すべきではなかろうか。すなわち「船に乗りていでたつ」とは、篁にとっての本拠地であった京の都、あるいはその周辺地域からの出発を意味するのであり、具体的には山崎の津、あるいは難波津からの船出が想定されるが、歌意からすると難波にとどめをさす。難波津を擁する摂津国は五畿内の一であり、難波を船出して明石海峡を越えれば、すでにそこは畿外である。スケールこそ異なるが、京にとっての難波津は、土佐国府にとっての大湊に相当しよう。『古今集』篁歌の詞書が、難波からの出航を意味していることは明らかではないだろうか。

三

述べてきたように、『古今集』羇旅歌の小野篁詠の詞書からは、篁の船出の場所は難波であったと読み取れると思うのであるが、このような論証抜きに、難波出航説はかつての通説であった。川村晃生氏は前掲論文の中で、「八十島」を隠岐への海路にあたる瀬戸内海の島々とする説を初めて提示したのは契沖の『古今余材抄』かとされ、同人の『百人一首改観抄』にも同様の説があると述べておられる。しかし、契沖の師、下河辺長流の『百人一首三奥抄』に「八十嶋はおほくの嶋をいふ。遠流の身として隠岐国までの海路をかけて思へばいくらの嶋々をか経べきとおもふ心也。こぎ出ぬとは今日難波の浦より出るを云」と見え、契沖は師説を継承したにすぎない。ここでは「八十島」についての詮索はひとまずおき、長流『三奥抄』以前の文献に見出される難波出航説として、管見に入った事例をいくつか取り上げてみたい。

まず『今昔物語集』巻第二十四「小野篁被流隠岐国時読和歌語第四十五」の全文を引用しよう。引用は新日本古典文学大系『今昔物語集　四』（岩波書店）により、表記を一部改めた。

今昔、小野篁ト云人有ケリ。事有テ隠岐国ニ被流ケル時、船ニ乗テ出立ツトテ、京ニ知タル人ノ許ニ、此ク読テ遣ケル、

ワタノハラヤソシマカケテコギ出ヌトヒトニハツゲヨアマノツリブネ

ト。明石ト云所ニ行テ、其ノ夜宿テ、九月許リノ事也ケレバ、明鬚ニ不被寝デ、詠メ居タルニ、船ノ行クガ、島隠レ為ルヲ見テ、哀レト思テ、此ナム読ケル、

ホノボノトアカシノ浦ノアサギリニ島カクレ行舟ヲシゾオモフ

ト云テゾ泣ケル。此レハ篁ガ返テ語ルヲ聞テ語リ伝ヘタルトヤ。

物語の大筋は、篁は船出にあたって「わたのはら」の歌を詠み、そのあと明石で「ほのぼのと」の歌を詠んだというのであるから、船出の港が難波と認識されていることは明らかである。(7)そして、「隠岐国ニ被流ケル時、船ニ乗テ出立ツトテ」との一節が、『古今集』の詞書の文言「隠岐の国に流されける時に、船に乗りていでたつとて」をなぞったものであることは明白だから、『今昔物語集』の編纂者が『古今集』の詞書を、難波からの船出と理解していたことは確かであろう。

ところで、「ほのぼのと」詠は、『古今集』では「よみ人しらず」であるが（ただし元永本等では「ひとまろ」）、左注に人麿作者説が紹介され、近世に至るまで柿本人麿の代表作とされてきた一首である。それがこの話では小野篁の作とされているのは奇妙な事実と言わざるをえない。本章の論旨からははずれるが、この問題について瞥見しておきたい。

実は『今昔物語集』では、この篁説話の前に『安陪仲麿於唐読和歌語第四十四』が置かれている。その内容は例の「天の原ふりさけ見れば春日なる三笠の山にいでし月かも」（『古今集』羇旅歌・四〇六）にまつわる歌話にほかな

らない。そこでその文章を『古今集』四〇六番歌左注と比較すると、今昔説話が『古今集』左注を下敷きにして書かれていることは一見して明らかなのである。つまり『今昔物語集』巻第二十四の第四十四・四十五話は、『古今集』を出典とし、それにいささかの肉付けをして成立している。そこで改めて『古今集』巻第九羇旅歌の巻頭部を見ると、次のような配列となっているのが注目される。

もろこしにて月を見てよみける　　安倍仲麿
天の原ふりさけ見れば春日なる三笠の山にいでし月かも　（四〇六）
（左注省略）
隠岐の国に流されける時に、船に乗りていでたつとて、京なる人のもとにつかはしける　　小野篁朝臣
わたの原八十島かけてこぎいでぬと人にはつげよ海人の釣舟　（四〇七）
題しらず　　よみ人知らず
都いでて今日みかのはら泉川川風寒し衣かせ山　（四〇八）
ほのぼのとあかしの浦の朝霧に島がくれゆく船をしぞ思ふ　（四〇九）
この歌は、ある人のいはく、柿本人麿が歌なり

「都いでて……」（四〇八）を別にすると、四〇六、四〇七、四〇九番歌の三首は、『今昔物語集』巻第二十四の第四十四・四十五話の三首と、歌も歌順も一致している。「ほのぼのと」詠を篁作とする異伝は、『古今集』のこのような歌配列を遠因とするものではなかったか。

話を元にもどして、次に長流『三奥抄』以前に成立した『古今集』『百人一首』注釈書の中から、難波出航説を主張するものを探し出してみたいと思うのだが、実はその数は多くない。難波出航は特に言及するにも及ばない常

識であり、念のために篁の歌の「八十島」が出羽国の名所ではないことさえ指摘しておけばことはすむ、といった論調が一般的なのである。ともあれ、難波説に言及する数少ない注釈書の中から二点紹介しておきたい。

毘沙門堂本『古今集注』の当歌注に、次のような一節がある。(8)

船ニノルト云ハ、摂津国ノ川尻ヨリ舟ニウツリテ行也。（中略）ヤソ嶋ト云ハ八十嶋也。日本ニハ八十嶋アルナリ。又ハ八嶋トモ云也

南北朝期の書写とされるこの注釈書は、いわゆる本説をもって歌の由来を説く中世『古今集』注釈を代表する一本であるが、詞書の記述にはない具体的な年月日をあげたり、「よみ人知らず」の歌の作者として実名をあげたりといった傾向も顕著である。このような、歌の背後にある事実を明らかにしようとする注釈方針からして、篁の船出の場所について明記しているのは納得がいくところである。その場所を「摂津国ノ川尻」（すなわち難波）としているのは、おそらく当時としてはごく穏当な説であったにちがいない。

『百人一首』注釈書の中からは、明暦四年（一六五八）成立の祐海『百人一首師説抄』をあげておこう。同書は篁歌の「八十島」について次のように説いている。

此名、出羽奥州にも有て此歌隠岐国近き所にて読る様に聞ゆれども、詞書に舟に乗て出立とて侍る所に心を付てみるべし。津のくにの名所たるべし。家の集にも摂津の辺りにて読る歌と有。

「出羽奥州」から「隠岐国近き所」を連想する地理感覚には驚かされるが、それはさておき、祐海は当歌の「八十島」を、普通名詞ではなく、難波の八十島ととらえているようで、同様の説は他書にも少なからず見出される。なお、「家の集に」云々とあるが、現存『小野篁集』には「わたの原」詠は収められていない。

以上、篁の船出の港を難波（「摂津国の川尻」「摂津の辺り」）とする文献をいくつかあげてきた。これら文献は中古から中世、近世初期に及び、「わたの原」詠が難波出航の際に詠まれたというのは、国学以前の早くから、一貫

した常識であったと考えられる。そして、それは『古今集』詞書の「船に乗りていでたつとて」を素直に解釈することから導かれた、ごくまっとうな理解であったと言えるのではないか。

四

小野篁は都から陸路、配流地へ向かった。彼が船で海を渡ったのは、出雲国千酌駅の船着場から隠岐島への渡海の折に限られる。これが歴史的事実であるからには、「わたの原」の一首が詠まれたのは、千酌の船着場でしかありえない。しかし『古今集』詞書の「船に乗りていでたつ」は、篁にとっての本拠地、すなわち都、あるいはその近郊からの船出を意味しており、それは難波からの船出と解さざるをえないのである。

これに対して、出雲国まではいわば都の延長であり、千酌の港の先にあるのは、配流の地隠岐という別世界であるから、「いでたつ」が本拠地からの出発という語義を有するならばなおさら、それは千酌からの船出にぴったりの表現であると主張することも、あるいは可能であるかのように思われる。しかし、それは歴史的事実をもって文学作品の自然な解釈をねじまげるものであり、詞書に「出雲国より」とも「隠岐島を望みて」とも書かれていない以上は、難波からの出航と読み取るのが常識というものであったろう。これを出雲国の船着場での作と説く文献が、佐伯有清氏の著書以前に皆無であることは、それを裏付けているだろう。

すると、『古今集』撰者たちは、篁の陸路下向という歴史的事実を知らず、詞書の記述を誤ったのであろうか。しかし、四撰者のうち、特に貫之と友則は、その経歴からしておそらく大学寮出身者であり、国史や法制に関する知識を有する律令官人であったから、隠岐への配流の行程が陸路か海路か、知らないはずはないのである。まして『古今集』成立の四年前、昌泰四年（九〇一）二月の菅原道真の大宰府下向は、名目は左遷であったが実質的には流罪に等しく、世間注視のその下向が陸路であったことは、当時だれの記憶にもいまだ鮮明だったはずである。撰者たちが、篁配流の行程が陸路であったことを知らなかったとは、とうてい考えられない。

では、撰者たちはなぜ、流人小野篁の難波出航というフィクションを『古今集』に描き出したのかといえば、当時すでに篁の隠岐配流にかかわる強固な伝承が成立しており、その伝承に従って詞書が書かれたと考えるしかないのではなかろうか。そういえば、羇旅歌の巻頭に据えられた「天の原」詠にしても、本当に安倍仲麿が「もろこしにて月を見て詠みける」歌であるのか、貫之たちとしても、冷静に考えれば大いに疑問のあるところではなかったか。おそらく、当時周知の仲麿伝説に従ってこの詞書は書かれているのであり、この短い詞書によって人々が想起したであろう物語を、我々はこの歌の左注によって（あるいは『土佐日記』一月二十日条によって）知ることができるのである。また、篁の「わたの原」詠のあと二首をへだてて、在原業平のいわゆる「東下り」詠二首（「からごろも……」「名にしおはば……」）が、長大な詞書を付して収められているのであるが、これらが『伊勢物語』と直接の関係にあることはいうまでもない。

「わたの原八十島かけて……」の一首にかかわる『古今集』の記述が歴史的事実と齟齬するとなれば、そもそもこの歌の真の作者や詠作事情についても、極論すれば不明と言わざるをえなくなろう。仮に小野篁作であることに間違いはないとしても、想像をたくましくすれば、承和三年（八三六）七月の遣唐使船の難波出港、あるいは翌年七月の、博多からの再度の出航の折の、遣唐副使小野篁の作と考えても、歌意と何ら矛盾はない（篁が乗船を拒否したのは承和五年の三度目の出航の際である）。しかし、事実はどうであれ、この歌が篁作とされる限りは、隠岐配流という篁一世一代の物語に組み込まれざるをえなかったし、そうなれば、難波からの船出というフィクションが形成されるのも自然ななりゆきであったろう。

当時の都人たちにとって、大海への船出といえばまず思い浮かぶのが、難波からの船出であったにちがいない。(9)

実際に難波から西国へ向けて船出した経験をもつ人々は少なくなかったであろうし、その折の心細い心境は、様々な形で語り伝えられて、都人たちにとっての共通認識ともなっていたであろう。しかし一般の人々のそれは、いかに心細いとは言っても、罪を得ての旅ではない。遠い隠岐島に、都への召還のあてもなく船出して行った流人小野篁の心境は、いかなるものであっただろうか。「大方の人だに海路の旅はかなしかるべきを、まして流人と成てしらぬ波路に漕はなる、心は堪がたきさまなり」云々という『応永抄』の一節は、この一首とそれにまつわる物語に心を寄り添わせた、まことにゆきとどいた鑑賞文であるといえよう。

『古今集』成立当時伝存していたはずの『野相公集』をひもとき、「謫行吟」を読めば、篁の難波出航が事実でないことは明白であったろう。当時、それを指摘する向きもあったかもしれない。しかし、『古今集』という勅撰集は、歴史的事実と歴史伝承とを相対化する傾向が、たとえば在原業平にまつわる歌語りにおいて、あるいは「仮名序」の和歌伝承などにおいて顕著である。小野篁が著名な漢学者、漢詩人であるだけになおさら、撰者たちはあえてその和歌伝承を和歌史の一齣として位置づけ、和歌文学を宣揚しようとしたのではなかっただろうか。

注

（1）佐伯有清『最後の遣唐使』（昭和53年10月　講談社現代新書）。なお、この書は平成19年11月に講談社学術文庫として再刊された。

（2）川村晃生「「八十島かけて」考」（『三田国文』8　昭和62年12月）。同氏著『摂関期和歌史の研究』（平成3年4月　三弥井書店）所収。島津忠夫他編『百人一首研究集成』（平成15年2月　和泉書院）にも収録。なお、同様の指摘は梅谷繁樹「小野篁論―史実と説話から見た―」（藤岡忠美編『古今和歌集連環』平成元年5月　和泉書院）にもある。

（3）古代の交通路に関しては、藤岡謙二郎編『古代日本の交通路　Ⅲ』（昭和53年9月　大明堂）、木下良監修・武部健一『完全踏査　続古代の道』（平成17年11月　吉川弘文館）、木下良『辞典　日本古代の道と駅』（平成21年3月　吉川弘文館）などから知見を得た。

（4）平時範の出雲下向をも含め、古代中世の旅に関しては、倉田実・久保田孝夫編『王朝文学と交通』（平成21年5月竹林舎）所収の諸論考から多くの知見を得た。

（5）上野英子氏は「小野篁考（四）」（『実践国文学』38　平成2年10月）において、乗船を拒否した篁は、承和五年（八三八）「五月に遣唐使船を見送ったのち、篁はそのまま大宰府に留まって処分の決定を待っていたのではあるまいか」とのべ、篁の隠岐への出発は都からではなく大宰府からであったと論じておられる。しかし、大宰府にその後も滞在し続けたのだとしたら、それは謹慎の意をあらわすためとしか考えられないが、進んで謹慎するほどの殊勝な心がけであれば、そもそも乗船拒否などという大それた国事違反行為をしないのではなかろうか。さっさと都へ舞戻ったと考えるのが自然であろう。篁の立場を決定的に悪くしたのは「西道謡」を作って遣唐の役を批判したからであるが、都でそれを作って知友に示した結果、広く流布して評判となり、嵯峨上皇の逆鱗にふれたというなりゆきは想像しやすい。また、配所に赴く道中で作ったという「謫行吟」が、都からはるばる下向する道中ではなく、大宰府から隠岐島へという、あまり見栄えのしない道中を謡ったものであったなら、伝えられるような大きな評判を呼んだかどうか、疑問とせざるをえないのではなかろうか。

（6）『蜻蛉日記　中巻』の長谷寺参詣の紀行文の中に「からうじて、椿市にいたりて、例のごと、とかくしていでたつほどに、日も暮れはてぬ」（『新潮日本古典集成』による）とあるのを、旅の途中で立ち寄った椿市からの出発と解するならば、ほぼ唯一の例外となろう。ただし、この「いでたつ」を、出て行って立つの意（たとえば「春の園くれなゐにほふ桃の花下照る道にいでたつをとめ」『万葉集』四一三九）ととれば、椿市で参詣の支度をするために立ち寄った家から外に出ると、すでに日は暮れはてていたの意と解釈することができ、問題はない。なお、関一雄氏は「「いでたつ」と「たちいづ」」（『山口大学文学会志』第15巻第2号　昭和39年9月）において、『蜻蛉日記　上巻』の「これより女御代いでたたるべし」を、「出仕する」と解して「出発する」の用例とは区別しておられる。それでも何ら問題はないが、本章ではこの用例をも「本拠地からの出発」の範疇に含めて数えた。

（7）佐伯有清氏は前掲書の中で、『今昔物語集』においては「わたのはら」の歌は明石で詠まれたと語られていると述べているが、誤解である。

（8）片桐洋一編『毘沙門堂本古今集注』（平成10年10月　八木書店）の影印による。

（9）航路標識（みをつくし）が難波の名物であったからには、難波津への出船入船の光景は、『古今集』成立当時流行のきざしが見えていた大和絵風景画の好画題でもあったことだろう。そのような画面を通じて、難波津からの船出のイメージが、都人たちに定着していったものと思われる。

第三章　小野小町の歌と美人伝説

一

『百人一首』に採られた小野小町の歌「花の色はうつりにけりないたづらにわが身世にふるながめせしまに」（『古今集』春歌下・一一三）が取り上げられる際、必ずといっていいほど話題に上るのは、『古今集』春部の落花の歌群の中に置かれているこの歌に、容色の衰えを嘆く心を読み取ることができるのかどうかという疑問である。その際ひきあいに出されることが多い、契沖の『古今余材抄』を、ここでも引用しておきたい。

花の盛は明くれ花になれぬべき身の、世にふるならひはさもえなれずして、いたづらに花の時を過しけるといふ也。（中略）さて小町が歌におもてうらの説ありなどいふこと不用。只花になぐさむべき春をいたづらに花をばながめずして、世にふるながめに過したりといふ義なり。

このように契沖は、容色の衰えを云々する「うらの説」を否定しているのであるが、『古今集』の配列からは自由な一首の和歌としても、その解釈に変わりがなかったことは、『百人一首改観抄』の当歌注によって確かめられる。ただし現代においては、むしろ容色の衰えを嘆く心を読み取るのがこの歌本来の創作意図にかなった解釈とするのが有力で、ただし『古今集』春部においては、落花を惜しむ心を主題として鑑賞すべく配列されている、というところに落ち着くのが一般であろう。私もそれで間違いはなかろうと思うのであるが、問題にしたいのはその先である。

この歌が本来、花の移ろいに託して容色の衰えを詠じた一首であることは、先学の研究によって今や明らかといってよかろう。美貌の衰えを嘆く閨怨詩からの影響の指摘、あるいは「わが身世にふる」という表現は桜の咲き散る短い期間に限定されないとの指摘等は、この歌の解釈にとって重要な手がかりを提供している。では『古今集』撰者たちは、どうしてこの歌を落花の歌群の中に配置し、あたかも「たれこめて春のゆくへも知らぬまに待ちし桜もうつろひにけり」（春歌下・八〇・藤原因香朝臣）の一首と同様の、あたら花見の季節を無為にすごしてしまったと嘆く体の歌として位置づけたのだろうか。天皇の命により、たてまえ上、天皇を唯一の読者と想定して編纂されたであろうこの歌集において、小町の一首から容色の衰えの嘆きが捨象された理由について、いささか考えをめぐらせてみたい。

二

紀貫之は「仮名序」において、「近き世にその名きこえたる人」として六人の歌人をとりあげて、それぞれについて簡潔な評論を加えているのであるが、それら評論は基本的には、概念的な評論文と、比喩によって歌風を説明する文との二文より成り立っている。「僧正遍照は、歌のさまはえたれども、まことすくなし。たとへば、絵にかける女を見て、いたづらに心を動かすがごとし」とあるのは典型的な一例である。その六人の中にあってただひとりの女性が小野小町であるが、彼女について書かれた評論文は、次のように、かなり形態を異にしている。

小野小町は、いにしへの衣通姫の流なり。あはれなるやうにて強からず。いはば、よき女のなやめるところあるに似たり。強からぬは女の歌なればなるべし。

まず、「いにしへの衣通姫の流なり」という、その系統・系譜をあらわすかのような記述は、他の五人には見られない（「真名序」では黒主評にも見られる）。また「強からぬは女の歌なればなるべし」といった補足説明は、喜撰評に「よめる歌、多くきこえねば、かれこれをかよはして、よく知らず」とあるのを別にすると、その他の四人には見られない。このような例外的な記述が、小町の「性」をことさらに強調している点に注目してみたい。この六人の中に小町が加えられたのは、有力歌人であるからというにとどまらず、女性の代表としての役割もになわされているように思うのである。

そもそもこの六人のうち、前半の三人、すなわち僧正遍照、在原業平、文屋康秀は、貴族社会に属する高き卑しき男性歌人たちで、その人選に特に問題はなさそうであるが、後半の三人はどうであろうか。まず「宇治山の僧喜撰」についての、「言葉かすかにして、始め終わり、確かならず。いはば、秋の月を見るに、暁の雲にあへるがごとし」という評は、いかにも隠者にふさわしい脱俗的な歌風との評語であろうし、続けて「よめる歌多くきこえねば、かれこれをかよはして、よく知らず」と言ったのは、喜撰を一人の歌人としてというよりは、むしろ隠者の代表として取り上げたのであることを、はからずも明らかにしているように思う（本書所収「喜撰法師の歌に見る宇治」参照）。「よめる歌多くきこえ」ぬ喜撰を、ここにあえて取り上げたのは、本来和歌とは無縁なはずの隠者が、時に印象的な歌一首によって世に知られることがあるからで、いにしえを探れば、玄賓僧都などもその一人であろう。貫之にとって、そのような隠者たちの歌も、特色ある和歌の一体として無視しえず、喜撰がその代表として選ばれた次第であろう。後世の伝承歌は別として、喜撰の作が『古今集』雑下の一首しか知られていないのは、隠者は本来歌人ではありえないという特殊性からして、当然のことといえよう。

最後にとりあげられている黒主についての評論文は、「大伴黒主は、そのさまいやし。いはば薪おへる山人の、花の陰に休めるがごとし」である。そんなにひどいのならなぜ取り上げるのか不審であるし、この人々についての

「六歌仙」という後世の通り名が、特に喜撰やこの黒主において実態にそぐわないことは、従来指摘されている通りである。黒主がここに取り上げられたのは、おそらく「そのさまいやし」い歌詠みたちの代表としてであり、それは貴族社会の周辺にあって和歌を楽しむ広範な民衆であろう。なお、そのような人々の存在も逸することができないとの貫之の判断は、『古今集』が、広範な歌人層を有する『万葉集』を継承する勅撰集であるという理念上、当然の帰結であったのだろう。

このように見てくると、喜撰と黒主にはさまれて取り上げられている小町についても、女性歌人の代表としての意味づけがなされていることが、ますます確かに思われてくるのであるが、評論文に即して、以下さらに考察を加えてみたい。

三

小町についての「あはれなるやうにて、強からず。いはば、よき女のなやめる所あるに似たり」という評論文が、小野小町という歌人の個性について述べようとしているのは間違いのないところだろうが、続く「強からぬは女の歌なればなるべし」という一文は、女性の歌は「強からぬ」ものという一般論を設定し、小町の歌がまさにそれにあてはまることを主張して、小町の「性」を強調している。なお、ここで貫之が「女の歌」と言っているのは、女性歌人の作品の謂いであり、男性歌人が女性の立場に立って詠んだ歌は含まれないであろう。周知のように、たとえば素性の「今来むと言ひしばかりに長月の有明の月を待ちいでつるかな」（恋四・六九一）、遍照の「我が宿は道もなきまで荒れにけりつれなき人を待つとせしまに」「今来むと言ひて別れしあしたより思ひぐらしの音をのみぞ泣く」（恋五・七七〇・七七一）などは、女性の立場で（女性を主人公として、と言ってもいいだろう）、男性によって詠まれた作品であるが、これらはここで貫之が言うところの「女の歌」ではないだろう。一方、女性が男性の立場で（男性を主人公として）詠んだ歌は「女の歌」であろう。小町の作品にそのようなものがあるかどうかは議論のあるところだが、撰者たちと同時代の伊勢に至れば、『古今集』には採られなかったが、男性の立場で詠まれた屛風歌がある。貫之はここでは、作者の性を問題にしているはずである。(1)

小町が女性歌人の代表として取り上げられたのであることを述べてきたが、評論文冒頭の一文は、そのような文脈への導入としてきわめて印象的である。ところで、「小野小町は、いにしへの衣通姫の流なり」というその一文は、小町を女性歌人の系譜の中に位置づけるものであって、小町が衣通姫のような美人であったという意味ではないが、後世の人々の誤読から、この一文が小町美人伝説の淵源となったと解説されることが多い。これは興味深い推測であるとは思うのであるが、なぜ「いにしへ」の女性歌人として、『日本書紀』を代表する美人ともいうべき衣通姫が取り上げられたのかについては、改めて検討する余地があるのではないだろうか。

清水文雄氏は、次のように説かれた。衣通姫と允恭天皇との物語においては、姫と天皇との間に空間的、時間的な隔絶がおかれ、それがかえって現実の逢瀬の一瞬を待望する思いを強化することとなり、したがって姫の歌は、そのような「待つ恋」の切なさばかりでなく、待ち得た歓びを盛る器ともなった。このような「衣通姫的なもの」に対して、小町の場合は、現実における逢瀬への道は完全に断たれ、全ては「夢」という別次元の世界に移調されている。小町の歌は、そのような「夢」を宿し、成熟させる器となった。現世ではもっとも「はかなきもの」とされる「夢」が、ここではもっとも充実した生のあかしとなるのである。(2)

『日本書紀』における衣通姫の物語についての犀利な分析から「衣通姫的なるもの」を析出し、その系譜に連なるものとして「小野小町的なるもの」を措定する清水氏の論は、きわめて魅力的であるといえよう。しかし、その「小野小町的なるもの」とは、小町の作品の一部にすぎない夢の歌から、いわば「小野小町物語」とでもいうべきストーリーを読み取り、小町の実人生とのかかわりは曖昧なままでクローズアップしたものである点に危うさを感じざるをえない。貫之たちにとって、「ちかき世にその名きこえたる人」としてただ一人の女性歌人を選ぶとしたら、名実ともに小町がふさわしいことは自明であったろう。では、小町から当代の伊勢へとつながる女性歌人の系譜を、逆に古代へとさかのぼり、ただ一人の名前をあげるとしたら、誰が最もふさわしいであろうか。これは大いに選択の余地があったことと思うのである。

四

記紀万葉を探れば、古代を代表する女性歌人として何人もの名前をあげることができようし、その中からしいて一人を選ぶとなれば、和歌に関心の深い人間であれば、それぞれの見識にしたがって、それなりに人を納得させる人物を選び出すことだろう。ところが、紀貫之ともあろう文学者が白羽の矢を立てたのは衣通姫であった。彼女の歌は『日本書紀』允恭天皇条に、例の「わが背子が来べきよひなりささがねの蜘蛛のふるまひこよひしるしも」（『古今集』墨滅歌では本文に小異がある）ほか一首、計二首が見られるが、古代を代表する女性歌人とはとても言えないだろう。それにもかかわらず貫之が彼女を選んだのはなぜか。「衣通姫の流なり」の「流」字を重視し、小町との特別な関係性を見出そうとする清水氏のような考え方も当然出るべくして出たといえようが、以下、従来とは異なった観点から考察を加えてみたい。

記紀万葉に歌を残している多くの女性たちの中で、歌の質、量は度外視した上で、衣通姫という人物の他と異なる顕著な特徴は何か。言うまでもなく彼女が絶世の美女であったという一点にほかならない。その美しさは衣を通して照り輝いたという允恭紀の記述はただごとではない。おそらく『古今集』撰者の時代においては、日本史上最高の美人とされていたであろう。貫之が衣通姫を取り上げた理由も、その一点にあったと考えられはしないだろうか。そして、小町を衣通姫と結びつけることによって、貫之は小町を美人に仕立て上げたのではなかったか。そうであったとすると、実に貫之こそが、小町美人伝説の仕掛け人であったということになる。しかし、もとより貫之の意図は、小町が実際に美人であったかどうかとはかかわりがない。正史『日本書紀』によって絶世の美人であったことが保障されている衣通姫と、近代の有力歌人小野小町を「流」という言葉で結びつけることによって、女性歌人の系譜に美人という筋を通したということなのである。

貫之が小町を女性歌人の代表としてとりあげた評論文の中で主張しているのは、天皇の歌集『古今集』においては、女性歌人も、女性歌人によって詠まれた歌の詠作主体（主人公）である女性も、美しくなければならないという規範性であろう。もちろん、女性の美しさがストレートに表現されることはまれであるが、少なくとも、醜さは極力排除されざるをえない。そして、彼女たちの歌は「強からぬ」と評され、「よき女のなやめる所ある」にたとえられるのである。「よき女」とされていることの意味は大きい。

「花の色は……」の一首が春部に収められ、容色の衰えを嘆く心が捨象されている理由は、かくして明らかといえよう。天皇の治世をことほぎ、いやさかを祈念するこの勅撰集においては、女性は美しくなければならなかった。まして『古今集』を代表する女性歌人の容色の衰えは、あってはならないことであったにちがいない。これが『古今集』の女歌の一側面である。

五

『古今集』においては女性は美しくなければならなかったとすると、女性の老いや老醜といったテーマが、はっきりと取り上げられることはありえないだろう。近藤みゆき氏の指摘によれば、『古今集』において、「老い」を核とする語（「おいにけるかな」「おいらく」各二例）は「男性特有表現」である。(3) 実際、『古今集』に女性が老いを嘆く歌はきわめてまれといっていい。たとえば「今はとてわが身しぐれにふりぬれば言の葉さへにうつろひにけり」（恋五・七八二・小町）の「ふりぬれば」は、相手の男性（小野貞樹）にとって自分は過去の女にされてしまったというのが主意であって、老いのテーマについては、この歌が心の移ろいを詠む歌群の中に置かれることによって、巧妙に消去されているようである。この歌を意識して詠まれたと思われる「たのめこし言の葉今は返してむわが身ふるれば置き所なし」（恋四・七三六・藤原因香）においては、「わが身ふるれば」が過去の女にされてしまったの意であることは明白である。「秋といへばよそにぞ聞きしあだ人のわれをふるせる名にこそありけれ」（恋五・八二四・よみ人しらず）、「人ふるす里をいとひて来しかども奈良の都もうき名なりけり」（雑下・九八六・二条）も同様で、老いや老醜を主題とするものではない。そもそも恋人、あるいは元恋人に対する言葉の中で「老い」が口にされたとしても、それはおおむね言葉の綾であって、本気で老いを嘆いているわけではなかろう。

「老いぬればさらぬ別れのありと言へばいよいよ見まくほしき君かな」（雑上・九〇〇）は業平の母内親王の作で、後に業平の返歌が続く。ここには「老い」が明言されていて、しかも老いを嘆く歌群の中に置かれている。女性が老いを詠じた、『古今集』ではまれな例であるといってよかろう。しかし、この歌の主題は息子を思う母心であって、老いはその気持ちを助長する要因である。この贈答歌の前後に置かれている「鏡山いざ立ち寄りて見てゆかむ年へぬる身は老いやしぬると」（よみ人しらず　左注作者黒主）、「白雪の八重ふりしけるかへる山かへるがへるも老いにけるかな」（在原棟梁）などが「老い」そのものを主題としているのと比べると、やはり異質だと言わざるをえない。しかも内親王が天皇のミウチであり、実際に詠作時に老境にあったことなどは、他の女性歌人たちと一線を画する事実といえよう。

「難波なる長柄の橋もつくるなり今はわが身をなににたとへむ」（誹諧歌・一〇五一・伊勢）は、「世の中にふりぬるものは津の国の長柄の橋とわれとなりけり」（雑上・八九〇・よみ人しらず）を本歌とする、老いを嘆く歌であることは明白である。『古今集』においてはこれが唯一の、女性歌人による嘆老を主題とする歌といってもいいと思うのである。ただし、どうしてこれが雑歌上の嘆老歌群の中に置かれず、誹諧歌の中に収められたのかが問題である。『古今集』巻十九雑体は長歌、旋頭歌、誹諧歌より成り、前二者は明らかに歌体を異にしているのに対して、誹諧歌が歌体は短歌（三十一字詠）でありながら雑体に収められているのは、それらが他の巻の短歌とは発想や表現において異質な作品と判断されたからにちがいない。確かに一首ずつ読み進めると、大胆な発想や滑稽な表現、巧妙な言葉遊びなど、受けをねらったとおぼしい作が並んでいるのであるが、その中にあって伊勢の「難波なる……」の一首は、ごく普通の『古今集』歌であるという点において異質なように私には感じられる。雑上の嘆老歌群の中に置いたとしても、違和感はないのではなかろうか。藤原公任の『新撰髄脳』に、伊勢が歌の手本としてこの一首を娘中務に示したとされていること、また、『金玉集』『三十六人撰』にも撰入されていることからは、公任はこれを秀歌と見、破調の歌とは認識していなかったと推測されよう。

私は、この伊勢の歌が誹諧歌に分類された理由は、それが女性歌人による嘆老歌であるからとしか考えられないと思うのである。『古今集』においては、老いを嘆くのは男性にのみ許された特権であった。したがって、伊勢の作になるこの歌を『古今集』に収めるためには、女性歌人が男装して老いを嘆いてみせた誹諧歌とするほかなかった。そうまでしても『古今集』に収めたくなるほどに、貫之たち撰者はこの歌が気に入っていたのだろう。「今は富士の山も煙立たずなり、長柄の橋もつくるなりと聞く人は、歌にのみぞ心をなぐさめける」という「仮名序」の一節は、この歌への貫之の傾倒ぶりを物語っている。

注

（1）後藤祥子「女流による男歌─式子内親王歌への一視点」（関根慶子博士頌賀会編『平安文学論集』平成4年10月　風間書房）参照。
（2）清水文雄『衣通姫の流』（昭和53年9月　古川書房）
（3）近藤みゆき「古今集の「ことば」の型」（国文学研究資料館編『ジェンダーの生成　古今集から鏡花まで』平成14年3月　臨川書店）

第四章　在原行平の離別歌をめぐって

在原行平の『百人一首』所収歌の出典は『古今集』で、その巻第八離別歌の巻頭に据えられている。

題しらず　　在原行平朝臣

立ち別れいなばの山の峯におふるまつとし聞かばいまかへりこむ　（三六五）

この歌については、『古今集』の注釈書はもとより、しばしば汗牛充棟と形容される『百人一首』の注釈書、解説書においてもさまざまな言及がなされているが、大きく意見が分れているのは、これが因幡国への赴任時に京で詠まれたのであるか、因幡国からの離任時に因幡国において詠まれたのであるかという、詠作事情にかかわる問題である。現代では赴任時とするのがほぼ定説だが、はたしてそれで問題はないのであろうか。本章ではこの問題について、検討を加えたい。

一

あらためて基本的なことがらを整理しておくことにしよう。この歌が「立ち別れいなばの山」と歌われ、「去なば」に地名「いなば（の山）」が掛けられているからには、これは「いなば」という土地にかかわる離別歌であるにちがいない。在原行平（八一八～八九三）は斉衡二年（八五五）正月十五日に因幡守に任命されている（『文徳実録』同日条）。行平と「いなば」との縁は、これ以外には伝わらないから、この歌が行平の任因幡守にかかわる歌であろうことはおそらく間違いのないところである。離別歌の巻の他の多くの歌と同様、送別の宴（「むまのはなむけ」）において、その日の主人公行平によって詠まれた挨拶の一首である可能性が高いであろう。

ところが「題しらず」であるため、それ以上の事実が明白ではない。因幡国への赴任にあたって都で詠まれたのか（以下これを「赴任時説」と称する）、因幡守を離任し、帰京するにあたって、新任国司あるいは地元の人々によって催された送別の宴などで詠まれたのか（以下これを「離任時説」と称する）、古来両説が存在する。古注においては離任時説が主流であったが、国学以後は赴任時説が主流となり、現代では赴任時説が定説化していると言ってもいいのではなかろうか。

離任時説を採る『百人一首』古注をいくつかあげておこう。[1] 享禄三年（一五三〇）の奥書がある常光院流の注釈『経厚抄』に「此歌は行平卿因幡の国の任の時哉よめりけんと有。任果て上らんとせし時、我この国をいなばと云秀句なり。下句の心、我を又待人あらば再任もすべしと云心を、今かへりこんと云也。今とは亦と云心なり」とあるのは離任時説の代表的なものの一つであるといえよう。

次に宗祇、三条西家流の集大成である『幽斎抄』を引こう。「彼卿因幡守なりしが、任はててみやこへのぼりけるにて思ふ人によみてつかはすとも云り。又誰にてもつかはすともいへり。歌の心は、待人もあらじと云落着なり」とあるのが『幽斎抄』に見える離任時説である。「待人もあらじと云落着なり」は、『宗祇抄』の「待人だにあらばやがて帰こんといふ心なり。あらじと思ふ心をいへるよし也」の継承であるが、『拾穂抄』所引師説（貞徳説）はこれを敷衍して、「凡受領は一任四ヶ年づゝにて、国守かはり侍れば、其国の治めよき人は、一国の人も国守の帰るをしたふ事也。又国をあしくおさむ人は、民国守のかはるをよろこぶなり。（中略）今行平も国民したひてまつとだにあらば満足なるべけれども、さもあるまじきと卑下の心を下に持て此うたを見るべし」と云っている。宗祇、三条西家流の特徴は、「(待人は) あらじと思ふ心をいへるよし也」という深読みに由来するものなのである。

ちなみに、右に引いた貞徳説は容易に、『土佐日記』の「八木のやすのりといふ人あり。この人、国にかならずしも言ひ使ふものにもあらざなり。これぞ、たたはしきやうにて、むまのはなむけしたる。守がらにやあらむ、国人の心のつねとして、今はとて見えざなるを、心あるものははぢずになむ来ける」(2)(十二月二十三日条) といった記述を連想させる。『土佐日記』によって国司離任時における「国人《くにひと》」たちの動向について学習した貞徳の薀蓄が、当歌についての宗祇、三条西家流の解釈とうまく結び付けられたのが『拾穂抄』所引師説であると言うことができるのではないか。貞徳の『土佐日記』への関心は、のちに弟子たちによる注釈書として結実することとなる。(3)

二

前節では、代表的な古注釈に見られる離任時説を紹介したのであるが、近世に入って赴任時説が、国学者たちによって強く打ち出されてくる。ただし、国学以前にも赴任時説は存在したのであって、冷泉家流の古注釈とされている『米沢抄』などにもそれが見られるが、ここでは戸田茂睡の『百人一首雑談』をあげておこう。(4)茂睡は先ず離任時説を説くのであるが、続けて「又説に、此歌は行平因幡の受領に成て下るとて都にて読し歌也。さなければ今かへりこむの詞聞えずと云。題しらずとある歌なれば、いかやうにも聞人のこゝろにまかすべし」と述べている。赴任時説をも紹介した上で、いずれかに決定することを避けて、読者の判断にゆだねているのである。この、いずれかに決定する根拠がないという判断はなかなかのもので、事実を詮索する立場からすれば、このあたりが穏当な見方と言っていいのではないかと思う。

さて、国学のさきがけをなした下河辺長流の『三奥抄』は、当歌注を「これはたびだつときにのぞみて相わかる、妻によみて与へける歌也」と書き出していて、まさに赴任時説を主張しているかのようである。ところが、その後いささかの考証の末に、「彼卿因幡の任はて、後、都へ上る時にかの国におもふ人ありて読てあたへけるうたともいへり。さも有べし」と述べていて、離任時説に大きく傾いているのである。契沖は『改観抄』で、行平の任因幡守の史実を『文徳実録』によって実証しており、これは定家の勘物に拠っていた従来の注釈からは大きな前進だが、続けて「此時相わかる、妻によみてあたへけるなるべし」と、師の『三奥抄』とほぼ同文をつらねている。しかも以下、離任時説への言及はなく、赴任時説を前提として読んで矛盾のない記述がなされているので、契沖は赴任時説を採っていたと判断される。『古今余材抄』では明白に「思ふ人を置て因幡の任に下らばといふ心を立わかれいなばの山とつづけたり」と述べている。しかし契沖にしても、離任時説を明白に否定して師説に異を唱えようとまでの意欲はうかがえず、ひょっとすると、どちらであっても大した問題ではないというのが本心だったのかもしれない。

赴任時説を主張し、離任時説を明確に否定したのは賀茂真淵の『宇比麻奈備』である。真淵は次のように述べている。

因幡国の守に任て、思ふ人などに別て京をたつ時、さのみななげきそ、いたく吾を待恋とし聞ば、今いくほどもなく立かへり来て相見えんぞと、其人を慰てよめるなり。（中略）或説に、此歌は行平朝臣任の年みちて帰る時、国人の別れをしむに、われを待と聞ばまた来らんてふ意ぞといへるはひがごとなり。古今集の別の部に入て、さることわりもなくて今かへり来らんといふからは、打まかせて京をわかる、時の歌にこそあれ、後世の好事は頻にふかきこ、ろをそへむとて、ひがごといふなり。

「或説に」として離任時説を紹介し、それを明白に否定しているのが注目される。その述べるところはやや不明瞭であるが、『古今集』の離別の部に収められており、特に説明もなく「今かへりこむ」とあるからには、京を中心に考えて、京を離れる時の歌と解するのが素直な解釈であるということらしい。どうやら決定的な論拠といったものはなく、都人にとって「帰る」といえば地方へ下向することではありえず、都へ帰ることにきまっているという常識論にとどまっているように思われる。行平が離任にあたって地元の人々の前で、因幡国をわが故郷であるかのように「今かへりこむ」と詠んだとすると、リップサービスとはわかっていても、人々は大いに喜んだであろうが、そのようなことはどこにも書かれていないのであるから、真淵に言わすれば、それは後世の好事家の勝手な想像にすぎないと、一蹴される結果となるのであろう。

香川景樹は『百首異見』において、大菅白圭の『小倉百首批釈』(5)と真淵の『うひまなび』から離任時説批判を引用して「実にしかり」と賛同した上で、次のように述べている。一部送り仮名を補った。

こは、近世いぬるといふは帰る事にのみいひなれたれば、さる方したしくおぼゆるより、ふとしか思ひなせるもの也。もといぬるは其所を去るをいふがもとにて、いにしへ　さそふ水あらばいなんとぞおもふ　出ていなばかぎりなるべき　などよみて、いぬるは往といはんにひとしきこと論なし。又、まつとしきかばとは、もとより待ぬべき人にいふ也。任限みちて帰洛する人を打まかせて国人の再び今やと待つべきならず。今かへりこんといふも、つひにはかへりくべき身の待遠からんを、いとせめてなぐさむる調にて、再び逢ふまじくかけはなれん別れに、しかはいふべからぬ事也。わざと設け出てよみなす格とひとつに見てまどふべからず。

右引用文の前半部は、離任時説が生じた原因についての考察で、近世「いぬる」という言葉は帰るという意味で使い慣れているから、それが先入観となって、京へ帰るの意と思い込んでしまったのだと主張しているようである。帰宅するの意で「いぬ」「いぬる」という口語は、現代でも関西地方を中心とする一部地域に生きており、辞書には室町期以後の用例が挙げられている。景樹が「近世」といっているのも、室町期以後をさしているのであろうし、その時代に離任時説を説く多くの古注が作られたことは事実である。しかし、古注の授受にたずさわったほどの知識人達が、古語「いぬ」の意味を当代の俗語「いぬ」の意味と取り違えたとは考えがたいのではないか。たとえば、先に引用した『経厚抄』に「任果て上らんとせし時、我この国をいなばと云秀句なり」とあるが、これは動詞「いぬ」を正しく「去る」の意に解しているのであって、もし「帰る」と解していたのであるなら、「我この国をいなば」ではなく「我京へいなば」となければならないであろう。また、『古今集』注釈書を一つあげておくならば、『耕雲聞書』に「立別いなばとつづきたる、妙なり。去らばと云義也(6)」とあって、「去る」の意で解していることは明白である。

『百首異見』引用文の後半部は、「まつとしきかば」あるいは「今かへりこん」という歌句について、これらは切実な思いで作者の帰京を待っている人への文言であって、再び会うはずもない「国人」に対してこのように言うはずはないという常識論で、真淵説の敷衍にすぎない。再び会うはずのない「国人」であればこそ、惜別の深情をこのように詠みなしたのではないかといった理解は、景樹によれば「わざと設け出てよみなす格とひとつに見」た誤りということになるらしい。「わざと設け出てよみなす格」とは、虚構性の強い歌をいうのであろうが、思いのたけを表現するのに虚構をかまえることは『古今集』の歌にいくらもあることで、なぜ行平のこの歌が例外なのか、理解に苦しむところである。そもそも赴任時説によって解釈するとしても、地方官として赴任した官人が、京の人が「待つ」といえばすぐに帰京するなどとは、現実にはありえない虚構にほかならない。

現在流布している『古今集』あるいは『百人一首』の注釈書、解説書のたぐいのほとんどが（ひょっとすると全てが）、当歌を赴任時説によって解釈している。確かに赴任時説は、『宇比麻奈備』や『百首異見』に説かれているように、無難な、常識的な解釈であって、問題はないようにも思われよう。しかし、これまで見てきたように、常識論を別にすれば、赴任時説を肯定する確たる根拠といったものはないのであり、逆に、離任時説を否定し去るに足る決定的な根拠もないのである。次節以下、二つの視点から、離任時説を再検討してみたいと思う。

三

まずはこの一首の表現効果といった観点から、離任時説を再検討してみたい。行平が因幡守の任満ちて、後任者との引継ぎも終え、いよいよ京への旅立ちが近づいたころ、地元の有力者（『土佐日記』の表現に倣い、以下「国人」と称する）が送別の宴を催すことは、当然のなりゆきとしてありえたであろう。その席上、行平が「立ちわかれ……」の一首を詠じたとすると、それは国人に対する、懇切な挨拶となっているとは言えないだろうか。

「まつとしきかば今かへりこむ」とは、真淵以下が力説する通り、行平の帰京を待つ親しい人物（たとえば妻、親、友人など）に向かって発せられるのにふさわしい言葉である。これを通常の会話と同等のレベルでの言葉と考えるならば、まさにその通りであろう。しかし、送別の宴における主賓の挨拶の歌としてこの一首を見れば、これは国人への惜別の情をあらわす言葉として、きわめて効果的であるとは言えないだろうか。行平が再び因幡国に下向し、国人と再会するなどということはおそらくありえないからこそ、この言葉が作者の真情の表現として機能するというのが、『古今集』歌の論理ではなかろうか。

同様の例を、同じ離別歌の巻から拾っておこう。

源実が筑紫へ湯浴みむとてまかりけるに、山崎にて別れ惜しみける所にてよめる　しろめ

命だに心にかなふものならばなにか別れのかなしからまし　（三八七）

山崎より神奈備の森まで送りに人々まかりて、帰りがて

にして、別れ惜しみけるによめる　　源実

人やりの道ならなくにおほかたは行きうしといひていざ帰りなむ　（三八八）

今はこれより帰りねと、実が言ひけるをりによみける　　藤原兼茂

したはれて来にし心の身にしあれば帰るさまには道もしられず　（三八九）

源実が九州の温泉へ下向するにあたって、山崎で知友が別れを惜しみ、なごりが尽きずに神奈備の森（現在の大阪府高槻市東北部）まで見送った際の離別歌群である。三八八番歌において実は、「強制されて行く旅ではないのだから、行くのがいやになったと言って、さあ帰ろう」と歌っているのだが、ここから京へ引き返したわけではないようだ。「いざ帰りなむ」とは、都に後ろ髪を引かれる思いの表現であって、遠くまで見送ってくれた人々に対する、実の親愛の情の発露となっていよう。一方、兼茂は「帰るさまには道もしられず」（どう帰ればいいのか、道もわかりません）と歌っているのであるが、これも実への愛着の思いの表現であって、実際に都の家にたどりつけないと思い込んでいるわけではない。「いざ帰りなむ」とか「道もしられず」とか、正岡子規に言わせれば「嘘の趣向なり」（『五たび歌よみに与ふる書』）ということになるのかもしれないが、このような虚構性こそが作者の思いのたけの表現であることは、現代の『古今集』研究において広く認知されている見方にほかならないであろう。行平の離別歌の「まつとしきかば今かへりこむ」についても、同様のことが言えないだろうか。これは都でなごりを惜しむ人への言葉としても、もちろん効果的な表現である。しかし、任地を離れるにあたっての国人への挨拶としても、何ら違和感はないと思うのであるが、いかがなものであろうか。

さらにもう一点、表現効果の観点から「因幡の山の峰に生ふる松」という歌句をとりあげておきたい。景樹は『百首異見』において「稲羽山は和名抄に因幡国法美郡稲羽とある所の山にて今も松のみ多し。其の下ゆく流れを

稲羽川といふ。やがて此の山陰はそのかみの国府にしあれば、もとより都にも聞こえなれたるに、いはんや其の守となりて行人はいとゞ委しくきゝしるべきわたり也。其の郷をば今も国府村とよべり」と述べている。因幡山（稲羽山）と国府との位置関係についての右の記述は正確であるようで、近年の諸注釈書の多くにも継承されているのであるが、この事実は離任時説にとって、まことに都合のいい事実であると言わざるをえない。

新任国司主催の行平送別の宴は、『土佐日記』十二月二十五日条の記述「守の館より呼びに文もてきたなり」から類推すると、国司館で開催された可能性が高いであろう。そこには郡司たちをはじめとする国人も出席していたと推測される。館からは因幡山を目にすることができたにちがいない。一方、国人たちによる送別の宴が催されたとすると、これも『土佐日記』の記述を参考にするならば、行平が国司館から門出をして滞在中の家に、国人たちが酒や料理を持参して行われたのではなかろうか。それはおそらく国府からほど遠からぬ場所で、因幡山を望見することもできたであろう。そのような場で行平の離別歌が詠まれたとすると、行平はまさに「因幡の山の峰に生ふる松」を指差しつつこの歌を朗詠するというパフォーマンスを演じることができたはずだし、参会者たちは日ごろ見慣れた「因幡の山の峰に生ふる松」を目にしながらこの離別歌を耳にしたわけである。その表現効果たるや絶大なものと言ってもよいのではなかろうか。

一方、この歌が都からの赴任時に詠まれたとするとどうであろうか。行平はこれから国守として赴任する因幡国についての予備知識を仕入れているであろうから、国府の近くに因幡山と称する山があることを知ってこの歌を詠じることは可能であるが、都で行平を見送る立場の親族知友がそのような知識をもっていたかどうか、はなはだ疑問である。「因幡の山」という歌語についての都の人々の理解は、因幡国にある山という漠然とした理解にとどまらざるをえないであろう。もちろんそれでも何ら問題はないし、現地詠でなければならない理由はないのであるが、離別にあたっての挨拶としては、因幡山が見える宴席で、新任国守あるいは国人たちを前にして詠まれるというのが、この一首の表現効果が最も発揮される状況であることに疑いはないように思うのである。

以上、表現効果という観点からこの一首について考えてきたのであるが、その結果、離任時説こそが、一首の詠作事情と歌意とを強く結びつけて解釈することができる有力な所説であるということは、少なくとも明らかにしえたのではないだろうか。しかしこれまでの考察によって、今ではかえりみられない離任時説が復活する可能性が生じたとしても、いずれの説が妥当なのかを判断できる確実な根拠は示しえていない。次節では表現効果とは異なった観点から、この問題に踏み込んでみたいと思う。

四

この歌が収められている『古今集』巻第八離別歌は、大きく分けて二つの部分から成っている。前半部、すなわち巻頭の行平歌（三六五）から三九一番歌までの二十七首は、人が遠国へ旅立つにあたっての、送る人、送られる人、それぞれの立場からの離別歌である。後半部は三九二番歌から巻末の四〇五番歌までの十四首で、都やその周辺（畿内）を往来する道俗の社交生活の中から生まれた離別歌であると判断できよう(7)。その中の四〇〇番歌からの四首は「題しらず」「よみ人しらず」であって、詠作事情が知れないが、いずれもこのように理解しておいて矛盾はないようである(8)。

さて、前半の二十七首を見ると、その多くは遠国へ旅立つ人を見送る立場での離別歌であり、旅立つ本人の歌であることが明らかなのは、三六五、三六七、三七六、三八八番歌の四首にすぎない。その中の三七六番歌は、寵が常陸へ下る際に藤原公利に送った歌、三八八番歌（第三節で引用した）は、源実が「湯浴み」という私用で九州へ下った時の歌である。三六七番歌「かぎりなき雲居のよそに別るとも人を心におくらさむやは」は、動詞「おくらす」（置いてゆくの意）によって旅立つ人の歌であると推測されるが、「題知らず」「よみ人知らず」であって詠作事情が知られない。このような次第で、官人が公用で都と地方とを往来する際、旅立つ本人によって詠まれたことが明らかな離別歌は、巻頭の行平歌ただ一首なのである。(9)

一方、公用で遠国へ旅立つ人に贈られた離別歌であることが詞書に明記されている歌は五首存在し（三六八、三六九、三八五、三八六、三九〇）、また公用での旅と明記されてはいなくても、そのように推測できる歌も少なくない。(10) 送別の宴（うまのはなむけ）においては、送る者、送られる者、双方から離別歌がやりとりされたであろうのに、公用で都から任地へ、あるいは任地から都へ旅立つ本人によって詠まれたことが明らかなのは行平歌のみというのは、注目に値する事実と言ってよいだろう。しかもそれが巻八離別歌の巻頭に据えられているのであるから、そこには撰者による何らかの意図を想定することができるのではないだろうか。

和歌をたしなむ貴族が都と地方を往来する機会はと言えば、その多くが公用を帯びての旅であろうから、そのような折に詠まれた離別歌が、この巻の前半部（歌数では離別歌の巻全体の約三分の二にあたる）の基調をなしているのは、当時の実情を反映したものと言えよう。しかしながら右に見たように、公務によって旅立つ官人による離別歌であることが判明するのが行平の作ただ一首であるのは、明らかに意図的な選択の結果であり、それを巻頭に据えたのは、言うまでもなく読者の注意を喚起するためにほかならない。後世の史家によって「当代屈指の民政家」「良吏の中でも屈指の大物」(11)と評されている在原行平は、『古今集』成立当時においてはなおさらのこと、良吏としての赫々たる名声は忘れられてはいなかったであろうが、まさにその行平が、地方官として任地へ往来した際の離別歌が巻第八離別歌の巻頭に掲げられたのは、この歌集が勅撰集という公器であることの明白な指標にほかなるまい。良吏によって地方行政が円滑に運営されることは聖代の理想であり、離別歌の巻頭において在原行平の名のもとに、その実現が称揚され、祈念されているのではないだろうか。

このように考えるならば、行平の歌の解釈は赴任時説ではなく、離任時説によるのが妥当であろう。国守として赴任する官人が、「まつとし聞かばいまかへりこむ」（あなたが「待つ」とおっしゃれば、すぐに帰ってまいりましょう）と詠ずるのは、王朝和歌の習いとしては、社交的な虚構であるとも、思いのたけの表出であるとも、いかようにも理解が可能であるが、こと公の立場から見れば、都人の「待つ」の一言で地方官としての公務を放棄して帰京するなど、もってのほかの仕儀である。剛直の良吏、在原行平による離別歌・巻頭の一首としては、ありえない解釈といってていいのではなかろうか。

一方、これを離任時説によって解釈するならば、右に述べた勅撰集の理念によく合致する。すぐれた実績を残して前国守が帰京するにあたっては、国人はその離任を惜しみ、再任を願うのが道理である。送別の宴において行平が、そのような国人たちを前にして、「まつとし聞かばいまかへりこむ」と詠ずるのは、惜別の挨拶としてまことにふさわしい離別歌であるということができよう。国人が「待つ」と言ったからといって行平が京から因幡へ下向するなどということがありえないのはわかりきった話であり、まさに虚構にほかならないのだが、これこそがその時における行平の思いであり、国人の願いでもあった、というのが、離別歌・巻頭のこの一首がになうべき解釈であろう。

当歌は「題しらず」であり、したがって赴任時、離任時のいずれの詠であったのか、事実としては不明と言わざるをえない。しかし『古今集』巻第八離別歌の巻頭の一首としては、離任時説によって解釈するのが至当ではなかろうかというのが本章の結論である。また、『新古今集』の編纂にかかわり、『新勅撰集』のただ一人の撰者であった藤原定家は、勅撰集の政治性を身にしみて理解していたにちがいないから、定家がこの一首を離任時説によって解釈していた可能性は、かなり高いと言ってもいいのではないだろうか。中世の諸注において離任時説が有力である理由は、どうやらそのあたりにもありそうである。

注

（1）以下引用する『百人一首』古注については、「はしがき」を参照されたい。
（2）『土佐日記』の引用は青谿書屋本によるが、三条西家旧蔵本は「はちすに」を「はちすき」に作る。
（3）池田正式『土左日記講註』（一六四八）、加藤盤斎『土左日記見聞抄』（一六五五）、北村季吟『土左日記抄』（一六六一）など。
（4）『百人一首雑談』の引用は『戸田茂睡全集』（昭和44年11月　国書刊行会）による。
（5）「批釈云、因幡守に任じて赴かんとする時、人々名残をしみけるに留別せるところ也。故に古今離別篇首に出せり」（『百首異見』所引『小倉百首批釈』）
（6）『耕雲聞書』の引用は、古今集古注釈書集成『耕雲聞書』（平成7年2月　笠間書院）による。
（7）片桐洋一『古今和歌集全評釈　中』（平成10年2月　講談社）は「巻八・離別歌の配列と構造」について、①遠国へ旅立つ人の歌と遠国へ旅立つ人を送る歌（三六五〜三九一）、②京都近郊での別れの歌（三九二〜三九六）、③内裏での出会いと別れ（三九七〜三九九）、④一般的離別歌（四〇〇〜四〇三）、⑤道中での出会いと別れ（四〇四〜四〇五）と、五歌群に分類している（同書五六ページ）。確かに三九二番歌以下を細かく見れば、右の②から⑤のように分類されようが、これを一つにまとめれば、「都やその周辺を往来する人々の、社交生活の中から生まれた離別歌」ということになろう。なお、松田武夫氏は「離別歌」の巻を九つの歌群に分けている（『新釈古今和歌集　上巻』昭和43年3月　風間書房）。すなわち、第一歌群（男性から女性へ、又、女性から男性へ贈った離別歌）、第二歌群（男性から男性へ贈った離別歌）、第三歌群（女性から男性へ贈った離別歌）、第四歌群（男性から男性へ贈った離別歌）、第五歌群（贈答の人名を明らかにした離別歌）、第六歌群（僧侶の詠んだ離別歌）、第七歌群（兼覧王関係の離別歌）、第八歌群（題不知・読人不知の離別歌）、第九歌群（貫之・友則の旅中の離別歌）の九歌群である。このうち、第一歌群は巻頭の三六五番歌から三六八番歌までの四首であるようだが、三六八番歌以外の三首が「男性から女性へ、又、女性から男性へ贈った離別歌」であるという根拠は何であろうか。このような疑問点は他にもいくつか存する。それらはひとまずおくとしても、このような九歌群への細分化が、離別部における撰者の構想を適切に説明しえているのかどうか、いささか疑問と言わざるをえない。

（8）　たとえば四〇〇番歌「あかずして別るる袖の白玉は君が形見とつつみてぞ行く」は、遠国へ旅立つ人の歌と解されることが多いが、親王時代の光孝天皇が布留の滝見物から帰るにあたって兼芸法師が詠んだ離別歌「あかずして別るる涙滝にそふ水まさるとやしもは見ゆらむ」（三九六）の返歌として詠まれたとしてもおかしくない内容で、歌の配列を重視するならば、都を中心とする社交生活の中での離別歌として通用するのではないか。なお、四〇三番歌「しひて行く人をとどめむ桜花いづれを道とまどふまで散れ」は、雲林院の親王が舎利会のために比叡山に登り、帰京しようとした時に遍照が詠んだ「山風に桜ふきまき乱れなむ花のまぎれに立ちとまるべく」（三九四）と似た詠みぶりで、明らかに都を中心とする社交生活の中から生まれた一首であるといえよう。四〇一番歌「限りなく思ふ涙にそぼちぬる袖は乾かじあはむ日までに」、四〇二番歌「かきくらしことは降らなむ春雨にぬれぎぬ着せて君をとどめむ」も、いずれも後半部に収められた歌と語彙、発想等に共通点を持っており、都を中心とする社交生活の中から生み出された歌と解して矛盾はない。

（9）　行平歌は「題しらず」であるが、行平が因幡守として赴任したことは官人層には著名な歴史的事実であったであろうし、一般にはこの歌にまつわる歌語りによって広く知られていたのであろう。左注が付されていないのは、その必要がないほど周知されていたからであるとも想像される。

（10）　そのうち三七五番歌は「題しらず」であるが、左注には公用での下向の際の作とされている。なお、これも旅立つ人の歌ではない。

（11）　目崎徳衛『百人一首の作者たち』（昭和58年11月　角川書店）九二ページ以下。

第五章　文屋康秀の歌の作者について

『百人一首』に文屋康秀の作として採られている「吹くからに秋の草木のしをるればむべ山風をあらしといふらむ」は、実は康秀の息朝康の作であるという近年有力な説について、改めて検討を加えてみたい。

一

康秀の作として現存するのは次の六首（『古今集』五首、『後撰集』一首）である。『新編国歌大観』から、一部表記を改めて掲げる。

二条の后の春宮の御息所ときこえける時、正月三日お前に召して仰せごとあるあひだに、日は照りながら雪のかしらに降りかかりけるをよませ給ひける

春の日の光にあたる我なれどかしらの雪となるぞわびしき　（『古今集』春歌上・八）

是貞のみこの家の歌合の歌

ふくからに秋の草木のしをるればむべ山風をあらしといふらむ　（『古今集』秋歌下・二四九）

草も木も色かはれどもわたつうみの浪の花にぞ秋なかりける　（『古今集』秋歌下・二五〇）
二条の后、春宮の御息所と申しける時に、めどにけづり
花させりけるをよませ給ひける
花の木にあらざらめども咲きにけりふりにしこのみなる時もがな　（『古今集』物名・四四五）
深草の帝の御国忌の日によめる
草深き霞の谷に影かくし照る日のくれし今日にやはあらぬ　（『古今集』哀傷歌・八四六）
時にあはずして身をうらみてこもり侍りける時
白雲の来宿る峰の小松原枝しげけれや日の光見ぬ　（『後撰集』雑三・一二四五）

朝康の作として伝わるのは次の三首（『古今集』一首、『後撰集』二首）である。

是貞のみこの家の歌合によめる
秋の野におく白露は玉なれやつらぬきかくるくもの糸すぢ　（『古今集』秋歌上・二二五）
（延喜御時、歌召しければ）
白露に風のふきしく秋の野はつらぬきとめぬ玉ぞ散りける　（『後撰集』秋中・三〇八）
（題しらず）
浪わけて見るよしもがなわたつみの底のみるめももみぢ散るやと　（『後撰集』秋下・四一七）

以上であるが、『古今集』秋歌下の巻頭に並ぶ二首（二四九・二五〇）については、二四九番歌の作者表記を康秀ではなく朝康とする伝本がいくつか存在する。それに従うならば、この二首は朝康の作ということになるから、伝存する康秀の作は四首、朝康の作は五首と、両者の歌数は逆転する結果となる。

近世以後、この二首の作者について初めて疑問を呈したのは契沖であった。その著『百人一首改観抄』の康秀歌

注の中で、次のように述べている。

古今に此歌に次て草も木もといふ歌を載たり。同じく康秀が同じ歌合によめる歌なり。然るを六帖には朝康が歌とす。これにつきて不審あり。古今に康秀が、春の日の光にあたる我なれどかしらの雪となるぞわびしき、とよめるは二条后の東宮のみやす所とておはしましける時おまへにてよめる歌なり。貞観十三年の後いずれの年といふ事をしらず。其後元慶八年仁和三年を過て此是貞親王歌合は寛平になりて又いづれの年にか侍けん。かたへの作者を見れば敏行友則忠岑千里朝康読人不知などあり。深草のみかどの御国忌の歌よめるにて思へば此歌合の比までながらへば七十余歳なるべければ盛年の作者に交はりて読べしとも覚えず。然れば六帖に今ひとつの歌を朝康とするにひかれてこれも朝康が歌にや。古今には名を書あやまれる歟。但六帖にも今の歌をば康秀が歌とす。後人のためにおどろかし置ばかりなり。

契沖がまず指摘するのは、『古今集』二五〇番歌「草も木も色かはれども……」の作者が、『古今六帖』では朝康作とされているという事実である。確かに『古今六帖』第三「なみ」に見えるこの一首は、『新編国歌大観』の底本とされている書陵部蔵桂宮旧蔵本（以下「桂宮本」と略称する）においても、また契沖が所持していた寛文九年（一六六九）刊本においても、作者は朝康とされているのである（『新編国歌大観』番号一九五六、下句「なみのはなこそ秋なかりけれ」）。

『古今集』二五〇番歌には詞書も作者表記もなく、『古今集』の書式からすれば二四九番歌のそれを継承することになるから、この二首はいずれも是貞親王家歌合において同一作者によって詠まれた作のはずであり、二五〇番歌が『古今六帖』に記されているように朝康の作であるならば、二四九番歌も朝康の作であるかもしれないというのが契沖の推論である。ところが契沖も述べているように、二四九番歌「ふくからに秋の草木の……」（『古今六帖』では第二句「なべて草木の」）は、契沖所見の寛文九年刊『古今六帖』では作者が康秀とされているため、契沖は朝康作者説を主張することができず、「後人のためにおどろかし置」くと言うにとどめざるをえなかったのである。

ただし、桂宮本『古今六帖』においては、「ふくからに……」には「ふんやのあさやす」と作者表記がなされ、その脇に「やすひでイ」と異本注記が加えられているのである（『新編国歌大観』番号四三一）。この本に拠るならば、契沖は朝康作者説を強く主張することができたであろう。『古今集』では「ふくからに……」と「草も木も……」の作者は同一人物であるから、この二首を共に朝康作とする桂宮本は、この二首の作者に関しては筋が通っていると言えよう。しかし、だからといって安易に朝康作をもって正解とすることはできない。

二

寛文九年刊本『古今六帖』を根拠としては「ふくからに……」の朝康作者説を主張できなかった契沖ではあるが、先の引用文の中で、康秀では年齢の上から疑問があるとして考証を加えている。契沖が引いている「春の日の光にあたる……」の一首は『古今集』春歌上の歌で、詞書は先に示した通りである。「二条の后」は清和天皇の后藤原高子で、彼女が「春宮の御息所」と呼ばれたのは、東宮貞明親王（後の陽成天皇）の母御息所であった時期、すなわち貞明親王が立太子した貞観十一年（八六九）二月一日から、受禅した貞観十八年（八七六）十二月二十九日の間である。この歌が詠まれたのが正月三日であることを考え合わせるならば、『改観抄』に「貞観十三年の後」とあるのは、正しくは「貞観十二年の後」である。ちなみに『古今余材抄』では「貞観十一年以後」と誤っている。

ともあれ契沖の言わんとするところは、貞観の末年までに「春の日の……」の一首が詠まれ、そののち元慶の八年間、仁和の三年間を経て、続く寛平年間の是貞親王家歌合で「ふくからに……」「草も木も……」の二首を康秀が詠んだとすると、貞観末年以前に「春の日の光にあたる我なれどかしらの雪となるぞわびしき」と老いを嘆いていた康秀が、それから十余年を経て催された歌合で、「敏行友則忠岑千里朝康」など次世代の歌人たちにまじって作歌するというのは、年齢的に無理があるのではないかというのである。

なお文中、「深草のみかどの御国忌」とあるのは、先に示した『古今集』の哀傷歌（八四六）であるが、深草の帝、すなわち仁明天皇の崩御は嘉祥三年（八五〇）三月二十一日である。一周忌は「御斎会」として盛大に催され、その翌年からは小規模な斎会として「国忌」が営まれた。したがって康秀の哀傷歌は仁寿二年（八五二）三月以後の作とも考えられるが、「照る日のくれし今日にやはあらぬ」という、その日のめぐり来たことへの強い詠嘆は、一周忌にふさわしく思われ、諸注の多くもそう解している。是貞親王家歌合が催された寛平初年（八九〇年前後）に「七十余歳なるべければ」という契沖の推測に従い、その生年を弘仁十一年（八二〇）ごろと仮定すると、嘉祥四年（八五一）には三十二歳の壮年、東宮御息所に「……かしらの雪となるぞわびしき」と老いを嘆く歌を奉ったのは、まさしく老境にあった五十一歳から五十七歳の間となって、矛盾は生じない。『古今和歌集目録』によって知られる康秀最後の任官は元慶三年（八七九）の縫殿助で、この年六十歳ということであれば、その後の官歴が知られないのは、あながち記録の不備ともいえない年齢であろう。このような康秀が、寛平初年、七十余歳にして「盛年の作者に交はりて」作歌するというのは、決して不可能ではないが、契沖が不審を抱いたのは、もっともなことと言えよう。

所見の版本『古今六帖』には「ふくからに……」の作者が康秀とされていたために、「後人のためにおどろかし置ばかりなり」と、問題提起にとどめざるをえなかった契沖であるが、桂宮本『古今六帖』に朝康と作者表記されていることを知るわれわれは、契沖の慧眼をたたえつつ、『古今集』秋歌下の巻頭二首の作者は朝康であること、その結果として、『百人一首』には康秀の歌はなく、朝康の歌が二首採られていることを認めざるをえないのであろうか。実際、「ふくからに秋の草木のしをるればむべ山風をあらしといふらむ」は朝康の作と解説する『百人一首』入門書もあらわれている。しかし、ことはさほど簡単ではないようなのだ。

三

西下経一、滝沢貞夫両氏の『古今集校本』、あるいは久曽神昇氏の『古今和歌集成立論』によれば、『古今集』秋歌下の巻頭歌の作者を、高野切、清輔本、雅経本などの主要伝本が文屋朝康としている。また、平安時代後期の古写本として近年紹介された伝公任筆本にも「文屋のあさやす」と作者表記がなされている。(1) これに対して作者を康秀とするのは元永本、善海所伝本、定家本などである。

興味深く思われるのは俊成本で、永暦二年（一一六一）書写の永暦本では「文屋のあさやす」と作者表記があって「康秀一本」と傍書されているのに対して、文治五年（一一八九）ごろ書写（久曽神昇氏説）の昭和切では、「文屋やすひで」と作者表記があって「一本朝康」と傍書されているのである。なお、建久二年（一一九一）書写の建久本では「文屋やすひで」と作者表記があって朝康説は傍書されていない。これについて『古今集校本』頭注に「思うに俊成は始め新院御本に従って「あさやす」とし、康秀を一説とし、昭（昭和切―筆者注）ではこれを逆にしたのであろう。康秀は基俊本の説か」とあるのは一つの考え方であろう。ただし基俊本が康秀説であったとしても（基俊本が康秀説であったことは確認できない）、俊成が朝康説を捨てて康秀説を採るに至った理由は明らかでない。少なくとも言えることは、俊成は当該歌の作者について両説があるのを知っており、永暦二年以後、何らかの根拠にもとづいて康秀説を選び取ったということである。

次に定家であるが、定家が昭和切を他本と校合することによって自らの『古今集』を作りあげたことはよく知られている。したがって、定家は昭和切の康秀説を継承したまでのことである、と言ってしまえばそれまでだが、秋歌下の巻頭歌であり、『古今集』仮名序古注に康秀の代表作のひとつとして取り上げられてもいるこの著名歌の作者について、俊成が朝康説から康秀説へと考えを改めるに至ったいきさつを、息子の定家に語らなかったとは考えられないのではなかろうか。定家は父からの説明を有力な判断材料としながら、最終的には自らの判断で康秀説を選び取ったのであろう。つまり、俊成と定家は、両説の存在を承知の上で、主体的に康秀説を選び取ったのであり、この二人が熟慮の末に選び取った康秀説を、安易に否定することはできない。

平安中期において、すでに当該歌の作者について両説が存在したことは、『古今集』仮名序の六歌人評に付け加えられた作例の中では、「ふくからに……」が康秀の代表作として取り上げられているのに対して、高野切が朝康説を採っていることによって知られる（『古今六帖』の作者表記は後世付加されたかもしれないので除外する）。平安後期には、いずれも十二世紀初頭に書写されたとされている『古今集』完本、元永本と伝公任筆本が、前者は康秀説、後者は朝康説を採っていて、きわだった対称を示している。平安末期に至り、俊成の同時代人たる藤原清輔は清輔本『古今集』において、当該歌に朝康と作者表記を加えるにとどまらず、保元二年（一一五七）書写本（前田家本）の下帖巻末の注記の中で、康秀三首、朝康三首と『古今集』への入集歌数を示し、朝康説を強く主張している。一方、先に見た通り、俊成定家父子は康秀説を鮮明に打ち出しているのであって、この両説は六条家と御子左家との学統間で意見が対立しているのである。永暦本では朝康説を採っていた俊成が、昭和切、建久本では康秀説へと傾いた理由のひとつは、このあたりにあったのかもしれない。

四

是貞親王家歌合の作者として判明する歌人たちの中で、康秀のみが旧世代に属する人物であり、仮に七十余歳で存命していたとしても、「盛年の作者に交はりて読べしとも覚えず」とは、先に引用した契沖の説であるが、これは現代でも当該歌を朝康作とする有力な根拠となっている。一方、是貞親王家歌合について、萩谷朴氏の『平安朝歌合大成一』では「一座が左右にわかれて勝負を競ったというよりは、作品の優劣を机上に比較したといった感が強く、むしろ勅撰集の撰者たちが互いに点を入れて秀歌を選ぶといった情景に似たものが想像せられるのである」と説かれており、この説は大方の承認を得ている。(2) すると、康秀が存命していたか否かにかかわりなく、康秀の旧作が提出されたと考えることも可能なのではないだろうか。

そもそも、是貞親王家の歌合の歌として『古今集』に入集している二十三首のうち、五首（一八九、二一五、二六六、二七八、五八二）が「よみ人しらず」であるのだが、もしこの歌合の歌が全て新作であったとすると、それが『古今集』に「よみ人しらず」として入集するとは考え難い。なぜなら、後に『古今集』の撰者となった人達は、この歌合の子細を知りえたはずだからである。「名字を書くといへども、世もつてその人を知り難き下賤卑陋の輩」の作については「よみ人しらず」とする（『袋草紙』）といった撰集の故実は、『古今集』撰集のころにはありえないから、作者がわかっているのに、あえて「よみ人しらず」とする理由はないのではないか。それらは歌合の際にすでに作者不明の古歌であったに違いない。

それについて思い当るのは、『古今集』に取り上げられているこの歌合の詞書が、「是貞親王の家の歌合の歌」という書式と、「是貞親王の家の歌合によめる」という書式と、二種類に分かれるという事実である。定家筆嘉禄本（冷泉家時雨亭叢書所収）によって見ると、次の通りである。歌番号と作者名を示し、「よみ人しらず」については「不知」と略記した。

「歌合の歌」の形をとるもの

一八九　不知、一九七　敏行、二〇七　友則、二一四　忠岑、二一五　不知、

二二八　敏行、二四九　康秀、二五〇　康秀、二六六　不知、二七〇　友則、二七八　不知、二九五　敏行、二九六　忠岑、三〇六　忠岑、五八二　不知

「歌合によめる」の形をとるもの

一九三　千里、一九四　忠岑、二一八　敏行、二二五　朝康、二三九　敏行、二五七　敏行、二五八　忠岑、二六三　忠岑

これを見て気がつくのは、「よみ人しらず」の五首の詞書が、全て「歌合の歌」の形をとっていることである。久曽神昇氏は「歌合と勅撰和歌集[3]」の中で、『古今集』における是貞親王家歌合、寛平御時后宮歌合、亭子院歌合の歌の詞書を検討し、その結果、歌合に関する詞書には三種類あり、「歌合の歌」は「うたあわせに番はれた歌」「それ以前に詠作された歌」を意味し、「歌合の時によめる」は「歌合の時に詠作された歌で且つ歌合に番はれた歌」を意味し、「歌合によめる」は「歌合の時に詠作された歌」「歌合には番はれなかつた歌」を意味すると整理された。是貞親王家歌合の「よみ人しらず」の歌五首が歌合の折にすでに作者不明の古歌であったとすると、それらが全て「歌合の歌」とされている事実は、久曽神氏の御説によってまことにうまく説明できるのである。また、この説に従うならば、秋歌下・巻頭の二首（二四九、二五〇）の詞書がまさしく「歌合の歌」であるのは、かつて康秀によって詠まれた旧作がこの歌合に提出されたという事実を反映していると解釈できよう。

是貞親王家歌合の歌の詞書について、主要な『古今集』伝本を見ると、昭和切が定家本と一致していることは予想通りとして、雅経本と清輔本も、秋歌下の巻頭歌を別とすると、雅経本で二一八番歌が「歌合の歌」とされているのを唯一の例外として、定家本と一致しているのである。興味深いことには、伝公任筆本においても、秋歌下の巻頭歌を別とすると、二一八、二二五番歌が「歌合の歌」とされているのを例外として、定家本と一致していることである。研究的な意図をもって書写されたのではないはずの伝公任筆本が、雅経本、清輔本、昭和切、定家本な

どの証本系諸伝本と同じ傾向を示しているという事実は、『歌合の歌』と「歌合によめる」との書き分けが、おそらく撰集当初からのものであり、それが伝公任筆本にも継承されていたことを物語っていよう。

一方、元永本では全てが「歌合に」の形に統一されている。私はかつて、元永本の詞書の書写において、簡略化と統一化という傾向が顕著であることを指摘したが、(4)おそらく元永本、あるいはその祖本の書写にたずさわった人物は、「歌合の歌」と「歌合によめる」の書き分けの意味に気がつかず、これらを簡略な表記に統一してしまったのであろう。同時期に書写されたとおぼしいこれら二本の顕著な相違は、古典本文がいまだ流動的であった平安後期の本文書写の実態を、如実に物語っているように思われる。

あらためて秋歌下巻頭の詞書を見ると、ここでは「歌合の歌」とする昭和切や定家本と、他の有力伝本との間で本文が対立している。すなわち、高野切、伝公任筆本、雅経本、清輔本は、ここは「歌合によめる」となっており、しかもこれら諸本は作者を朝康としている。そして朝康ならば、久曽神氏によって「歌合の時に詠作された歌で且つ歌合に番はれた歌」を意味するとされた詞書「歌合によめる」にふさわしいのであり、現に朝康の作である二二五番歌については、ほとんどの伝本が「歌合によめる」なのである。例外は俊成本で、作者を朝康とする永暦本も、康秀とする昭和切、建久本も、俊成は一貫して秋歌下の巻頭歌の詞書を「歌合の歌」と表記している。

以上、『古今集』の主要な伝本において、秋歌下の巻頭二首の作者について両説があるのみならず、俊成の永暦本は別として、二様の詞書が両説と連動していることが見て取れた。当該二首は、康秀の旧作なのか、朝康の新作なのか、『古今集』の伝本についての検討からは、いずれが真であるかを決することはできないのであって、両説共に整合性をもって存在を主張しているといえよう。

五

最後に、康秀と朝康の作の中から秋歌を取り上げ、あらためて検討を加えておきたい。

① ふくからに秋の草木のしをるればむべ山風をあらしといふらむ
② 草も木も色かはれどもわたつうみの浪の花にぞ秋なかりける
③ 秋の野におく白露は玉なれやつらぬきかくるくもの糸すぢ
④ 白露に風のふきしく秋の野はつらぬきとめぬ玉ぞ散りける
⑤ 浪わけて見るよしもがなわたつみの底のみるめももみぢ散るやと

①②は『古今集』秋歌下の巻頭歌、③④⑤はいずれも朝康の作で、③は『古今集』、④⑤は『後撰集』入集歌である。問題は、これら五首全てが朝康の作なのか、それとも①②は康秀、③④⑤は朝康と、作者を異にするのか、という点に帰着する。①と④が、②と⑤が、③と④が、着想や語彙などの面で関連性を有することから、これら全てを同一作者の作とみなすことも可能かもしれないが、それは憶測の域にとどまらざるをえないだろう。たとえば②は、「浪の花」は秋でも色が変わらないという発想で詠まれており、⑤はその「浪」を分けて海底の海松布が紅葉しているかどうかを見たいと詠まれていて、これは②をもとに後人が構想をふくらませて⑤を詠んだと推測することもできるのではないだろうか。同様の例として、『古今集』秋歌下（三一〇）に、次のような作が見出される。

寛平の御時、古き歌たてまつれと仰せられければ、竜田川もみぢばながるといふ歌をかきて、その同じ心をよめりける　興風

年ごとにもみぢばながす竜田川みなとや秋のとまりなるらん

これは「竜田川もみぢばながる神なびのみむろの山にしぐれふるらし」（『古今集』秋歌下・よみ人しらず）という古歌を書いて献上する際に、「同じ心」で詠んだ新作を添えたのである。また、よく似た例が『後撰集』春中（七二）にも見られる。

寛平御時、花の色霞にこめて見せずといふ心をよみてたてまつれとおほせられければ　興風

山風の花の香かどふふもとには春の霞ぞほだしなりける

これは「花の色は霞にこめて見せずとも香をだにぬすめ春の山風」（『古今集』春歌下・良岑宗貞）の「心」を詠んで奉ったもので、いずれも宇多天皇による藤原興風への歌召である。(5) 前者は、本歌が竜田川に紅葉の流れる情景を詠んでいるのを受けて、興風は紅葉が流れ下った先の湊を思い浮かべているのである。後者は、本歌が香を「ぬすめ」と命じているのを受けて、興風は盗んだあとの障害として霞を持ち出したのである。いずれも本歌に続く場面に思いを馳せているわけで、それは②と⑤の関係に相似ている。朝康が貴人による歌召に応じて、父康秀の旧詠と、それを本歌として詠んだ自作を献上するといういきさつは、ありえないことではない。

『後撰集』における④の前後の状況は、次のようなものである（三〇六～三〇九）。

延喜御時、歌めしければ　貫之

さを鹿の立ちならすをのの秋萩における白露われもけぬべし

秋の野の草は糸とも見えなくにおく白露を玉とぬくらん

文屋朝康

白露に風の吹きしく秋の野はつらぬきとめぬ玉ぞちりける

秋の野におく白露を今朝見れば玉やしけるとおどろかれつつ　忠岑

四首いずれもが「白露」を詠み込んだ秋歌であり、同じ詞書のもとに一括して収められていることからして、某年秋の醍醐天皇による「白露」題の歌召の折に奉られた作品の一部であろうと推測される。朝康の「白露に」は『百人一首』所収歌である。

ところで注目されるのは、貫之の「秋の野の」と朝康の「白露に」の二首は寛平御時后宮歌合の歌であり、『新撰万葉集』にも収められているという事実である。そこでこの二首に関しては、『後撰集』の詞書を疑う立場もありえよう。早く契沖は『百人一首改観抄』における朝康歌の注の中で、『後撰集』の詞書を誤りと判断しているのである。しかし、寛平御時后宮歌合に提出された旧作が、延喜の御時の歌召の折にも献上されたと考えることもできるのではないだろうか[6]。たとえば、白露を詠んだ古歌新詠を献上せよ、といった歌召であったとすると、献上歌の中に著名な古歌や、かつて詠んだ自信作を加えることは、旧作の再利用などという姑息な手段ではなくて、むしろ献上歌の格調を高める一つの方法であったのかもしれない。仮に①②が康秀の旧詠であり、それを朝康が自らの新詠と共に、是貞親王家歌合に進上したとするならば、そこには右の歌召と同様、献上歌を価値あらしめようとする意向が働いていたとも考えられるのである。

以上、仮に①「吹くからに」と②「草も木も」が康秀の作であったとすると、それが当時の和歌的状況の中でどのような意味をもちえたかについて、いささかの推測を加えた。当該二首は果して康秀の作なのか、朝康の作なのか、結局は不明と言わざるをえないのであるが、本章は、そのいずれであるかを性急に求めようとするのではなく、両説が存在すること自体に問題点を見出そうとしたものである。

注

（1）小松茂美編『伝藤原公任筆　古今和歌集』（平成7年5月　旺文社）に拠る。

（2）初期歌合の性格については拙著『古今和歌集の遠景』（平成17年4月　和泉書院）所収「歌合の成立と展開」に私見を述べた。この論考の初出は、和歌文学講座5『王朝の和歌』（平成5年12月　勉誠社）。

（3）久曽神昇「歌合と勅撰和歌集」（『国語と国文学』第18巻第4号　昭和16年4月）

（4）注2の拙著所収「元永本古今集の詞書について」参照

（5）注2の拙著所収「宇多・醍醐朝の歌召をめぐって」に、これらの事例を取り上げた。

（6）賀茂真淵も『宇比麻奈備』の中で「朝康かの歌合の時よみしを、後に延喜の御時奉りしなるべきか」と述べている。これに対して香川景樹は『百首異見』において「うた合は后宮のにもあれ是貞のみこのにもあれ、はれの式にして私の事にあらず」云々と批判しているが、これは両歌合を晴儀の歌合と判断しての立言であり、従いがたい。

第六章　歌語「高砂」考

一

歌語「高砂」については古来、播磨国の地名（現在の兵庫県高砂市）とする解釈と、小高い山を意味する普通名詞とする解釈が並存し、個々の歌の解釈にあたって、そのいずれか妥当と思われる方をあてはめるという便法が行われている。その最も顕著な例として、『百人一首』所収の二首の解釈を取り上げよう。

たれをかも知る人にせむ高砂の松も昔の友ならなくに　（藤原興風）

高砂の尾上の桜咲きにけり外山の霞立たずもあらなむ　（権中納言匡房）

前者については地名説が、後者については普通名詞説が唱えられるのが通常である。現代における代表的な『百人一首』解説書によって、それを確かめてみよう。興風の歌の「高砂」については、次のように説明されている。

「高砂」は兵庫県（播磨国）高砂市。「住吉の松」とともに、古来松の名所として有名。（中略）初学は「高砂」を普通名詞とみる説（米沢本・幽斎抄などがこの説をとる）を取り上げ、その非を立証している（「高砂」を普通名詞とみる説は古くは顕昭注にみえ、改観抄もこれに従っているが、その考証は初学が詳細である(1)）。

（有吉保『百人一首全訳注』講談社学術文庫）

播磨国（兵庫県）加古郡高砂。「高砂は総じて山の名なりともいへり」（八雲抄・巻五）のような普通名詞に見る説も古くからあるが、ここは地名。

（島津忠夫訳注『新版百人一首』角川ソフィア文庫）

次に匡房の歌の「高砂」について。

高い山。もともとは砂が高く積み重なった意味を示す。播磨国（兵庫県）にこの名の山があるが、ここは普通名詞。（中略）「高砂」について、水無月抄では「はりまの国にあり」、美濃抄では「たかさごのうらといへばめいしよとおもふべし」という名所歌枕説を述べているが、経厚抄・頼孝本および近世諸注の指摘するように、ここは普通名詞として用いられているとみるべきである。

（『百人一首全訳注』）

「高砂」は砂が高く積み重なった義で、高い山の意。「尾の上」は峰の上。「たか砂の尾の上とは山の総名也。砂積り山と成ると云ふ心也。尾上とは、高き所を云ふ……高砂の尾上播磨の名所にもあれどもここにては只山の名也」（経厚抄）。「山守はいはばいはなん高砂のをのへの桜折りてかざさむ　素性」（後撰集・春中）は京の花山にての作。

（『新版百人一首』）

本章では、「高砂」が本来、播磨国の地名として和歌に取り上げられ、平安後期以後、普通名詞説が唱えられたのであろうことを、諸資料の検討を通じて明らかにしてみたいと思う。

二

歌語「高砂」を詠み込んだ和歌が初めて見出される歌集は『古今集』であるが、『古今集』成立当時、すでに高砂がよく知られた地名であった証拠として常に取り上げられるのは、同集「仮名序」の「高砂、住の江の松も相生ひのやうにおぼえ」という一節である。この「住の江」が地名であることは明白であるから、それと併記されている「高砂」も地名と考えられるのであり、またこの一節から、当時すでに「高砂の松」が「住の江の松」と並び称されるほどに著名な松であったことが知られるのである。

しかし、『古今集』の成立から百年近くさかのぼるころ、すでに「高砂」が播磨国の地名として知られていたことが、『経国集』巻十三所収の、次の詩によって明らかである。

五言　夕次播州高砂　一首　淡福良

夕次高砂浦　時風暴且寒
凄凄抱霜雪　夜夜宿波欄
釣火遥南岸　漁歌怨北湾
悲腸寸寸断　何日下生還（2）

作者の「淡福良」は、『凌雲新集』に三首の詩が採られている「従五位下行日向権守淡海真人福良満」と同一人物であろう。『経国集』にはもう一首、「淡福良」の作が見える（巻十一「月下聴孤雁」）。右の詩の存在によって、『経国集』が成立した天長四年（八二七）以前に、播磨国に「高砂」という地名がすでに存在したことが明らかである。また詩の内容からして、それが船着場であったことが知られ、加古川の河口に位置する高砂であることに疑いはないと思われる。おそらく福良満（福良麻呂であろうか）は、官命によって西国へ海路下向する途中、暴風を避けて高砂に停泊し、その折の体験をもとに、この一首をものしたのであったろう。

このように古くから、瀬戸内海を往来する人々に、高砂は船着場としてよく知られていたようなのであるが、そもそも高砂の松が著名となったきっかけも、それと無関係ではなかったのではなかろうか。想像するに、船旅をする人々や、ましてや梶取や船子にとって、船着場の位置を遠くからでも知ることのできる目印や、今どのあたりを航行しているかを一目で知ることのできる目印は、きわめて重要なものであったに違いない。海から見て特徴のある松の大樹や松林が、大切な目印であったことに疑いはないと思うのである。そもそも住の江の松にしても高砂の松にしても、文学的な素材となる以前に、大阪湾や瀬戸内海を航行する人達にとって、恰好の目印として知られていたのではないだろうか。やがて、それを目にした官人たちによってその名や雄姿が都へ伝えられ、歌枕「高砂」「高砂の松」が生まれたと考えてみたいのである。

ちなみに、後世の和歌や謡曲『高砂』によって有名な鳴尾の松（兵庫県西宮市）も、大阪湾を航行する船からよく見えたようだし（『散木奇歌集』）、著名な歌枕ではないが、御影の松（神戸市東灘区）や和田の笠松（神戸市兵庫区）なども同様であったろう。これら大阪湾や瀬戸内海沿岸の名松に限らず、各地の海浜や川筋、あるいは街道近くにあって目に付く松樹や松林が、古代中世の交通路における重要な目印となって旅人を力づけるとともに、彼らの目を楽しませていたにちがいない。『土佐日記』一月九日条の「宇多の松原」、同一月三十日条の「黒崎の松原」などは、まさにそれであろう。

三

高砂の松は船着場の目印となっていたであろうことを述べてきたのであるが、高砂は加古川河口に位置する平地であって、高砂市の現状を見ても、海浜に丘陵は存在しない。したがって高砂の松は、丘陵や山の頂にではなく、海中に突き出た岩礁や船着場近くの海浜に根を張った松であったろうことが推測される。そして、それは高砂の松を実見した人々にとっては周知の事実であったろうが、歌枕「高砂」「高砂の松」として都人の脳裏に浮かぶイメージは、これとは異なったものであったとおぼしい。高砂を詠み込んだ『古今集』入集歌三首を取り上げてみよう。

これさだのみこの家の歌合によめる　　藤原敏行朝臣

秋萩の花さきにけり高砂の尾上の鹿は今やなくらん　（二一八）
（題しらず）　（よみ人しらず）
かくしつつ世をやつくさん高砂の尾上に立てる松ならなくに　（九〇八）
藤原興風
たれをかも知る人にせん高砂の松もむかしの友ならなくに　（九〇九）

『経国集』所収の漢詩や『古今集』仮名序によって、高砂が古来よく知られた地名であったことが明らかな以上、これら『古今集』入集歌の「高砂」は、地名と解釈して何の問題もないと思うのである。ところがこのうち二首までが「高砂の尾上の鹿」「高砂の尾上に立てる松」と詠んでいるのは、どうしたわけであろうか。「尾上」とは「峠や丘や山頂などの、なだらかな高地の上」（『岩波古語辞典』）であることに疑いはないから、さきほど述べた、河口付近の平地という高砂の実態に合わないのである。考えるに、高砂の現地を知らない都人は、「高砂」という地名から「たか―いさご」（高くつもった土砂）の意味を読み取り、頂に松が生えている小高い丘陵というのが、彼らにとっての歌枕「高砂」のイメージであったのではないか。実のところ、地名「たかさご」の語源は「たか―いさご」であるとの説は諸書に見える。その当否は明らかではないものの、「たかさご」という地名の意味を「たか―いさご」と解釈する、いわゆる民間語源説は容易に発生したであろうし、それが歌枕「高砂」のイメージを決定づけたと考えてみたいのである。

「本院左大臣家歌合」（九〇九年以前成立）の「鹿の声高砂山の萩なればをりてこしよりねをやなくらむ」は、「高砂山」と詠まれた初例であるが、古今撰者時代の人々が歌枕「高砂」に丘陵のイメージを抱いていたことを、雄弁に物語っていよう。もちろんこれは、「高砂の尾上」という歌句から思い付かれた架空の山名で、高砂山なる山は、播州高砂付近には現実には存在しなかったのである。なお、この一首が『古今集』二一八番歌の影響下にあることは明らかと言えよう。

ところで、催馬楽「高砂」に「高砂の　さいさごの　高砂の　尾上に立てる白玉椿玉柳」云々とある。この歌謡の成立年代はもちろん不明であるが、「高砂の尾上」と歌っていることからして、これが歌枕「高砂」の成立後の作品であるとは、少なくとも言えるのではないだろうか。「よみ人しらず」である『古今集』九〇八番歌と同じころの、平安時代初期の作と考えて、ほぼ誤りはないのではないかと思うのである。

以上、歌枕「高砂」のイメージが、頂に松の生えた丘陵であったと述べてきたのであるが、それは「高砂」と「鹿」との取り合わせがきわめてありふれたものであることによっても証明されるだろう。すでに引いた『古今集』二一八番歌や「本院左大臣家歌合」の歌がそうであるし、ほかにもおびただしい用例がある中から、『後撰集』と『拾遺集』から、「高砂」と「鹿」とが取り合わせられている歌を引いておこう。

（題知らず）　よみ人知らず

たれきけと声高砂にさをしかの長々し夜をひとり鳴くらむ　（『後撰集』三七三）

人を言ひわづらひて、こと人にあひ侍りてのち、いかがありけん、はじめの人に思ひかへりて、ほどへにければ、ふみはやらずして扇に高砂のかたかきたるにつけてつかはしける　源庶明朝臣

さをしかのつまなき恋を高砂の尾上の小松ききもいれなん　（『後撰集』一〇五六）

返し　よみ人知らず

さをしかの声高砂にきこえしはつまなき時のねにこそありけれ　（『後撰集』一〇五七）

（題知らず）　よみ人知らず

秋風のうち吹くごとに高砂の尾上の鹿の鳴かぬ日ぞなき　（『拾遺集』一九一）

海岸を鹿がうろついているという情景は、実際にはどこかに存在したとしても、和歌に詠まれ、大和絵に描かれる情景としては、ありえないのではないか。これらの歌はいずれも、山にたたずむ鹿を詠じていると考えて誤りはないであろう。『後撰集』一〇五六番歌の詞書によれば、扇に「高砂のかた」が描かれていたということであるが、歌から判断するに、その画面には山上の松と鹿が描かれていたようである。この扇絵について片桐洋一氏が「見ただけで「高砂の形」だとわかったのは、何故か。松と鹿が描かれていたからだと思う。前掲『古今集』仮名序のせいもあって、海岸に松が描かれていれば住の江（住吉）の松であり、山に松が描かれていれば高砂の松だったのである。加えて、そこに鹿まで描かれていれば、高砂以外の何者でもない[3]」と論じておられる通りだと思うのである。

ただし、高砂は瀬戸内沿岸の船着場であるというのも当時の常識であったろうから、それと歌枕「高砂」の、山のイメージとの折り合いをつけるためには、その山は海岸近くに位置するとせざるをえなかったようである。次の『拾遺集』雑上の用例が、それを証明している。

天暦御時、名ある所を御屏風にかかせ給ひて、人々に歌
たてまつらせ給ひけるに、高砂を　忠見
尾上なる松のこずゑはうちなびき波の声にぞ風も吹きける　（四五三）

この例は、三代集時代の和歌に詠まれる「高砂」が、まさしく名所歌枕（「名ある所」）であった事実を証し立てる有力な作例の一つであるが、一方、「高砂」と「波」との取り合わせは、高砂が海に臨む土地であることが忘れられてはいないことを、如実に物語っていると言えよう。屏風絵には、海岸近くの丘陵の頂に松が生えている情景が描かれていたに違いない。三代集時代において、これと同様に「高砂」と「波」とが取り合わせられた例としては、「高砂の鹿鳴く秋の嵐にはかのこまだらに波ぞ立ちける」（『忠見集』）、「うちよする波と尾上の松風と声高砂やいづ

れなるらん」（『順集』）などがある。

四

述べてきたように、三代集の時代においては、高砂といえば山が連想され、「高砂の尾上」という歌句に特に疑問は抱かれてはいなかったようである。ところが平安時代後期に至って、高砂が海岸地帯に位置し、しかも実際には付近に丘陵が存在しないことが注意され、それが歌枕「高砂」のイメージと矛盾することが問題にされるようになったとおぼしい。それは、平安時代中期以後、都と中国、九州地方との交通路として、山陽道をたどる陸路よりも、瀬戸内海をたどる海路の方が多く用いられるようになったという歴史的事実ともかかわりがあろう(4)。播磨国では山陽道は内陸部に位置し、高砂を通過しないのであるが、一方、海路をたどる多くの旅人は、高砂に停泊することもあっただろうし、あるいは沖合いを通過したとしても、梶取などの注意によって、高砂の情景をその目にとどめたことであろう。『後拾遺集』雑五の次の例は、まさにそのような一場面であると言えよう。

　六条左大臣みまかりてのち、播磨の国に下り侍りけるに、高砂のほどにて、ここは高砂となむいふと舟人言ひ侍りければ、昔を思ひいづることやありけん、よみはべりける　　源相方朝臣

高砂のたかくな言ひそ昔ききし尾上のしらべまづぞこひしき　（一一〇六）

ところで『顕注密勘』によれば、顕昭は『古今集』二一八番歌の「高砂」について、次のように述べている(5)。

高砂の尾上とよめるにつきて、二の様あり。一には播磨国に高砂といふ所に尾上の里といふ所あり。かの濱づ

らに松あり、これ高砂の尾上の松とよめり。後拾遺、藤原義定播磨へくだりてよめる

我のみとおもひこしかど高砂のをのへの松もまだ立てりけり

又高砂は山の惣名なり。いさごつもりて山となる心也。山には尾と云所あれば、山尾のうへと云は峯を云也。素性、花山と云所にて、「高砂の尾上の桜をりてかざさむ」とよめるは、惣の山也。尾上の松といふ事は、播磨の高砂にてもよめり。又おしなべて外の山にてもよみたれば、まぎれぬべし。事に随、心えよむべし。

顕昭が「かの濱づらに松あり、これ高砂の尾上の松とよめり」と、従来の歌枕「高砂」の丘陵のイメージに反した説を述べているのは、おそらく高砂の現地を知る人から得た知見にもとづくものであろう。ところが、この説に従うならば、「高砂の尾上の松」という伝統的な和歌表現と現地の実情には矛盾が生ぜざるをえない。そこで、この矛盾を解消すべく持ち出されたのが、「高砂といふ所に尾上の里といふ所あり」という、「尾上地名説」とでも言うべき説であった。海岸地帯に「尾上」という名の里があり、その地の松を「高砂の尾上の松」と称するのだというのであって、辻褄を合わせた解釈といえよう。この「尾上地名説」は早く『俊頼髄脳』に、「播磨の高砂は郡の名なり。尾上といふは里の名なり(6)」と見えている。顕昭は『古今集注』において「高砂ハ播磨国郡名ト、俊頼朝臣ノ注セル、僻事也」とのべ、播磨国の十二郡の名を挙げて「高砂郡」が存在しないことを実証し、俊頼を批判している(7)。しかしながら顕昭は、「尾上地名説」はちゃっかり採用しているのである。

ところで、加茂真淵は顕昭を名指しにしてこの「尾上地名説」を批判し(8)、さらに近世期に実在した尾上村（現在の加古川市尾上町）について、後世の好事家による命名と断じている(9)。納得できる見解と思うのであるが、では現地に「尾上」という地名が生まれたのはいつごろなのであろうか。真淵は顕昭以後と推測しているのであるが、案外それは古く、俊頼や顕昭の言う「尾上の里」は、歌学書の上のみに存在する架空の地名ではなく、当時すでに「尾上の里」と呼ばれる地域が高砂に存在したのではないだろうか。そのように考える根拠は、先程の『顕注密勘』

にも引かれていた、『後拾遺集』雑三の次の歌と詞書である。

身のいたづらになりはてぬることを思ひなげきて、播磨
にたびたびかよひ侍りけるに、高砂の松を見て
藤原義定

われのみと思ひこしかど高砂の尾上の松もまだ立てりけり（九八五）

これは高砂の現地詠であるという点で貴重な用例であるが、(10)義定の眼前に聳える本物の「高砂の尾上の松」は海岸にあって、山頂にあるはずはない。それを義定がはばかりなく「尾上の松」と詠んでいる事実から、当時すでに「尾上の松」という歌句がこの松をさす固有名詞と化しており、その「尾上の松」の所在地がいつしか「尾上」と呼ばれ、ついにはその一帯の村落が「尾上の里」と命名されるに至ったのではないかと想像されるのである。現地からの情報を重視する顕昭が、(11)「尾上の里」の存在を主張しているのは、その地名の存在を確信するに足る情報を入手したからかとも思われる。ただし『古今集注』においては「尾上地名説」を採っていないから、情報の入手はそれ以後ということになろう。

以上、「尾上地名説」について述べてきたが、『顕注密勘』に見えるもう一つの説、「高砂は山の惣名なり」について、次に検討してみたい。

五

「高砂は山の惣名なり。いさごつもりて山となる心也」（高砂は山を意味する普通名詞である。「砂積もりて山と成る」という漢籍に由来する言葉である）という顕昭の言の先蹤は『隆源口伝』にある。それは次のようなものである。(12)

たかさご

高砂の尾のへにたてる鹿のねにことの外にもぬるる袖かな

高砂といふにあらそひあり。然はあれどもうけ習ひたるをしるすべし。高砂とはよろづの山をいふなるべし。

その故は本文云、積砂成山といへり。然ればいふなるべし。尾のへとは山の尾のへをいふなるべし。素性歌云、

山守は言はば言はなむ高砂の

但し此の外にも高砂の尾のへとよめり。それは所の名なれば驚くべからず。（以下略）(13)

このように、『隆源口伝』成立のころ（十一世紀末から十二世紀はじめ）、すでに歌語「高砂」について論争（「あらそひ」）があり、それが普通名詞説（「よろづの山をいふ」）と地名説（「所の名」）との対立であったことが知られる。俊頼はこれに「尾上地名説」を付け加えることによって、地名説を補強しようとしたということができよう。その『俊頼髄脳』を引こう。

山もりはいはばいはなむ高砂の尾上の桜をりてかざさむ

是はことばの如くならば、素性法師が花の山といふ所にて花を折りてよめる歌なり。高砂の尾上といふ所は播磨の国にある所なり。花の山はこの山城の国にある所なり。「松もや我を友とみるらむ」ともいひ、「尾上の松と我となりけり」ともよむは、かの播磨の国の高砂にてよめるなり。又山城の花の山にて、高砂の尾上とよめる歌はなし。この歌の心をもてたづぬれば、播磨の高砂は郡の名なり。尾上といふは里の名なり。其所の浜づらに松のひと木立てるをよみそめてよめるなり。この素性が歌は、おほかたの山の名を高砂といふ事のあれば、尾上といへるは山に尾といへる所あれば、その尾上にといへるなり。あれもこれも共にとがなし。しかさるにては、如何なる所にても山をよまむにはとがなしとぞ聞ゆる。

このように、『隆源口伝』と『俊頼髄脳』にすでに、地名説と並んで普通名詞説（「高砂とはよろづの山をいふなるべ

し」「おほかたの山の名を高砂といふ」）が見出されるのであるが、その根拠として両書および『奥義抄』、顕昭『古今集注』『顕注密勘』等が一致して挙げるのは、『後撰集』春中所収の次の一首である。

花山にて道俗酒らたうべけるをりに　素性法師

山守はいはばいはなん高砂の尾上の桜折りてかざさむ　（五〇）

詞書によれば、この一首は京都近郊の「花山」にて詠まれたとのことであるから、右の諸書は、この「高砂」は播磨国の地名ではなく、山を意味する普通名詞と解しているのである。なお、『奥義抄』は「比叡の山にてよめる歌也」としているのであるが、『古今集注』に「此歌或本ニハ、山ニテヨムトアリ。山ハヒエノ山ナリ」とあって、その理由が知られる。

現代においても、「高砂」普通名詞説の根拠として挙げられるのはこの歌であり(14)、また、これが唯一の根拠とおぼしい。しかし、はたしてこの歌と詞書は、普通名詞説の根拠となりうるのであろうか。「花山」における遊宴の折に、名所「高砂」を詠じたと考えて、問題はないように思うのである。

言うまでもないことであるが、王朝和歌の世界において、名所歌枕が現地において詠まれることは多くない。特に遠方に所在する歌枕の場合、都に居ながらにして詠まれるのがほとんどであることは常識といえよう。「花山」における遊宴の場で、満開の桜を目にしながら、諸国の名所の桜を人々が詠じた折に、素性が播磨国の「高砂の尾上の桜」を詠じたという次第ではなかろうか。目前の山の桜を「高砂の尾上の桜」と見立てて、それを「折りてかざさむ」と詠んだのかもしれないし、実際に高砂にいるかのように詠じたのかもしれない。そのあたりの機微を物語る例をあげておこう。

『後撰集』雑一に次のような例が見られる。

西院の后、みぐしおろさせ給て、をこなはせ給ける時、

かの院の中島の松をけづりて書きつけはべりける

をとにきく松が浦島けふぞ見るむべも心あるあまはすみけり　（一〇九三）

作者は、定家本によれば前の歌の作者表記「素性法師」を継承する形となっているが、堀河本等は遍照とし、中院本、雲州本等は真静法師としている。いずれにしても作者は、出家した「西院の后」（淳和天皇后、正子内親王）の、仏道一途の生活ぶりを讃えてこの歌を詠んでいるのであるが、上句に「名高い松が浦島を、まさに今日見たことだ」と詠じているのに注目したい。邸内の中島の松を「松が浦島のようだ」というのではなく、まさに松が浦島だと詠んでいることから類推すると、素性が花山の桜を「高砂の尾上の桜」と詠んだとしても不思議はないのであって、これが当時の名所詠のひとつのパターンであったと言ってもいいと思うのである。さらに同様の例を、『古今集』哀傷から引いてみよう。

河原の左のおほいまうちぎみのみまかりてのち、かの家にまかりてありけるに、塩竈といふ所のさまをつくれりけるを見てよめる　（貫之）

君まさで煙たえにししほがまのうらさびしくも見えわたるかな　（八五二）

左大臣源融が河原院の庭園を、塩竈の浦にかたどって造営させたというのは著名な事実だが、融亡き後、貫之はその庭園を訪れて、「煙たえにし塩竈の浦」と、まさに塩竈の浦の実景を目にしているかのように詠んでいる。これはあらかじめ塩竈の景色を模して作られた庭園であるから、京都郊外の山を「高砂の尾上」と詠じたり、西院の庭園を「松が浦島」と詠じるのと比べると意外性に欠けるが、洛中に居ながらにして目前の情景を遠国の名所として詠んでいる点では変わりはない。なお、『伊勢物語』第八十一段において、「かたゐ翁」が庭園を褒めて「塩竈にいつか来にけむ朝なぎに釣りする舟はここによらなむ」と詠んでいるのは、歌に続く文章によれば、「かたゐ翁」にとって、庭園に対する最高の褒め言葉が「塩竈にいつか来にけむ」（いつの間に塩竈にやって来たのだろう）と詠むことであったというのである。これは、「花山」において「高砂」と詠じ、西院において「松が浦島」と詠じるのと全く同じパターンということができよう。(15)

いまひとつの例として、「紀師匠曲水宴和歌」を取り上げておきたい。これは「紀師匠」が主催する曲水宴において、八人の作者によって各三首が詠まれた、計二十四首の小歌集であるが、その中に次のような作が見られる。

花の瀬も見るべきものをやすらはでとくも入りぬる更級の月　（興風）

ちりまがふ花は衣にかかれどもみなせをぞおもふ月の入りかた　（忠岑）

春なれば梅に桜をこきまぜて流すみなせの川の香ぞする　（貫之）

入りぬればをぐらの山のをちにこそ月なき花の瀬とも成りぬれ　（貫之）

この曲水宴が洛中、あるいは都の近郊で催されたことに疑いはなかろうが、右に見るように、歌には「更級」「水無瀬」「小倉山」が詠み込まれている。このように各地の名所を詠みこむことによって庭園を褒め、あるいはそこから望むことができる景観を褒めたのであろうと推測されるのであって、それは先にとりあげた「高砂」「松が浦島」「塩竈」の場合と全く同じと言ってよかろう。なお、この「曲水宴和歌」については偽作説が提出されている。私は別稿において偽作説に反論を加えたが、(16)仮に偽作説の立場に立つとしても、右の結論に変わりはない。庭園や風景を愛でてそれを各地の名所歌枕に見立て、和歌を詠ずるという習慣が確立していたからこそ、このような作品が作られえたのであり、時代の常識に反した「偽作」など、作られるべくもないのである。

本来「高砂」は播磨の国の名所として和歌に詠まれており、それは「高砂」普通名詞説の根拠とされる素性歌においても同様であったことを述べてきた。三代集時代の和歌に詠み込まれた「高砂」は、全て地名と解釈していいのである。ところが平安後期に至って、歌学者たちによって普通名詞説が唱えられるようになった。それは素性歌とその詞書を根拠とし、「積砂成山」という成語（「本文」）をもって傍証とするものであった。庭園や風景を愛でてそれを各地の名所歌枕に見立て、和歌を詠ずるという習慣が途絶したために、都の郊外「花山」で「高砂の尾上の桜」を詠じた素性歌が理解できなくなり、あげくに考え出されたのが「高砂」普通名詞説であったのだろう。

大江匡房（一〇四一～一一一一）は、「高砂」普通名詞説の存在を初めて筆にとどめた隆源、俊頼（一〇五五～一一二九）と同時代人である。匡房が普通名詞説を知っていたことはほぼ確実といえよう。『百人一首』の歌として本章冒頭に掲げた匡房の作を、あらためて『後拾遺集』春上から引用する。

　うちのおほいまうちぎみの家にて人々酒たうべて歌よみ侍りけるに、遥かに山桜を望むといふ心をよめる

大江匡房朝臣

高砂の尾上の桜咲きにけり外山の霞立たずもあらなむ　（一二〇）

「高砂の尾上の桜」という初二句が例の素性歌の三四句に一致していること、また、「人々酒たうべて歌よみ侍りけるに」という『後拾遺集』詞書の文言が、「道俗酒らたうべけるをりに」という『後撰集』の素性歌詞書の文言に酷似していることは、これが素性歌を強く意識して詠まれた作であり、同時代人にもそのように認識されていたらしいことを物語っていよう。隆源が『後拾遺集』の編纂にかかわったという『袋草紙』の記述が思い起こされるところである。そして当時、素性歌が「高砂」普通名詞説の根拠とされていたことが明らかな以上、この匡房歌は「普通名詞説」によって詠まれていると考えていいだろう。それは「遥かに山桜を望む」という歌題と、それを詠

みこなした歌の内容によっても裏づけられる。「高砂」地名説によれば、歌枕「高砂」のイメージは海岸近くの丘陵、あるいは海岸近くの「尾上の里」であって、外山の奥に聳える山の桜を詠じた匡房歌とは合致しない。諸注が匡房歌の「高砂」を普通名詞としているのは間違ってはいないのである。

匡房はよほど「高砂の尾上」という歌句が気に入ったのであろうか、「堀河百首」において次のような一首をものしている。『千載集』から引く。

堀河院御時、百首歌たてまつりける時よめる

前中納言匡房

高砂の尾上の鐘の音すなり暁かけて霜やおくらん　（三九八）

三代集の時代には「高砂の尾上の鐘」とは詠まれていないから、名所歌枕「高砂」に山寺の鐘のイメージは存在しなかったであろう。したがって、この匡房歌の「高砂」も普通名詞であり、どこかの山寺から響く鐘の音を詠んでいると解しておけばいいと思うのである。(17)

『百人一首』の興風歌の「高砂」を地名と解し、匡房歌のそれを山を意味する普通名詞と解する通説は、結果的には正しかったといえよう。しかし、歌の内容に応じて両説のいずれかを当てはめればいいというわけではない。三代集時代の和歌における「高砂」は全て播磨国の地名である。ところが十一世紀後半ごろ「高砂」普通名詞説が生み出され、その後は同説に従って詠まれた歌も存在するというのが本章の結論である。

注

（1）引用文中「初学」とあるのは加茂真淵の百人一首注釈書『宇比麻奈備』、「顕昭注」は顕昭の『古今集註』、「改観抄」は契沖の『百人一首改観抄』である。

（2）群書類従本による。
（3）片桐洋一『古今和歌集全評釈　上』（平成10年　講談社）八四七ページ。
（4）古代山陽道の衰退については岸本道昭『山陽道駅家跡』（平成18年5月　同成社）など参照。なお『梁塵秘抄』に「高砂の高かるべきは高からでなど比良の山高々高く見ゆらん」とあるのは、瀬戸内海から見た高砂、琵琶湖から見た比良山の印象をうたったものであろう。
（5）『日本歌学大系　別巻五』所収『顕注密勘抄』一七〇ページ。適宜表記を改めた。以下同じ。
（6）『日本歌学大系　第一巻』一九二ページ。素性の「山守はいはばいはなむ……」歌解説の中の一節で、その全文は後に引用した。なお、俊頼が尾上という里の名を知ったのは、父経信の死後、大宰府からの上京の途中、高砂に停泊し、上陸した折のことであったかもしれない。ただしその折、高砂の松はすでに枯れ失せていた（『散木奇歌集』）。
（7）『日本歌学大系　別巻四』所収『古今集注』一九七ページ。
（8）『宇比麻奈備』藤原興風の条、頭書に「高砂は播磨にあれど、尾上てふ所の事は、古き物にはなし、かの素性の高砂の尾上とよみしをもて、匡房卿のよみしは、山寺の鐘の意なるを、其後誤りて播磨に尾上の里も有として、顕昭もまどひ、まして後の好事は村の名とせしもの也。その類諸国におほし」とある。
（9）加古川市尾上町は高砂市から加古川をへだてた東方に位置し、同地の尾上神社境内には伝称「尾上の松」が存する。なお、加古川の河口付近の地形は、時代によって大きく変化しているようであるから、尾上町あたりも、かつては高砂の一部とされていたのであろう。吉田東伍『増補大日本地名辞書　第三巻』「播磨（兵庫）加古郡」高砂の項に「此港口砂村は加古川の河道変移の故に、幾多の改易あり、現下の形状は慶長六年の改易以来の事と云ふ、名所図会には旧の高砂浜は、加古川の東岸にして、尾上と連接したりと為す、其是非を知らず」とある。
（10）この歌については『袋草紙　上巻』に「俊綱朝臣播磨国に下向の間、高砂においておのおの和歌を詠ず。而して大宮の先生藤原義定これを詠ず。（歌略）人々感嘆す。良暹云はく、「女牛に腹つかれたるたぐひかな」と云々。自らかくの如きこと有るなり」（新日本古典文学大系本による）というエピソードが見えるが、これによっても現地詠であることには変わりはない。
（11）寺島修一「顕昭歌学の姿勢―「土民」説の扱いについて―」（平成18年4月、和歌文学会関西例会における口頭発表）は、「土民」「案内者」からの情報に対する顕昭の姿勢について論じている。『和歌文学研究』第93号（平成18年12月）に要旨掲載。

（12）『日本歌学大系　第一巻』一一一ページ。

（13）この歌は『金葉集』（三奏本）二二〇番歌、作者恵慶。

（14）たとえば片桐洋一『歌枕歌ことば辞典　増補版』（平成11年6月　笠間書院）、久保田淳他編『歌ことば歌枕大辞典』（平成11年6月　角川書店。「たかさご」の項の執筆者は上野一孝氏）など。

（15）この「松が浦島」と「塩竈」の事例に関しては、拙著『古今和歌集の遠景』（平成17年4月　和泉書院）所収「清涼殿東庭の松が浦島―西本願寺本躬恒集の本文校訂―」（初出は『和歌　解釈のパラダイム』平成10年11月　笠間書院）にとりあげた。また『後撰集』歌「松が浦島」については拙稿「西院の中島の松に書かれた「落首」―『後撰集』一〇九三番歌をめぐって―」（『日本語日本文学論叢』第8号　平成25年3月）をも参照されたい。

（16）拙著『古今和歌集の遠景』所収「紀師匠曲水宴和歌小考」（初出は『武庫川国文』第21号　昭和58年3月）において、「紀師匠曲水宴和歌」偽作説を否定し、また、紀師匠を貫之ではなく友則かと推定した。

（17）尾上神社（注9参照）に所蔵されている朝鮮鐘（重要文化財）が「尾上の鐘」と伝称されているのは、地元においてはこの鐘を、匡房歌の「高砂の尾上の鐘」と理解していたからであろうか。

第七章　凡河内躬恒の一首から源氏物語へ

著名な作品であればあるほど、従来の解釈に慣れすぎて、厳密な検討を怠るうらみがないとは言えない。本章では、『百人一首』に採られた凡河内躬恒の歌を取り上げ、その中の、従来さして問題とはされていない一句に検討を加えることから始めたい。

一

『古今集』巻五秋歌下（二七七）に「しらぎくの花をよめる」という詞書を付して収められているのが、凡河内躬恒の『百人一首』所収歌である。

心あてに折らばや折らむ初霜のおきまどはせる白菊の花

この歌は第二句「折らばや折らむ」についての解釈が一定していない。古注には「ばや」を願望の終助詞と解するものがあるが(1)、この説は近現代においては採られず、「ば」を接続助詞、「や」を係助詞とする点では諸注一致している。すなわち「をらば」を「折るならば」と解するわけである。解釈が分かれるのは助動詞「む」についてであって、意思をあらわすとする説と、可能の意を含む推量とする説がある。前者によれば「折らばや折らむ」は

「折るならば折ろうか」と解されるし、後者によれば「折るならば折れもしようか」と解される。

以上がこの歌の第二句に関する諸説のあらましだが、私は性急にどちらか一方につこうとするものではない。実は、私が問題にしようとしているのは第二句ではなく、初句なのである。初句「心あてに」については近現代の諸注はおおむね「あて推量に」と訳しており、とりたてて説明が加えられることすらまれであった。[2]たとえば竹岡正夫氏の『古今和歌集全評釈』（右文書院）では当歌について三ページ半が費やされているが、初句については全く問題とされていない。しかし、果して初句の解釈は自明に属することがらなのであろうか。以下「心あて」なる一語について検討を加えてみたい。

二

「心あて」は、通常「あて推量」と現代語訳され、多くの辞書の語釈にもそうある。そこで「あて推量」なる現代語の意味を確認するため、『日本国語大辞典　第二版』を見ると、「はっきりした根拠もなしに、勝手におしはかること。また、そのさま。証拠もないあやふやな推量。あてずっぽう。憶測」と語義が説明されている。近現代の注釈書の現代語訳における「あて推量」の語義も、これを大きく逸脱しないであろう。なお同辞典は『敬説筆記』（一八世紀前半成立）、『唐詩選国字解』（一七九一年刊）、『浮世風呂』前編（一八〇九年刊）から用例を引いており、この言葉は近世後期より文献にあらわれるようである。

「あて推量」の語義はこのようなものであるとして、それでは古語「心あて」は「あて推量」と解されうる言葉なのであろうか。

『後撰集』巻八・冬（四八七）に、「題しらず　よみ人しらず」の、次のような一首が見出される。

心あてに見ばこそわかめ白雪のいづれか花の散るにたがへる

これは「『心あてに』見るならば区別もできようが、白雪のどのひとひらが花の散るのと異なっているだろうか（雪片の一つ一つが花びらに見まがうばかりだ）」と解して、誤りはないであろう。すると、ここで解釈を保留した「心あてに」の部分にはどのような訳語をあてはめればいいだろうか。降る雪は散る花に見まがうばかりだが、「心あてに」見るならばそれが花びらではなく雪片であるとの判断が可能だというのであるから、「心あてに」は「よく注意して」あるいは「慎重に」などと解されよう。ここに「あて推量に」という訳語をしいてあてはめてみても、論理が成り立たないことは明白である。

『拾遺愚草』建仁二年（一二〇二）院五十首の四首目（一七八二）に、次のような一首が見出される。

心あてにわくともわかじ梅の花散りかふさとの春のあは雪

これは明らかに右の『後撰集』歌を本歌とする作である。『後撰集』歌は雪一色の世界で、よく見れば雪片を雪と見定めることは可能であったが、今見る光景は雪に落花が加わって一層まぎらわしく、いかに「心あてに」観察しても、雪と花とを区別することはできないと詠まれている。定家が「心あてに」を「よく注意して」「慎重に」の意で用いていることは明らかではないだろうか。

以上二首の検討によって、「心あて」の語義は従来言われてきた「あて推量」とは正反対であったらしいことがうかがえた。そこでさらにいくつかの用例について検討を加えてみたい。

『元輔集』（一五八）に、次のような一首が見られる。

司召の後、内にさぶらひし内侍がもとにつかはしし

心あてに折もしあらば伝へなん咲かで露けき桜ありきと

「咲かで露けき桜」は除目にもれて涙がちな元輔自身をたとえており、その嘆きを「心あてに」機会があれば要路

の人に伝えてほしいと内侍に依頼した歌である。この「心あて」が「あて推量」の意でないことは明らかと言えようが、それではどのような解釈を施せばいいのだろうか。除目にもれた男の嘆きを、内侍が要路の人物に伝えるには、相手の同情をひきつけるに足る、心のこもった言葉がふさわしい。よってここには「心をこめて」という訳語が適切なのではないだろうか。これは先ほど示した「よく注意して」「慎重に」といった訳語と、心の働きを一定方向に向けるという点で共通項をもっている。つまり「心あて」なる語は、「心」「当て」という語構成に見て取れるように、心の働きを一定方向に向けるという語義を本来有しており、それが判断を伴う行為を形容する場合には、何らかの根拠にもとづいて「よく注意して」「慎重に」判断する、の意となろうし、判断を伴わない行為や思念を形容する場合には「心をこめて」といった解釈を施すべき言葉なのではないだろうか。

同様の作例を『紫式部集』（八二）から引こう。

そとばの年へたるが、まろびたふれつつ人にふまるるを
心あてにあなかたじけな苔むせる仏のみかほそとは見えねど

諸注はいずれも「心あてに」を「あて推量に」と解して「人に踏まれている石の中から、あて推量にこれが卒塔婆なのだろうと思うと、ああもったいない。苔むした仏のお顔は、それだとはわからないけれど」といった口語訳がなされている。しかし作者は「まろびたふれ」ているのが、一見そうとは見えなくても卒塔婆に違いないと認識しているのであるから、改めて「あて推量」にも及ばぬ道理であろう。また「あて推量」説によれば、「心あてに」と「あなかたじけな」との間に「これが卒塔婆なのだろうと思うと」といった語句を補わなければ意味が通じないのも不自然で、両句が直結している以上、「心あてに」を「あなかたじけな」の修飾句として解釈を試みるのが先決であろう。すると「心あてに」を「心をこめて」と解するのが、この場合まことにふさわしいと言えるのではないだろうか。すなわち「心をこめて、ああもったいないと思います。苔むした仏のお顔は、一見そうとは見えない

けれども」といった解釈を施すべきかと思うのである。(3)

『和泉式部集』（六八二）に、次のような作例が見られる。

夕ぐれに、とをきさくらみやりて

匂ふらん色もみえねば桜花こころあてにもながめやるかな

この歌については、夕暮の、しかも遠方の桜はよく見えないから、あて推量にながめやることだ、といった解釈が成り立つかに見える。現に『和泉式部集全釈』(4)には「咲き匂ってゐる筈の桜の色も、宵闇にまぎれてさだかではないので、およそあの辺りかしらと、思ひやりながら眺めやってをりますの」という口語訳がなされている。「およそあの辺りかしらと、思ひやりながら」というのは、桜の所在をあて推量しながら、と言い換えることができるだろう。しかし、詞書に「夕ぐれに、とをきさくらみやりて」とあり、歌に「匂ふらん色もみえねば」とあることからは、桜の所在は知れるが、夕闇にまぎれてその美しさが判然としないの謂であると考えられるのであって、第四句「こころあてにも」は「よく注意して」あるいは「心をこめて」と解されよう。そして、花に寄せる作者のやさしい思いやりを考慮に入れるならば、「心をこめて」の方が作意にかなうように思われ、『和泉式部集全釈』の現代語訳からは「およそあの辺りかしらと」を消去するのが、より妥当な解釈かと思われるのである。

以上の考察をもとに、改めて躬恒の一首に立ち戻ってみると、初句「心あてに」は、心を一定方向へ向ける、という基本的語義をふまえつつ、「よく注意して」あるいは「慎重に」と解すべきことはもはや明らかではないだろうか。ただこれを、眼でよく見、指先の感触に注意をはらう、といった慎重さとばかり考えていいかどうか、すなわち、元輔や紫式部、和泉式部の歌に見られた「心をこめて」という心理面をどの程度考慮すべきかという問題が残されている。私としては、このような心理的なニュアンスを付け加えて解釈するというのは、論理の明確な『古今集』の歌としてはふさわしくないように思うのであるが、後世の人々、たとえば紫式部や和泉式部も、この歌についてそのように考えていたかどうかはわからない。

三

先に『拾遺愚草』建仁元年院五十首の中の一首を引いて、「心あて」が従来言われている「あて推量」とは正反対ともいえる語義を有することの一証としたが、定家の歌をもう一首あげて、「心あて」の語義が定家にとってゆるぎないものであったことを確かめておきたい。

『拾遺愚草』内裏百首（建保三年名所百首）の中に、次のような作（一二三二）が見られる。

心あての思ひの色ぞたつた山けさしもそめし木々の白露

この歌の場合も「心あての思ひ」を「あて推量の思い」などと解しては意味をなさない。心を一定方向に向ける、という「心あて」の基本的語義をここにあてはめるならば、「心あての思ひ」とは、昨日までは紅葉していなかった竜田山に向かって、美しい紅葉を期待する思いではないだろうか。一定の対象に向けられる心の働きはさまざまであるが、かくあれかしと期待する心もその一つであることに間違いはなかろう。このような理解のもとに初めて、「心あて」なる一語が右の歌に違和感なくとけこむように思われる。

さて、実作において「心あて」をこのような意味あいで使っている定家であれば、躬恒の一首の「心あてに」を「あて推量に」とは解釈していなかったのではないか。先ほど示した「よく注意して」「慎重に」、あるいは「心をこめて」といった解釈こそが、定家の解釈でもあったと考えられよう。『顕注密勘』(5)の当歌注は、次のようなものである。

心あてとは、おしあてと云心也。思あてたる也。おきまどはすは、霜と菊とのともにしろければ、おきまがへたるを、おきまよはすとよめる也。まよはす、まどはすは、同詞也。道にまよふも、まどふも同事也。

定家の加注はなく、定家は右の顕昭説に異論はないものと見える。文中「心あてとは、おしあてと云心也。思あてたる也」とあるのが「心あて」に関する注の全てであるが、ここで顕昭は「心あて」を「おしあて」「思（ひ）あて」なる二語と語義を同じくする言葉と考えているようだ。そこで「おしあて」「思ひあて」の語義を確かめてみなければならない。

「おしあて」と「思ひあて」について『古典対照語い表』（笠間書院）にあたってみると、いずれも『源氏物語』にのみ二つずつの用例が指摘されている。「思ひあて」は夕顔巻と柏木巻に見出される。夕顔巻では、大弐乳母の見舞をすませた源氏が、夕顔方への返歌を随身に持たせてやる場面にあらわれる。(6)

まだ見ぬ御さまなりけれど、いとしるく思ひあてられたまへる御そば目を見過ぐさで、さしおどろかしけるを、いらへたまはでほどへければ……

この部分については、語り手による状況説明と見る通説に対して、随身の立場からの叙述と解する黒須重彦氏の説があるが、(7)いずれにしても、この「思ひあて」が何らかの根拠にもとづいて「推察する」「推しはかる」の意であることに間違いはなかろうし、それが根拠のない憶測である「あて推量」を意味しないことも明白である。

「思ひあて」のいま一つの用例は、柏木巻における、女三宮の出産に際して明石中宮から祝いの品が贈られる場面の次の一文に見える。

五日の夜、中宮の御方より、子持ちの御前のもの、女房のなかにも、品々に思ひあてたるきはぎは、おほやけごとにいかめしうせさせ給へり。

「品々に思ひあてたるきはぎは」とは、女房たちの身分に応じて配慮した区別、の意であり、夕顔巻の場合とは「思ひあて」に相当する訳語が異なるのだが、両者には、根拠にもとづく慎重な判断、という共通項が存する。

以上、顕昭が「心あて」の同義語としてあげる「思ひあて」の語義を『源氏物語』の用例によって確認したのであるが、その結果、「心あて」についての顕昭、定家の解釈が、本章における解釈と矛盾しないことが明らかとなった。すると、いま一つ顕昭が「心あて」の同義語としてあげる「おしあて」の意味も、顕昭や定家の解釈では、「根拠にもとづく慎重な判断」であったに違いない。

『源氏物語』における「おしあて」の用例の一つは、若紫巻に見出される。

「かの大納言の御むすめ、ものしたまふと聞きたまへしは。すきずきしきかたにはあらで、まめやかに聞こゆるなり」と、おしあてにのたまへば「むすめただ一人はべりし。

これは源氏が、僧都から少女（紫上）の素性を聞き出そうと試みる場面である。源氏は僧都の坊に住む尼を少女の母であると思い込んで（実は祖母）、少女を念頭に「かの大納言の御むすめ」と言っているのであるが、それが誤りであることは、直後の僧都の言葉「むすめただ一人はべりし。うせてこの十余年にやなりはべりぬらむ」云々によって明らかとなるのである。したがってこの「おしあて」は、諸注が「あて推量」と解しているのが正しいかのようにも思われよう。しかし、「おしあて」を「心あて」「思ひあて」の同義語と考えるならば、この「おしあて」は一定の根拠にもとづく慎重な判断であるはずで、源氏は少女に関してこれまでに得た知見をもとに、妥当と思われる推定を下したものと解される。この推定は誤りであったが、それは気楽な「あて推量」の結果ではないのである。「おしあてにのたまへば」は、せめて「思いめぐらしながらおっしゃると」とでも解したいところである。この解釈によって、少女に強い関心をいだく源氏の心情がより深く読み取れるのではないだろうか。

『源氏物語』における「おしあて」のいま一つの用例は、花宴巻に見出される。

いらへはせで、ただ時々、うち嘆くけはひするかたに寄りかかりて、几帳ごしに手をとらへて
　あづさ弓いるさの山にまどふかなほの見し月のかげや見ゆると

なにゆゑかと、おしあてにのたまふを……

これは源氏が朧月夜と再会する場面である。源氏は彼女との初めての出会いの折にとりかわした扇を手づるに相手をつきとめようとして、「扇をとられてからきめを見る」と催馬楽「石川」の替歌を詠みかける。事情を知らない者は「あやしくもさま変へける高麗人かな」と答えるのだが、一人「いらへはせで、ただ時々、うち嘆くけはひする」女性を、源氏はその人と推察したのである。諸注がこの「おしあて」を「あて推量」と解しているのは、根拠の薄弱な推量と解釈してのことであろうか。しかし当時の宮廷社会において、これだけの手続きを踏んだ上での推量は、かなり精度の高い推量であって、「あて推量」ではないように思うのであるが、いかがなものであろうか。

なお、現代の主要な辞書は、「おしあて」の語義を次のように説明している。『日本国語大辞典　第二版』には「おしあてること。特に、あて推量。おしはかり。心あて」とあるが、「あて推量」と「おしはかり」とは同義ではないはずで、あいまいな説明である。ちなみに同辞典は、「おしはかり」を「人の気持ちやものの状態などを推量すること」と説明しており、この説明では「あて推量」と同義ではない。『角川古語大辞典』は「おしあて」を「推し測ること。あて推量」と説明しており、「推し測る」と「あて推量」を同義とする誤りを犯している。『岩波古語辞典』には「当て推量」とのみ説明されており、きわめて明快だが、これに従えないことは、これまで述べてきた通りである。

ところで、『日本国語大辞典』は「おしあて」の用例として『源氏物語』若紫巻と『大鏡』道兼伝を引く。『大鏡』の例は、関白の宣旨をこうむりながら病床に伏した道兼が小野宮実資と御簾ごしに対面し、縷々言葉を述べるが「詞もつづかず、ただおしあてにさばかりなめりとききなさるるに」とあるもので、この「おしあて」は、切れ切れに聞こえる道兼の言葉を注意深く聞き取っての推量と解される。日本古典文学大系『大鏡』（岩波書店）頭注に「推量でこんな意味だろうと僅かに聞き取られるのに」とあり、新編日本古典文学全集『大鏡』（小学館）頭注に「きれぎれに聞こえる語句から話の内容を推量される」とあるのは、いずれも一定の根拠にもとづく推量と解する説で、従うべき解釈といえよう。「あて推量」と「推量」とは異なった語義を有する言葉なのである。

四

『顕昭密勘』が「心あて」について、まず「おしあて」という類義語をあげて語義を説明し、さらに念を押すかのように類義語「思ひあて」をあげているのは先に見た通りだが、顕昭がこのようなゆきとどいた解説をこの語に施しているのは、理由のあることなのであろうか。「心あて」は新古今時代の歌にもしばしば見出される言葉であるから、顕昭にとってもこれは重要な歌語として認識されていたかもしれないが、一方、「心あて」の語義が当時すでに誤解されるむきがあったために、顕昭は正しいと信じる語釈を書きつけておく必要を感じたものとも考えられる。

次の贈答歌は、あるいは鎌倉時代における「心あて」の語義の変化を物語る事例であるかもしれない。『新続古今集』巻十八雑歌中（一九一一・一九一二）から引く。

源氏物語の揚名介の事を忠守朝臣に尋ね侍るとて申しおくりける　藤原雅朝朝臣

つたへおく跡にもまよふ夕顔の宿のあるじのしるべともなれ

返し　丹波忠守朝臣

心あてにそれかとばかり伝へきてぬしさだまらぬ夕顔の宿

雅朝が忠守に、古来難儀とされてきた『源氏物語』夕顔巻の「揚名介」について尋ねた折の贈答歌であるが、ここで問題になるのは、返歌の「心あてに」の解釈である。「それかとばかり伝へきてぬしさだまらぬ」とは、こうでもあろうかとの憶測は伝えられているが、結局はっきりしたことはわからない、との意であろう。要は「それか」との推測には確たる証拠がないということであり、したがってこの場合の「心あて」は、一定の根拠にもとづく慎重な判断というよりも、まさに「あて推量」と解するにふさわしい例ではないかと考えられるのである。

ところが、このような語義の変質を物語るかのような例が存する一方で、私がこれまでにのべてきた「心あて」の原義は、歌学の世界では見失われはしなかったらしい。たとえば中世の『百人一首』注釈における躬恒の歌の注を見ると、『経厚抄』に、「心あてにとは心のをしあてにと也。おらばやと思ふうちにはや菊と見定むる方のあれば、おらんと治定する也」とあり、吉田幸一氏蔵『百人一首古注』(8)に「これぞ花にて有らん、これぞ霜にて有らむ、心あてにおらばやもしやおらん、ただ大かたにはおりがたし」云々とあるのは、いずれも「心あて」の原義に忠実な解釈といえよう。近世に入っても、たとえば谷口元淡の『百人一首拾穂抄補注』に「心あてとは、そことたしかならねど心のむかふかたをいふ。推量の義なり」とあり、契沖の『百人一首改観抄』に「心あてとは、たとへばひる置たる物を夜に入てくらきに尋ぬるに、そこのほどとおぼえて尋ぬるがごとし」とあり、賀茂真淵の『宇比麻奈備』に「心あてにとは、菊とも霜ともわきがたけれど、其中にも是ぞ菊ならんとおしはかる也」とあるように、説明の仕方はそれぞれ異なっていても、心を一定方向に向ける、根拠にもとづいて慎重に判断する、といった「心あて」の語義が見失われていないことが知られる。

「心あて」を「あて推量」と訳した最初の注釈は、管見の及ぶ限りでは、石原正明の『百人一首新抄』のようである。同書は躬恒の歌の初句に「俗にあて推量といふ意」と説明を加え、さらに「一首の意は初しもが置て草葉のうへはみなしろうて草のはなにまがはしてどれが菊と見わからねど、あて推量に此あたりに咲てゐたがと思ふて折ならばをりもせられようかと也」と解釈している。同書は文化四年（一八〇七）に刊行されているから(9)、「あて推量」の初期の文献例として辞書にあげられている『唐詩選国字解』よりはおくれるが、『浮世風呂』前編よりはわずかに早い。最初期の文献例の一つといえよう。なお、同書刊行後に出版された『百人一首』諸注を見ると、斎藤彦麿『百人一首嵯峨の山ぶみ』（一八一六年刊）、香川景樹『百首異見』（一八二三年刊）、沼田正韶『小倉百首摘要抄』（一八二七年刊）など、いずれにも「あて推量」なる訳語は見られない。石原正明の解説にしても、「此あたりに咲てゐたがと思ふて」というのは根拠のある推定を意味しているようだから、特に新解釈を提示したつもりなどなかったのかもしれない。

さて、中世から近世にかけて、歌学の世界では「心あて」の語義が見失われていないことを見てきたのであるが、ではなぜ『新続古今集』の丹波忠守の歌のごときが詠まれたのであろうか。憶測を加えるならば、「心あて」なる言葉は、歌語としてのみならず、俗語としても使用されており、鎌倉期において俗語としての語義が変化したのち、まま俗語的語義によってこの語が和歌に詠み込まれる場合があったということではなかろうか。『八雲御抄』巻四言語部の「世俗言」にこの語が取り上げられているのが、その傍証となるかもしれない。

五

最後に、これまでに述べてきた「心あて」についての考察を、『源氏物語』の解釈にも及ぼしてみたい。「心あて」は『源氏物語』に二例見出される。一つは帚木巻で、頭中将が源氏の宿直所を訪れて、厨子の中の手紙を取り出して見る場面に、次のようにある。

片端づつ見るに、「よく、さまざまなるものどもこそはべりけれ」とて、心あてに、それかかれかなど問ふなかに、言ひあつるもあり、もて離れたることをも思ひ寄せて疑ふも、をかしとおぼせど、言少なにて、とかくまぎらはしつつ、とり隠したまひつ。

この「心あて」を諸注「あて推量」「あてずっぽう」などと解しているが、従いがたい。「言ひあつるもあり、もて離れたることをも思ひ寄せて疑ふ」というのは、まさに根拠にもとづく判断の結果であるし、源氏が「言少なにて、とかく紛らはしつつとり隠」すのも、頭中将に証拠をつかまれまいとする用心である。手紙の文面はもとより、筆蹟、紙質などを根拠に慎重に判断すれば、狭い宮廷社会の中でのことであるから、かなり高い確率での推定が可能なのではないだろうか。したがってこの「心あて」にも、根拠にもとづく慎重な判断、という語義をあてはめて、「思いめぐらしながら」といった口語訳がふさわしいのではないだろうか。

いま一つの例は夕顔巻にある。源氏が大弐乳母邸の隣家に咲く夕顔の花を随身に折らせた時に、「これに置きて参らせよ。枝もなさけなげなめる花を」と言って贈られた扇に書きつけられていた歌がそれである。

心あてにそれかとぞ見る白露の光そへたる夕顔の花

この歌についてはさまざまな説が唱えられているが、いずれも初句「心あてに」を問題とはしていないので引用は省略し、現代の研究者に最も多く利用されている新編日本古典文学全集『源氏物語』（小学館）の現代語訳と頭注を引用するにとどめたい。現代語訳は「あて推量にあのお方かしらと見当をつけております。白露の美しさで、こちらの夕顔の花もいっそう美しくなります」というものであるが、頭注では躬恒の歌を引用した後、次のように解説されている。

「白露の光」は高貴な光源氏をさす。夕顔の花は、女の隠喩。高貴な男性に所望される光栄に浴した夕顔の花（私ども）は、あて推量に、あなた様をあの方か、それともどなたかと思いめぐらしています、の意。

当該歌が躬恒の歌と型を同じくして詠まれているのは確かであるから、それを参考歌として頭注に引くのは当然であるが、躬恒の歌の「心あて」を「あて推量」と解する従来の習慣に引かれてのことか、初句を「あて推量」と解しているのは問題である。[10]夕顔は（あるいは女たちは）、車の窓からちらりと見えた車中の男の横顔とか、従者たちの顔ぶれとか、男が隣家（大弐乳母邸）を訪問するらしいこととか、知りえたさまざまな情報を総合して相手を見定めようとしたはずで、それは気楽な「当て推量」ではありえないだろう。右の現代語訳では「あて推量に」のかわりに、「ご様子を拝見いたしまして」とでもありたいところだし、頭注においては、「思いめぐらしています」という文言が「心あて」に相当するから、「あて推量に」の五文字は不要である。この夕顔巻の例も、根拠にもとづく慎重な判断という、「心あて」について本章で主張してきた語義をあてはめることによって、より本文に忠実な解釈が得られるように思うのである。

注

（1）『宗祇抄』『古今集両度聞書』『古今集延五記』など。

（2）本章の初出は平成元年三月刊の藤岡忠美編『古今和歌集連環』（和泉書院）であるが、その後「心あてに」について本章に示した新解釈は一部に受け入れられつつある。島津忠夫訳注『新版百人一首』（平成11年11月　角川ソフィア文庫）、谷知子『ビギナーズクラシックス　百人一首』（平成22年11月　角川ソフィア文庫）、吉海直人監修『別冊太陽　百人一首への招待』（平成25年12月　平凡社）など。ただし、一般向けの『百人一首』解説書の多くは「当て推量」説に従っている。

（3）笹川博司『紫式部集全釈』（平成26年6月　風間書房）はこの歌の初句を「あて推量にそうかと思う」と現代語訳するが、語釈においては「徳原『紫式部集の新解釈』（六八頁）は「心をこめて」と解し、第二句に続ける。「ああもったいないと思います」と「思います」を補う点、やや疑義も残るが、「心あてに」という語句は、「心を当てて」すなわち「憶測で」「慎重に」など通説より広い意味を包含するらしい」と説き、さらに『源氏物語』から「心あてに」の用例二つを引いて、通説の再検討を試みている。

（4）佐伯梅友、村上治、小松登美『和泉式部集全釈』（平成24年6月　笠間書院）

（5）『日本歌学大系　別巻五』所収『顕注密勘抄』による。
（6）『源氏物語』の本文は、新潮日本古典集成（昭和51年6月）による。
（7）黒須重彦『夕顔という女』（昭和50年1月　笠間書院）
（8）吉田幸一編『百人一首古注』（古典文庫第二九一冊　昭和46年9月）による。
（9）刊記には享和四年（一八〇四）上木、文化四年発行とあり、これを信ずるならば本書は享和四年以前の成立となるが、この刊記には疑問があるようである。吉海直人「百人一首版本二種の翻刻と解題―幽斎抄と新抄と―」（『国文学研究資料館紀要』第14号　昭和63年3月）参照。
（10）『源氏物語』研究において新編日本古典文学全集に次いで本文引用されることの多い新潮日本古典集成も「あて推量」説を採っている。

第八章　朝ぼらけ有明の月と見るまでに

本章では坂上是則の『百人一首』入集歌「朝ぼらけ有明の月と見るまでに吉野の里にふれる白雪」を取り上げ、この一首の解釈と享受の歴史について、いささか考えをめぐらせてみたい。なお、本章は拙著『古今和歌集の遠景』所収の小論「吉野の山にふれる白雪」と重複する部分があることを、あらかじめお断りしておきたい。

一

『古今集』に収められている是則の歌八首の中で、その代表作としてしばしば取り上げられてきたのは、巻第六冬歌に収められている次の二首である。

　ならの京にまかれりける時にやどれりける所にてよめる
　　坂上これのり
み吉野の山の白雪つもるらしふるさと寒くなりまさるなり　（三二五）
　大和の国にまかれりける時に雪のふりけるを見てよめる
　　坂上これのり

朝ぼらけ有明の月と見るまでに吉野の里にふれる白雪　（三三二）

この二首についての評価の歴史をたどってみると、以下のようないきさつが見出される。

藤原公任が秀歌撰『金玉集』『深窓秘抄』に撰入した是則の歌は前者のみである。『前十五番歌合』に取り上げられた是則の代表作一首も前者であり、『和漢朗詠集』に採られている唯一の是則歌も前者である。この歌に対する公任の評価がゆるぎないものであったことが知られよう。ところで公任は『三十六人撰』に是則の代表作を三首選ぶにあたって、その筆頭に「み吉野の……」を取り上げているのは予想通りとしても、残るは次の二首であって、意外にも「朝ぼらけ……」は選ばれていないのである。

山がつと人は言へどもほととぎすまづ初声はわれのみぞ聞く　（『拾遺集』夏）

深緑ときはの松のかげにゐてうつろふ春をよそにこそ見れ　（『後撰集』春上）

右の事実は、公任が「朝ぼらけ……」を高く評価していなかったことを物語っているのみならず、具平親王撰とされている『三十人撰』の是則三首にも「朝ぼらけ……」が採られていない事実をも考え合わせるならば、当時「朝ぼらけ……」に対する世評がさほど高くなかったことを証し立てているように思われる。(1)

このような意外とも言える評価が変るのは平安末期で、藤原俊成の撰になるとされる『三十六人歌合』には是則の作として次の三首がとりあげられている。(2)

み吉野の山の白雪つもるらしふるさと寒くなりまさるなり

朝ぼらけ有明の月と見るまでに吉野の里にふれる白雪

をじかふす夏野の草の道をなみしげき恋路にまどふころかな

「み吉野の……」を筆頭に置く点では公任や具平親王と変りはないが、それに並んで「朝ぼらけ……」が取り上げられている。「をじかふす……」は『新古今集』恋一所収歌で、これらは俊成個人の好みであるのみならず、時代の好尚の変化でもあるかもしれない。なお、俊成の影響を強く受けた後鳥羽院は『時代不同歌合』において、俊成が『三十六人歌合』にとりあげた是則の三首をそっくり採用している。

定家の手になる秀歌撰においては、「朝ぼらけ……」は是則の代表作として、ひいては『古今集』を代表する秀歌の一つとして高く評価されている。すなわち定家は、『近代秀歌』（自筆本）や『秀歌体大略』に秀歌の例としてこれを撰入し、『百人一首』と『百人秀歌』には是則の作としてこの一首をとりあげ、『八代集秀逸』においては『古今集』を代表する十首の中に選び入れて、これを八代集の代表的秀歌の一つに数え上げているのである。(3)

二

「朝ぼらけ有明の月と見るまでに……」の一首に対する平安中期における評価の低調さと、平安末期以後における急激な評価の高まりは、何に由来するものなのであろうか。薄明の雪景色を詠む当歌の幽邃なおもむきは、新古今時代の歌人たちの好むところであっただろうが、後代の評価が高ければ高いだけ、平安中期における冷遇は異様に感じられる。以下この問題について、当歌の解釈の変遷をたどりながら考えてみたい。

今「薄明の雪景色」と言ったが、新古今時代における当歌の解釈はまさにそうであったようだ。『百人一首』の歌を「藤原定家がどう解釈していたかという立場に立って」解釈された島津忠夫氏が「夜がほのかに明るくなってきたころ、有明の月が光っているのかと思うほどに、しらじらとこの吉野の里に降っている白雪であることよ」と当歌を現代語訳しておられる通りであろう。(4)しかし是則の作意が、あるいは『古今集』撰者や藤原公任による理解もこの通りであったとは言えないように思うのである。

「朝ぼらけ」なる言葉の意味については石田譲二氏の論考「あけぼのと朝ぼらけ」に委曲がつくされている。(5)石田氏は『源氏物語』における「朝ぼらけ」と「あけぼの」の使用例を調査し、「朝ぼらけ」については次のように結論づけられた。

時刻は日の出の前後であり、夜があけた、と既に言へる刻限、さらに「百千鳥のさへづり」「鳥のさへづり」などと、取合せから言つて表現がかなり類型化してゐる事も注意される。鳥の鳴き声が、さへづりと形容される程になるのは、既に相当明るくなつてからであるとは、平野宣紀教授の御教示であつた。空は既に青空を取り戻してゐる頃であらう。（中略）明けた、と言へる頃から明け果てるまで、朝といふ言葉を使へば、朝早い頃である。

なお「あけぼの」については次のように述べておられる。

時刻から言へば、「あけぼの」の方が「朝ぼらけ」より早く、明るさから言へば、「あけぼの」の方が暗い。それは空がやうやく明るさを取り戻した頃である。

こうして、『枕草子』冒頭に「春はあけぼの」とあり、「木の花は」の段に「朝露にぬれたる朝ぼらけの桜に劣らず」などとある「朝ぼらけ」と「あけぼの」とがどう違うのか、という氏の「当初の疑問」についても、右の結論に従って解釈された。さらに氏は是則の「朝ぼらけ有明の月と見るまでに……」の一首に、次のように言及しておられる。

つまりこれは、朝ぼらけの雪の景、その白さ、明るさを、有明の月の月明に比したのである。わかつて見れば何でもない事であるが、さう安心してはじめて、迂遠な事に古今集の注釈の事が気になつた。宣長の遠鏡に「カウ夜ノクワラリツトアケタ時ニ見レバ、テウド有明ノ月ノ残ツタ影ト見エルホドニ吉野ノ里ヘ雪ガフツタ」といふ明快な訳がある。

つまり石田氏は、当歌は「夜がほのかに明るくなつてきたころ」の景色ではなく、夜が明けはなれたころの雪景色の「白さ、明るさ」を詠んだものとされるのである。
私は、この石田氏説は妥当な見解であると考えるものである。以下、石田氏が『源氏物語』の用例から導き出された右の結論を、和歌の用例にあてはめつつ確認してみたい。

三

『後撰集』春下に「やよひのしもの十日ばかりに、三条右大臣かねすけの朝臣の家にまかりて侍りけるに、藤の花さけるやり水のほとりにて、かれこれおほみきたうべけるついでに」として三条右大臣（定方）、兼輔朝臣、貫之の歌が各一首収められ、続けて「琴笛などしてあそび、物がたりなどし侍りけるほどに、夜ふけにければまかりとまりて」として同じ三人の歌が収められている。その三首は次の通りである。

きのふ見し花のかほとて今朝見ればねてこそさらに色まさりけれ　（一二八）
ひと夜のみねてしかへらば藤の花心とけたる色見せんやは　（一二九）
朝ぼらけしたゆく水はあさけれど深くぞ花の色は見えける　（一三〇）

作者は定方、兼輔、貫之の順である。定方と貫之の歌は、兼輔邸の藤花が朝日に照り映える美しさを愛でたものであるが、薄明りの中では藤花の色はひきたたない。一首目の「今朝」、三首目の「朝ぼらけ」は、いずれも夜の明けはなれた刻限を意味していると考えられる。
『拾遺集』哀傷に「題しらず　沙弥満誓」として次の一首が見出される。

世の中を何にたとへむ朝ぼらけこぎゆく舟のあとのしら浪　（一三二七）

これは『万葉集』巻三に「世の中を何にたとへむあさびらきこぎいにし船のあとなきごとし」とある歌の異伝であ

るが、『拾遺集』の本文にいう「朝ぼらけ」は、沖に遠ざかって行く舟とその航跡を眺望することのできるほどに明るくなった刻限を意味していよう。

次に、『百人一首』にも採られた『千載集』冬の一首を引く。

　　宇治にまかりて侍りける時よめる　　中納言定頼

朝ぼらけ宇治の河霧たえだえにあらはれわたるせぜの網代木　（四二〇）

一面に立ちこめていた霧がとぎれとぎれになって、瀬々の網代木の光景が次第に現れてくるという趣向である。眺望を妨げていたのは霧であって、闇ではない。闇の中では霧は知覚されず、夜が明けはなれて後、立ちこめる霧が目に映る。当歌の「朝ぼらけ」もやはり、夜が明けはなれた刻限を意味していると考えられるのである。定頼の「朝ぼらけ」理解がこのようなものであったからには、その父公任も同様に理解していたに違いない。

これら『新古今集』以前の歌の場合、いずれも石田氏の結論と齟齬しないことが知られた。「朝ぼらけ」は夜が明けて、その日初めてあたりの光景を眺望することができる刻限にあたるのである。これは『新古今集』以後に至っても変りはない。『新勅撰集』春上に藤原成宗の作として「花なれやと山の春の朝ぼらけ嵐にかをる峰の白雲」（六〇）とあり、『続拾遺集』秋上に藤原為家の作として「朝ぼらけあらしの山は峰はれてふもとをくだる秋の河霧」（二七六）とあるのは、いずれも夜の明けはなれたころの眺望と解され、これらに類する例は多い。石田氏説の正しさは和歌においても確かめられたと言っていいだろう。

ここで改めて「朝ぼらけ有明の月と見るまでに吉野の里にふれる白雪」の一首について、言葉を補いつつ現代語訳しておくならば、「夜が明けた今、あたりを眺めると、有明の月の光に明るく照らされた夜明け前の光景かと錯覚するまでに、吉野の里に降り積もった白雪（！）」といった解釈が、是則の作意に近いのではなかろうか。有明の月が今空に残っているかどうかは問題ではない。白雪を明るく輝かせているのは朝日の光であるが、それを夜明け前の月光と見まがうというのが作意である。だから宣長が「朝ぼらけ」を「夜ノクワラリツトアケタ時」と訳したのは正しいが、「有明の月と見るまでに」を「有明ノ月ノ残ツタ影ト見エルホドニ」と訳しているのは、ピントはずれの解釈であろう。「朝ぼらけ」の刻限に空に残った有明月は、すでに光を失っており、朝日に照らされた白雪の明るさに比すべくもないからである。なおこの解釈は、契沖の『百人一首改観抄』の「有明の月は光をさめたる朝ぼらけに、猶其影かと見るばかりに、夜の間に吉野の里に雪のふれるを興じてよめるなり」という解釈に影響されているようである。

四

前節では是則の一首について、「朝ぼらけ」の明るさを基調とする解釈を提唱した。次に、これが作者の作意にかなうものであり、平安時代における一般的な理解でもあったであろうことを、二つの事例によって確かめておきたい。

『後撰集』冬に「題しらず　よみ人しらず」として次の一首が見られる。

夜ならば月とぞ見ましわがやどの庭白妙にふりつもる雪　（四九六）

本文に異同はあるがこれと同じ歌が『拾遺集』冬に、次のように収録されている。

斎院の屏風に　　貫之

夜ならば月とぞ見ましわがやどの庭白妙にふれる白雪　（二四六）

『貫之集』（歌仙家集本）に「延喜十六年斎院御屏風のれうのうた内裏よりおほせうけたまはりて六首」という大題のもとに「雪の庭にみてりける」として「夜ならば月とぞ見ましわがやどの庭白妙にふりしける雪」（六五）とあ

るから、『拾遺集』の詞書と作者表記の方が事実を正しく記述しているようである。(6)

契沖は『古今余材抄』『百人一首改観抄』において、これを是則歌「朝ぼらけ……」の類歌として取り上げているが、『後撰集』から引用しているところを見ると、契沖はこれを作者不明の古歌と認識していたかもしれない。しかし『貫之集』に「延喜十六年」(7)とあるからには、延喜五年の『古今集』奏覧以前に詠まれたであろう是則歌よりも後に詠まれた作であることは明らかだ。すると、相似た情景を詠む貫之の念頭には必ずや是則の「朝ぼらけ……」詠があったはずだから、是則の歌についての貫之の解釈を、この一首から推し量ることも可能なのではなかろうか。

貫之の歌は、庭一面に降り積もった雪を、もし夜ならば月光と見誤るであろうというのである。したがって今は夜ではなく、雪は日光に照らされて白くかがやいているのであるが、その白さから月光を連想し、「夜ならば月とぞ見まし」と発想を飛躍させたのである。しかしこの発想は、先ほど是則歌において見たのと全く同じ発想である。貫之が是則の「朝ぼらけ……」を、朝日に照らされた雪景色を詠じた一首ととらえ、日光の下の白雪を夜の月光とみまがうという発想をも継承していることは明らかではないだろうか。雪を月光に見立てる発想が早く漢詩にも見られることは、諸注の指摘するところであるが、この歌を詠む時、貫之の念頭にあったのが、自らが撰者の一人として『古今集』に撰入した同時代人是則の一首「朝ぼらけ……」であったことは明らかといえよう。

おそらく貫之が屏風絵の「雪の庭にみてりける」場面を見てただちに念頭に浮んだのが、是則の「朝ぼらけ……」詠であったのだろう。この場面を描かせた製作者や描いた絵師の念頭にも、是則のこの歌があったかもしれない。このような場合、貫之としては、まさか是則の歌をさし出すわけにはいかないから、是則の歌の趣向をそっくり取り用いて作歌し、屏風絵に是則歌のおもかげを立ち添わせることによって、画中の世界にふくらみをもたせようとしたのではなかったか。屏風歌としてのこのような機能を考慮に入れることなくこの一首を読むと、先行する是則歌の二番煎じとも受け取られかねない作といえよう。

是則の「朝ぼらけ……」の一首の作意が明るさを基調とするものであったことを証し立てる、もう一つの事例をとりあげよう。『古今集校本』によって本文を見ると、筋切本、元永本、基俊本、静嘉堂文庫蔵為家本、雅俗山荘本は第四句が「吉野の山に」となっている。また『古今和歌六帖』でも当歌は「吉野の山に」であるし、(8)『是則集』諸本（冷泉家時雨亭文庫蔵真観本、同資経本、西本願寺本、歌仙家集本）も同様である。これらの事例は、平安時代中後期に「吉野の山に」という本文がかなり広く流布していたことを物語っているだろう。しかし右の五本以外の『古今集』の本文が、雅経本、清輔本、俊成本などの主要伝本をも含め、いずれも「吉野の里に」であるからには、これが『古今集』本来の本文とみなしていいのではないだろうか。「吉野の山に」なる異文が生じたのは、平安時代中期に是則の代表作とされていた「み吉野の山の白雪つもるらしふるさと寒くなりまさるなり」の「み吉野の山」に自ずと影響された結果かとも推測される。

『古今集』冬歌に収められている是則の二首（「み吉野の……」「朝ぼらけ……」）について、契沖は『古今余材抄』の中で次のように述べている。

さきの是則歌の詞書にならの京にまかれりける時にやどれりける所にてよめると有。今の歌はその明る朝つとめてみやれば、おもひしごとく白たへにみゆれば、かくはよまれたるにや。

想像するに、二首をつなぐこのような理解は、すでに平安時代において、「吉野の山に」という本文とともに流布していたかもしれない。契沖は続けて「但よしのの山にといはずして里にといへればおぼつかなし。こと時にや」と述べており、これは「吉野の里に」という本文を尊重する以上、当然の慎重さである。しかし「吉野の山に」という異文は確かに存在したのであり、享受史の観点からは見逃せない。

「吉野の山」の本文に従って当歌を読めば、朝日のもと、雪におおわれた吉野山の眺望はまばゆいばかりで、そこには一抹の陰影も感じられない。この本文は、本来「吉野の里」と詠まれたこの一首が基調として保っていた明るさを一層きわだたせる方向で生じた異文であるといえよう。

このような当歌についての理解によって、公任が当歌を高く評価しなかった理由も明らかになるのではなかろうか。公任が『九品和歌』(9)において高く評価した歌と評語を見ると、上品上に「是は詞たへにして余りの心さへあるなり」として、次の二首があげられている。

ほのぼのと明石の浦の朝霧に島がくれゆく舟をしぞ思ふ

春立つといふばかりにやみ吉野の山も霞みて今朝は見ゆらむ

また上品中に「程うるはしくて余りの心あるなり」として、次の二首があげられている。

み山にはあられ降るらし外山なるまさ木のかづら色づきにけり

逢坂の関の清水にかげ見えて今や引くらむ望月のこま

これらによって判断すると、是則の「朝ぼらけ……」は、明るくかげりのない、余情に乏しい作として、高い評価を与えることができない一首であったのだろう。一方、惻々と迫る寒気ゆえに吉野山に降り積もる白雪を幻視する「み吉野の山の白雪つもるらしふるさと寒くなりまさるなり」を、「余りの心」ある歌として評価したのであろうことが想像される。そういえば「み吉野の……」は、現体験から奥地の状況を推し量るという趣向において、上品中の例としてあげられた「み山には……」と共通している。

五

俊成、定家に至って「朝ぼらけ……」の一首がきわめて高く評価されているのは、おそらく当歌に従来とは異なった理解が加わったためだろう。それは先に示した島津忠夫氏による解釈のように、夜明け方のほの暗さを基調とする解釈であったと考えられる。実のところ、俊成や定家の当歌についての解釈を、直接今に伝える資料は現存しないのであるが、中世の『古今集』あるいは『百人一首』の注釈書の論調に、定家の解釈の痕跡を探ってみたいと思う。そういう意味で特に注目すべき記述が『古今和歌集両度聞書』に見られるので、次に引用しよう。(10)

山といふべきを里といへるに心あるべし。うす雪の月にまがふ心おもしろくや。惣は此時分の眺望也。

雪といえば普通「吉野の山」とあるべきところ、「吉野の里」とあるのに着目すべきだというのである。「吉野の山」ならば雪が深いと詠むのが本意であるが、あえて「吉野の里」とされているのは、薄雪が暗示されているものと解したのである。では、なぜ薄雪なのかというと、「有明の月」はすでに光が弱まっているから、明るくかがやく深雪ではなく、薄雪のほの明かりこそ「有明の月」に見まがうにふさわしいとの主張である。ここに示されている一首の基調は、朝のまばゆい雪景色ではなく、夜明け方のほのかな雪明りなのである。次にあげる宗祇『百人一首抄』の所説も、「山」と「里」との対比こそ見られないが、同様の薄雪説にほかならない。

此歌は、かの地の時の眺望と見侍るべきなり。里にふれる白雪とはうす雪に侍るなるべし。有明の月といへるによくかなへり。心を付て見侍るべきなり。

ところで、これら宗祇流の注釈が、二条派歌学の流れを汲むとはいっても、はたして定家自身の解釈がどれほどここに反映しているのか、慎重に見定めなければならない。そこで今は、これら注釈の「里」一語への強いこだわりに着目してみたいのである。

すでに述べたように、平安時代において一般に広く流布していた当歌の本文は、「吉野の山にふれる白雪」であった。先に『古今集校本』にて見たように、俊成が基俊から伝えられた基俊本には「吉野の山に」とあったようだし、俊成や定家が目にすることのできた末流伝本の多くも「吉野の山に」という本文を持っていたであろう。つまり定家、ましてや俊成は、もともと「吉野の山に」という本文によってこの一首に親しんでいた可能性が高く、彼らは『古今集』の校訂作業の過程で、証本系『古今集』の「吉野の里に」を有力な本文として意識するようになったのではないか。そして俊成は自らの校訂本に基俊本の本文を採らず、新院御本の「吉野の里に」を採用したし、俊成本をもとに校訂本を作成した定家は、当時流布していた多くの本が有していた「吉野の山に」という本文を、ついに採用しなかったのである。

このような、親子二代にわたる当歌本文に対する確固とした意志は、彼らの当歌に対する高い評価と無関係ではないように思う。彼らの「吉野の里」本文との出会いは、「里」ゆえに薄雪とする新解釈の創造へ、さらにその解釈のもとに当歌を抜群の秀歌と認める「発見」へと彼らを導いたのではないだろうか。そしてこの「発見」の経緯は口伝として伝えられ、遠く『両度聞書』の「山といふべきを里といへるに心あるべし」の一文にまで及んでいるのではなかろうか。室町時代に至れば、すでに定家本が『古今集』の流布本の位置を占めており、平安時代なごりの古写本の、あるものは失われ、あるものは定家本の本文へと変質を余儀なくされて、「吉野の山に」の本文は一般的ではなくなっていたであろうから、『両度聞書』における「山」と「里」とのことさらな対比は、まさしく俊成、定家の遺響にほかならないのではなかろうか。

六

契沖は『古今余材抄』『百人一首改観抄』において薄雪説を批判し、近世近代の諸注に影響を与えている。『改観抄』を引こう。

此雪有明の影にたとへたるに付て薄雪のよしふるく注せれど、古今集に雪の歌十七首ある中に、これは十六首にあたりて、けぬが上に又もふりしけ春霞たちなばみゆきまれにこそみめ、といふ歌の右にあれば、只朝にみる雪をかくはよめる也。

『古今集』の歌の配列を根拠とする批判であるが、実は同様の批判はすでに室町時代に提出されているのである。猪苗代兼載の古今伝授を兼純が筆記した『古今私秘聞』に次のように記されている。(11)

里ナルニ依テ雪ノ薄キト云説、不可用之。部ノ編様深雪ノ中也。惣而不審ノ歌ヲバ依編様可心得云々。草木モ雪一色ニ成タル朝ボラケヲフト月ト見タル眺望也。里ニシテ見タル歌也。

薄雪説への批判は適切であるし、一首の解釈は作意にかなっているといえよう。二条派において宗祇流の薄雪説が必ずしも有力とはいえなかったことが知られるが、兼載の師堯恵から市川憲輔への古今伝授を筆記した『古今集延五記』には、次のようにこれらとはまた異なった説が見出されるのである。(12)

歌ノ心ハ至テ高山ハ雪ノ光モ猶白妙ナレハヨルヲモマカエテ明ルサカヒ有明ノ月カトウタカハレ侍ト也。

やや文意がわかりにくいが、これは次のように読まれるのであろう。

歌の心は、至りて高き山は雪の光もなほ白妙なれば、夜をも紛へて「明くる境」「有明の月」かと疑はれ侍るとなり。

「朝ぼらけ（明くる境）」と「有明の月」とを並列の関係としてとらえ、月光の下の雪明りがあまりに明るいので、未だ夜中であるにもかかわらず、時はすでに夜明け方か、あの月は有明の月かと疑われるというのである。当歌にとって空前絶後の解釈といえよう。これが堯恵の着想になる解釈なのか、あるいはその師堯孝に由来する説なのかは速断できない。堯恵から憲輔への、あるいは兼載への古今伝授が悉皆の伝授ではなく、中伝相当の伝授であったとされていることからすると、(13)これらのいずれかを常光院流の奥義と推測することもできない。(14)ただ少なくとも言えることは、薄雪説はしばしば批判の対象となり、それに代るべき説が模索されていたということではないだろうか。『古今私秘聞』や『古今集延五記』の所説は、当歌の解釈についてとつおいつ考えた末の思い切った結論として興味をそそられる。

七

平安時代中期にはさほど注目されていなかった「朝ぼらけ……」の一首が、俊成、定家以後きわめて高く評価されているのは、彼らの当歌についての新解釈に端を発する。それは朝日にかがやく雪景色の明るさを基調とする従来の解釈とは異なり、里の薄雪のほの暗さに着目したもので、中世人の好尚にかなった解釈であるといえよう。以来この解釈は現代に至るまで、たびたびの批判にもかかわらず、当歌についての解釈の根幹に生き続けているのである。すなわち、薄雪説そのものは現代の『古今集』諸注釈では影をひそめる傾向にあるが、薄雪説と不可分に生じたはずの、ほの暗さを当歌の基調とする解釈はあとをたたないのである。

『百人一首』の中でこの歌を味わう時には、ほの暗さを基調とする定家流の解釈に従うのが、定家の作品として『百人一首』を読むためには有意義であろう。しかし『古今集』の入集歌としての当歌の解釈にそれを及ぼすことは、是則の作意を、あるいは『古今集』撰者の意図を、見誤る結果を招くであろう。

注

（1）『三十人撰』の是則三首には『三十六人撰』に見られる「深緑……」がなく、「さほ山のははその色はうすけれど秋は深くもなりにけるかな」（『古今集』秋下）が採られている。

（2）田仲洋己「『俊成三十六人歌合』について」（『岡山大学文学部紀要』31　平成11年7月）はこの『三十六人歌合』

を、俊成に仮託されたものとするが、しばらく旧来の説に従っておく。
（3）以上とりあげた秀歌撰については、樋口芳麻呂校注『王朝秀歌選』（昭和58年3月　岩波文庫）から多くの知見を得た。
（4）島津忠夫訳注『新版百人一首』（平成11年11月　角川ソフィア文庫）
（5）石田譲二『源氏物語論集』（昭和46年　桜楓社）所収。
（6）この貫之歌は第五句に異同がある。どれが本来の形であるか分らないが、『拾遺集』に「ふれる白雪」とある（御所本『貫之集』も同様）のは、おそらく是則歌の影響の下に変形した本文であろう。「白妙」「白雪」と「白」が重なる本文は、おそらく本来のものではないだろう。
（7）西本願寺本『貫之集』には「延喜十八年」とあるが、同集の屛風歌が年代順の配列である点から見て「延喜十六年」が正しいようである。御所本にも「延喜十六年」とある。
（8）図書寮叢刊本による。寛文九年刊本には「よしのの里に」とある。
（9）『日本歌学大系　第一巻』による。
（10）片桐洋一『中世古今集注釈書解題　三・下』（昭和56年　赤尾照文堂）による。
（11）ノートルダム清心女子大学古典叢刊『古今私秘聞』（昭和45年5月　ノートルダム清心女子大学古典叢書刊行会）による。
（12）秋永一枝、田辺佳代編『古今集延五記・天理図書館蔵』（昭和53年8月　笠間書院）による。
（13）新井栄蔵「古今抄延五記と堯恵授憲輔受古今伝授切紙―中世古今集注釈史私稿」（『国語国文』第48巻第4号　昭和54年4月）参照。
（14）常光院流の『百人一首』注釈である『経厚抄』には、当歌は「朝ぼらけとは、只今起出て見る景気なり。雪のうすうすとふれるを、在明の月の残れるかと見まがへたるよしなり。よしの、里といへるは、此所雪月花の名所なれば、月やらんとおぼめくが余情に成てある也。心を付而可見」と、薄雪説によって解釈されている。

第九章　紫式部の歌の本歌について

一

『百人一首』に採られた紫式部の作は『新古今集』所収歌で（雑歌上・一四九九）、『紫式部集』においては巻頭に据えられている。まずは定家系の最善本とされている実践女子大学本『紫式部集』から、二番歌をも併せ引用しておこう。私に濁点を付したが、それ以外は改行をも含め原文通りである。

はやうよりわらはともだちなりし人
にとしごろへてゆきあひたるが
ほのかにて十月十日のほど月に
きおひてかへりにければ
めぐりあひて見しやそれともわかぬまに
くもがくれにし夜はの月かげ　（一）

（1行分空白）

その人とをきところへいくなりけり
あきのはつる日きたるあかつきむし

のこゑあはれなり
なきよはるまがきのむしもとめがたき
あきのわかれやかなしかるらむ　（二）

この巻頭二首の詠作事情については、拙著『紫式部集の新解釈』第一章「巻頭二首の詠作事情」において論じた。[1]結論を箇条書きにしておこう。

① 従来の解釈では、「十月十日」を『新古今集』によって「七月十日」と改め、ここには七月十日と九月末日との二度にわたる友人との対面が記されていると解されてきたが、対面は十月十日の一度きりと解するべきである。

② 十月十日が「秋の果つる日」とされているのであるから、翌十一日は立冬であり、式部存命中に十月十一日が立冬にあたる年は永祚二年（正暦元年）のみである。すなわち『紫式部集』の記述による限り、一番歌は永祚二年（九九〇）十月十日夜、二番歌は十一日未明に詠まれたということになる。

③ 実践女子大学蔵『紫式部集』の祖本はいわゆる定家監督書写本であり、冒頭から一番歌までを定家が書写し、そのあとを別人が書写した。一番歌のあとの一行の空白はそのなごりであろう。

拙著ではこのようなことを述べたが、実際に一番歌「めぐりあひて……」の詠まれたのが永祚二年十月十日であったとすると、それと関連する興味深い事例が『小大君集』に見出されるのである。本章ではこの問題について述べたい。

二

三十六歌仙の一人として知られる小大君（東宮女蔵人左近）の家集『小大君集』に、次のような詞書と和歌とが見出される。流布本系の書陵部蔵（五〇一・九二）本から引用しよう。歴史的仮名遣いに改め、句読点濁点を付し、仮名表記の一部を漢字に改める等の処置をほどこした。

　これなかの朝臣、やまひにわづらひて、三河新発意を呼びて、宮の大進むねまさをやりて言はせけるに、さらに聞き入れざりけるを、しひて言ひければ、少しよろしきを頼みにて、あか月にと約束して寝ぬるに、夜中ばかりに起きゐて、手洗ひ、鐘打ち鳴らして、仏にもの申す音しければ、今や今やと思ふに、音もせずなりにけり。弟子を起こして、いづちおはしぬるぞと問へば、驚きて求むれど、なくなりにけり。あさましうて書き置きて来ける

　長き夜の闇に迷へるわれをおきて雲がくれぬる夜半の月かな　（二二）

　　入道の返し、あしたにぞありける

　かさなれる深山がくれに住む人は月にたとへん扇だになし　（二三）

小大君の作と考えられる二二番歌の下句「雲がくれぬる夜半の月かな」と『紫式部集』巻頭歌の下句「雲がくれにし夜半の月かげ」（陽明文庫本では「月かな」）との類似が、まずは注目されるところである。

『小大君集』の注釈研究としては、竹鼻績氏の『小大君集注釈』（以下『注釈』と略称）と、平塚トシ子、松延市次、長野淳の三氏による『小大君集全釈』（以下『全釈』と略称）が備わる。(2) 以下、両著を参照しながら右引用文の

解読をこころみたい。

「これなかの朝臣」は平惟仲（九四四～一〇〇五）。珍材の子、生昌の兄。永延二年（九八八）蔵人、正暦三年（九九二）参議、長徳二年（九九六）権中納言。長保三年（一〇〇一）大宰権帥となり、寛弘二年（一〇〇五）大宰府で没した。

「三河新発意」は寂照（～一〇二四）。俗名大江定基。三河守を経て出家。長保五年（一〇〇三）入宋し、かの地で没した。出家に至るいきさつについては『今昔物語集』『発心集』等に説話化されている。出家したのは永延二年（九八八）とされることが多いが（『国史大辞典』『日本史広辞典』等。『注釈』『全釈』も）、寛和二年（九八六）説もある。この問題については後で取り上げたい。なお、新発意《しんぼち》は出家まもない僧侶のことであるから、寂照が新発意とされているのは、詠作年代の推定に役立つ。

「宮の大進むねまさ」は藤原統理。東宮権大進をつとめた。統理の仕えた東宮は居貞親王、のちの三条天皇である。長徳元年（九九五）ごろ少納言、長保元年（九九九）出家。出家にあたっての東宮との贈答歌が『後拾遺集』雑三、『今鏡』に見える。

登場人物の略歴は以上の通りである。次に私なりの本文解釈を、言葉を補いつつ提示しておきたい。

惟仲朝臣が病気を患い、加持祈禱のために三河新発意（寂照）を呼ぶために、東宮権大進統理を寺に派遣して依頼させたところ、一向に承知しなかったので、私（小大君）が自ら出向いて強く願ったところ、少しはその気になってくれたようなのに期待して、暁に同道してくれるよう約束して寝たところ、夜中ばかりに寂照は起きだして、手を洗い、鐘を鳴らして、仏前で読経する声がしたので、声をかけてくれるのを今か今かと待っていると、そのうちに読経の声がしなくなってしまった。弟子を起こして、「どちらに行かれたのか」と訊ねると、弟子は驚いて探したが、寂照はいなくなってしまっていた。ひどい仕打ちだと思って、歌を書き置いて帰って来た。

無明長夜の闇に迷っている私をほったらかしにして、あなたは雲隠れしてしまいましたね。夜半の月が雲に隠れるように。

入道からの返歌は、夜が明けてから届けられた。

山また山の深山に隠れ住む私は未熟者で、真如の月にたとえて仏法を説くべき方便の扇すら持ちあわせてはおりません。(3)

おおよその意味はこのようなものではないかと思うのである。状況を推理してみると、東宮御所を訪れていた惟仲朝臣が急病にかかり、御所に仕える統理や小大君などが相談の上、近頃出家した寂照に祈禱を依頼することとし、まず統理が山寺（東山の如意輪寺か）に出向いて依頼したが固辞され、今度は小大君自身が出向いて熱心に依頼したが、結局は逃げられてしまったという顚末であったのだろう。

統理と小大君が、同じく東宮御所に仕える者として交友があったことは当然であろうが、この二人が山寺に押しかけて行って祈禱を依頼し、小大君に至っては山寺に一泊してまで寂照を迎えようとしているのは、二人が出家前の寂照（大江定基）と交友関係にあったことを強く示唆しているのではなかろうか。また、彼らと平惟仲との交友についてては明らかではないが、惟仲が中納言時代に北白河で天台の三大部六十巻の講を催した際には、寂照が読師として参加している（『今鏡』第九「むかしがたり」）。惟仲のために二人が奔走していることをも合わせ考えるならば、彼ら四人はかねてから、東宮御所に仕え、あるいは出入りする者として知り合い、交友関係をもっていたのではないかと想像されよう。それにもかかわらず寂照が依頼を断ったのは、出家早々で修行に明け暮れる毎日では、病人のために祈禱する心の余裕がなかったからかもしれないし、病気を平癒させる法力が自分にそなわっているとは思えなかったからかもしれない。寂照の返歌には仏道における未熟さの自覚が伺えるし、一方、約束をすっぽかしておきながら律儀に返歌をするという態度には、彼らのかつての交友のこまやかさのなごりが見てとれるようにも思うのである。

三

前節では『小大君集』の当該本文についての私なりの解釈を示したのであったが、本文に不明瞭な部分があるため、『注釈』『全釈』の解釈は拙訳とは異なっている。以下、この問題について瞥見しておきたい。

『注釈』は、「小大君は寂昭に仏事を依頼するために、寂昭の許に赴いたが、彼は惟仲の邸宅に祈禱にでかけていて留守であった。そこで小大君は同道した統理を遣わして用件を伝え、承諾をえたので寂昭の許で待機していた。夜半に勤行のけはいがしたが、結局は姿をくらまされて、歌を詠み置いて帰ってきた」という理解のもとに、次のように詞書を現代語訳している。

惟仲の朝臣が病気にかかって、寂昭上人を呼んで（祈禱しているところに）、東宮大進統理を遣わして（おいでくださるよう）いわせましたが、全く聞き入れてくださらなかったのを、無理にお願いしたところ、「惟仲殿の病状がすこしよろしいのを頼みにして、夜明け方に参りましょう」と約束して寝ましたが、上人が夜半ごろ起き出して、手を洗い、鐘をうちならして、仏に向って読経している声がしましたので、いまに来るか、いまに来るかと思っていますと、物音もしなくなってしまいました。そこで上人の弟子を起して、「師僧はどちらへいらっしゃったのですか」とたずねると、弟子は驚いて上人を探しましたが、姿が見えなくなってしまった。あまりのことにあきれて、歌を書き置いて来ました。

『注釈』がこのように解釈した理由は、この詞書を「素直に」読むと、「今や今やと思ふに」以下の動作の主語が全て統理となり、二二一番歌も統理が詠んだことになってしまうが、『玄々集』や『続詞花集』等は全てこれを小大君の作としている、という点にある。そこで「呼びて」のあとに「祈禱しているところに」というような意を補って、右のように解釈されたのである。「統理と惟仲との関係は病の折に寂昭を呼びに遣わされるような間柄であったとは考えられない」とも言う。

しかし、「これなかの朝臣、やまひにわづらひて、三河新発意を呼びて、宮の大進むねまさをやりて言はせけるに」とある冒頭部を、このように言葉を補って解釈するのは、かなり無理があるのではないだろうか。やはり「三河新発意を呼ぶために、宮の大進統理を遣わして依頼させた」と解するのが妥当であろう。西本願寺本には「呼びに」とあり、それならばわかりやすいが、「呼びて」のままでも右のように解しておく方が、「呼びて」のあとに本文の欠落があるかのように言葉を補うよりは、はるかに自然ではないかと思うのである。また、統理と惟仲との交流を物語る証拠がなくても、両者が疎遠であったとは断定できないし、惟仲の発病が東宮御所においてであったならば、数年後には参議となる惟仲は当時も軽い身分ではないから、東宮権大進統理がそのために奔走するのは職掌がら当然のことでもあろう。二二番歌の作者についての疑問は、「しひて言ひければ」の主語を小大君ととることによって解決されるのではないか。先に示した拙訳を参照されたい。

『全釈』は詞書の冒頭部を「これなかの朝臣が病気をわずらったので、三河の新発意を呼びに、東宮の権大進むねまさを使いにやって、来るようにと言わせましたのに、新発意がちっとも聞き入れてくれなかったので」と、ほぼ拙訳と同様の解釈を施しているのであるが、続けて「むねまさが無理に頼んだところ」とあり、以下も全て統理の経験談としている点が、拙訳とは大きく異なる。歌の作者については、寂照に逃げられ、寺に書置きを残して帰ってきた統理からいきさつを聞いた小大君が二二番歌を詠み、寂照に送ったと解している。しかし、「しひて言ひければ」以下の記述は、書き手本人の経験としか考えられないほどに臨場感に充ちてはいないだろうか。また、『全釈』が底本とする坂田文庫本では詞書末尾は「あさましうてかきおきてにげにけり」とあって、本文に問題がありそうだし、この本文に拠るにしても、直後に置かれた二二番歌が「かきおき」してきた歌そのものであると解するのが妥当であろう。

四

前節では、『小大君集』の当該詞書について、拙訳を含め三通りの解釈を紹介してきたが、どの解釈をとるにしても、二二番歌と二三番歌が、東宮御所の花形女房の一人であったにちがいない小大君（左近）と、近年出家を果たして人々の感動をさそった寂照との贈答歌であることに変りはない。そのような話題性からして、この贈答歌がほどなく都じゅうの評判となったとしても不思議はなかろう。同時代における反響のひとつが本章で問題としている紫式部の一首ではないかと思うのであるが、それについてはあとまわしとして、ここでは後世におけるこの歌の受容について見ておきたい。

まず、能因撰の『玄々集』に、「わづらふころ、三河入道をよびて戒受けたるに、ほどなくしてしに（「いに」の誤りであろう）ければ」として小大君の歌が収められているのが、この歌を収める現存資料の中では『小大君集』に次いで古いものであるが、この詞書の内容は、寂照に祈禱を依頼しようとしたが逃げられてしまったという、『小大君集』に示された詠作事情とは全く異なる。『小大君集』の記述は本人にしか知りえない臨場感に充ちており、事実に近いと推測されるのに対して、『玄々集』のそれは、歌意から逆におしはかったかのような内容となっている。

『金葉集』三奏本・別離には「わづらふ頃、参河入道唐へまかるときてつかはしける」としてこの歌が収められている。長保五年（一〇〇三）の寂照入宋という、当時としては著名な歴史的事実とこの歌とを結びつけたもので、渡宋間際の寂照と有名歌人小大君との間の興味深いエピソードとしての説話化が顕著である。なお、『続詞花集』雑中には「わづらふころ、寂照上人をむかへて戒うけなどしけるに、ほどなくかへりにければつかはしける」、『続後拾遺集』釈教には「わづらひ侍りけるころ、寂照上人にあひて戒うけけるに、ほどなく帰りにければ」としてこの歌が収められており、どちらも出典は『玄々集』であろう。なお、以上四歌集のいずれにも寂照の返歌は採られていない。小大君が歌を贈った相手が寂照であったというだけで歌語りは成り立っているし、『摩訶止観』の一節をふまえた寂照の難解な返歌は敬遠され、歌意明瞭な小大君の秀歌のみが、歌語りの場ではもてはやされていたのであろう(4)。

このように、『小大君集』に記されたこの歌本来の詠作事情とは別に、小大君の歌の内容から逆に詠作事情を推測することによって、寂照と小大君という二人の著名人物にまつわる歌語りが後に成立していたことが明らかである。かくも後世の人々の関心をひきつけた二人の交流であるが、では同時代の人々に、この贈答歌はどのように受け取られたのであろうか。

大江定基（寂照）の出家が人々に大きな感動を与えたであろうことは、その出家にまつわる印象的な説話の数々によって推測されるところであるが、二人の歌のやりとりがなされたころ、『小大君集』に「新発意」とされている寂照が、まだその感動のさめやらぬ渦中にあったことは確かであろう。そのような寂照と小大君との贈答歌であれば、『小大君集』に記されているような興味深い詠作事情とともに、東宮御所に仕える官人や小大君の同僚女房あたりを発信源として宮廷社会に急速に知れ渡り、さらに広く貴族社会に浸透して行ったであろうことは容易に推測できるのではなかろうか。では、それはいつのことであったのか、次節において検討したい。

五

寂照の出家の時期については両説あって、『尊卑分脈』大江氏系図には寛和二年（九八六）六月のこととされており、一方『百錬抄』永延二年（九八八）四月二十六日の条に「前三河守定基朝臣出家」とある。(5) いずれが正しいのか、きめ手は全くないのであるが、先にも記したように、最近では永延二年説が採られることが多い。

ところで、「新発意」とは新たに仏門に入った者の謂いであるが、出家してからいつごろまで「新発意」と呼ばれたのであろうか。想像するに、特に基準といったものはなく、ある人物の出家が記憶に新たな時期にそう呼ばれ、その人物が僧侶であることが既成事実として違和感なく人々に受け入れられるようになったころ、そう呼ばれなくなるのであろう。現代における入学、就職、結婚、退職などの人生の大きな節目にあたって、周囲がその事実を違和感なく受け入れるようになるまでには一年程度かかるのではないかと思うのであるが、まことにおおざっぱな類推ながら、「新発意」と呼ばれるのも出家後一年ほどの間と仮定しておきたい。

この仮定を寂照の出家についての両説にあえて杓子定規にあてはめてみると、寂照が新発意と呼ばれたのは寛和二年（九八六）六月から永延元年（九八七）六月ごろまで、あるいは永延二年（九八八）四月二六日から永祚元年（九八九）四月ごろまでということになろう。永祚二年十月に紫式部の「めぐりあひて見しやそれともわかぬまに雲がくれにし夜半の月かげ（月かな）」が詠まれたとするならば、それは小大君の「長き夜の闇に迷へるわれをおきて雲がくれぬる夜半の月かな」にまつわる歌語りが貴族社会で大きな話題となり、その余韻がさめやらぬころのことであったということになる。和歌や物語を愛し、宮廷社会に並々ならぬ関心を抱く若き日の紫式部がこの歌の評判を知らないはずはないし、それはその「童友達」にとっても同様であろう。「雲がくれぬる夜半の月かな」を

「雲がくれにし夜半の月かげ（月かな）」と、ほんの少しだけ変えてわが歌に取り込み、辞去した友人への歌としたのは、堅苦しく言えば先行歌からの影響ということになろうが、むしろ流行歌の歌詞を織り込んだ会話のように軽やかである。(6) お互い若く、親しい友人同士の交流のひとこまと言えよう。

結び

本章では、『百人一首』に採られた紫式部の歌「めぐりあひて見しやそれともわかぬまに雲がくれにし夜半の月かげ（月かな）」を永祚二年（正暦元年）の作とする私の仮説を前提として、この歌は当時の話題作「長き夜の闇に迷へるわれをおきて雲がくれぬる夜半の月かな」から歌句を取り入れ、同じ話題を共有する友人と交流したのではなかったかと考えた。この話題作の作者小大君は当時、女蔵人として左近の名で東宮居貞親王に仕えていたが、彼女が和歌の才によって東宮御所における花形女房の一人であったことは『小大君集』によって明らかである。

一条天皇は永祚二年一月、十一歳で元服、定子が入内して十月には中宮となっていたが、満十歳の幼帝では、その後宮は華やかさに欠けていたであろうし、天皇のたびたびの病悩は、将来に不安を抱かせる要因であった。一方、東宮居貞親王はこの年十五歳、尚侍綏子（兼家女）をはじめ後宮は華やかさを加えつつあったであろう（済時女娍子の入内は翌年）。当時、都人たちの関心は一条天皇の後宮よりもむしろ東宮御所に向けられ、そこには公任や実方など、錚々たる貴公子たちが出入りし、貴族社会の女性たちは、もちろん若き日の紫式部やその友人たちも、東宮周辺からもたらされるゴシップに心ひかれ、情報交換や意見交換にいそしんでいたのではあるまいか。紫式部の著名歌は、そのような雰囲気の中から生まれた一首ではなかったかと考えてみた次第である。

注

（1）平成20年11月、和泉書院刊。この論考の初出は藤岡忠美先生喜寿記念論文集刊行会編『古代中世和歌文学の研究』（平成15年2月　和泉書院）。原題は「紫式部集巻頭二首の詠作事情」。

（2）竹鼻績『小大君集注釈』（平成元年6月　貴重本刊行会）。平塚トシ子、松延市次、長野淳『小大君集全釈』（平成12年7月　翰林書房）。なお、和歌文学大系『三十六歌仙集㈡』（平成24年3月　明治書院）に徳原校注『小大君集』が収録されている。同書「小大君集解説」（徳原執筆）の一部に本章の内容と重なる点があることをお断りしておく。

（3）この歌は『摩訶止観』序章第一節の「月隠重山挙扇類之風息太虚動樹訓之」によって詠まれている。なお、この章句が『和漢朗詠集』に、『摩訶止観』からは唯一撰入されているのは、寂照の歌によってこの章句が注目された結果ではないだろうか。

（4）『玄々集』以下の四歌集では、小大君の歌の第五句は「空の月かな」であるが、『小大君集』の主要伝本の中では西本願寺本のみが「そらの月かな」の本文を立てている。

（5）西岡虎之助「入宋僧寂照についての研究」（『西岡虎之助著作集　第三巻』所収　昭和59年3月　三一書房。初出は『史学雑誌』34―9・10　大正12年9、10月）は、寂照研究の基本文献のひとつであるが、『百錬抄』永延二年四月二十六日条を永祚二年と誤っている。

（6）このように考えるならば、紫式部の歌の初案は、第五句「夜半の月かな」であった可能性が高いのではなかろうか。

第十章　いく夜ねざめぬ須磨の関守

平安時代後期の人、源兼昌は、その作が『百人一首』に取り上げられたことから、一躍、著名歌人の仲間入りをした。生前の兼昌がおそらく思いもかけなかった栄誉であろう。その歌は『金葉集』（二度本二七〇）に

　関路千鳥といへることをよめる　源兼昌
淡路島かよふ千鳥の鳴く声にいく夜ねざめぬ須磨の関守

とある一首だが、(1)この歌の第四句の「ぬ」一文字が、長く後世の人々の頭を悩ませる仕儀となるのも、兼昌の予期せぬなりゆきであったにちがいない。本章は、この一首の正しい解釈を求めて、その第四句に検討を加えようとするものだが、そのために引用する若干の用例は、従来ほとんど注目されることのなかった構文の存在を浮かび上がらせるであろう。

一

「いく夜ねざめぬ」については、これに「らん」を補って「いく夜ねざめぬらん」の意と解するのが古来有力な説で、細川幽斎の『百人一首抄』（いわゆる『幽斎抄』）に次のように説かれているのは、その代表例である。

此ぬは、おはんぬにてもなし、又不のぬにてもなし。ねざめぬらんと、らんの字をそへてみるべしと也。尤あはれふかき歌なるべし。

ここに「おはんぬ」とあるのは、現代の文法用語で言う完了の「ぬ」をさし、「不のぬ」は打ち消しの「ぬ」をさしているのであるが、これはそのいずれでもないというのである。「らんの字をそへてみるべし」とは、完了の「ぬ」の下に推量の「らん」を補って解釈すべしという主張ではなく、「ぬらん」を推量をあらわす語とみなし、「ぬ」には「ぬらん」の意がこめられているものとして解釈すべしとの意見であろう。直感的な鑑賞力に支えられた解釈といえよう。

契沖は『百人一首改観抄』の中で、次のように述べている。

今夜我此浦にやどりてきけば、かの方より通ひくる千鳥の声にめざめの物わびしきをもて関守の上を思ふに、かれは此浦をはなれぬものにて、幾夜か此千鳥にねざめぬるといふ義也。此ぬもじはぬるといふ略語の心也。俊成卿霞たち雪も消ぬやとよまれ、清輔朝臣もいく世になりぬ水のみなかみとよまれたるたぐひおほし。

「いく夜ねざめぬ」の「ぬ」を「ぬる」の略語と説明している。これは、疑問詞を含む文は連体形で結ばれるという文法常識をここにあてはめるならば、疑問詞「いく夜」をもつ第四句は連体形「ぬる」で結ばれるはずのところ、「ぬ」と結ばれているのは破格のように見えるが、実は「ぬ」は「ぬる」の略語であって、助動詞終止形「ぬ」ではないという主張であろう。ややこじつけめいてはいるが、先の「ぬらん」説にくらべると、すぐれて分析的であるといえよう。

本居宣長は『詞の玉緒』巻二において、疑問詞を含む歌が助動詞連体形ではなく終止形で結ばれている例、たとえば「なになり」「いづれまされり」「いくよねざめぬ」等を「変格」の条の「又一くさ」の中に取り上げている。

なに　いづれ　などといへれば、必　なる　れる　などと結ぶべき定まりなるを、るといはで、りと結べるは、いといと、めづらしき結びなり。いくといへれば、つる　ぬる　と結ぶべき格なるを、つと結び、ぬと結べること、上の　なり　れり　と同じさまの変格なり。

宣長はこのように述べ、これらを「一つの変格」と位置づけている。これは基本的には契沖と同じ理解に根ざしてはいるが、「ぬ」を「ぬる」の略語と説いた契沖とくらべて、あるがままの形を一つの格として位置づける宣長説は、一歩前進ということができよう。

香川景樹は『百首異見』の中で次のように述べている。

幾夜ねざめぬを、諸注、ね覚ぬらんの略也、とのみ解るは、似て非也。ねざめぬは、ね覚ぬるやと問かくる意ばへありて、かなたへむかへる語也。ね覚ぬらんは、只こなたにて思ひやる也。清輔朝臣の、幾世に成ぬ水のみなかみとよまれたるも、幾世になりぬるぞといふ也。ぬらんの意にあらず。

「諸注」というのは『幽斎抄』をはじめとする諸注であるが、特に景樹の念頭には、加茂真淵の『宇比麻奈備』があったと思われる。

四の句を、ねざめぬらんの略といふはよし。上にいく夜といふによりて、ぬらんてふ意そなはるめり。

真淵はこのように述べているのであるが、景樹はこの真淵説と契沖説とを比較することによって、「ぬらん」は推量、「ぬる」は問いかけと、意味に違いがあることを認識し、この歌の場合は問いかけと解するのが適当と判断したのであろう。つまり、景樹は契沖説を継承しながら、問いかけ説をより鮮明に打ち出したというべきで、「略語」という概念を使って説明していないのも、一つの見識といえよう。ただし、問いかけ説の根拠として景樹が付け加えたものは何もなく、分析的というよりは多分に直感的な判断のようである。とはいえ景樹の問いかけ説は、現在も主流の位置にある推量説とくらべてはるかに簡明であることは確かで、これほどの卓説がほとんどかえりみられ

ないのは不思議である。(2)

以下私は、問いかけ説ははたして成立するものかどうか、いくつかの用例にもとづいて検討してみたいと思う。なお、用例の検出にあたっては、宣長の『詞の玉緒』がこのうえない指針となった。

二

疑問詞をもつ文が助動詞終止形で結ばれ、確かに問いかけの意をあらわす例としてあげることができるのは、「いづれまされり」の句をもつ歌である。まず、躬恒忠岑問答歌として知られている歌群の一部を『忠岑集』(3)から引用しよう。

みつね、ただみねが、かたみにおもひけることを、問ひ答へける

空に立つ春の霞とわが恋とつきせぬものはいづれまされり　みつね

立たぬ日も立つ日も霞あるものをいかなるよにか恋はたゆべき　ただみね

きみ恋ひてきえかへる身と草の葉におく白露といづれまされり　みつね

恋はただ命にかけてあるものをいかなるよにか露はたゆべき　ただみね

世の中におもひいたらぬくまなきと空ふく風といづれまされり
みつね
おもひやる心のほどははてもなし風のいたらぬくまはおほかり
ただみね
人しれずうきたる恋をする人と空ふく風といづれまされり
みつね
風ふけば空にむらちる雲よりもうきてこひする人はまされり
ただみね
（九六～一〇三）

以下、躬恒が「……いづれまされり」の形で問いかけ、忠岑が答えるというやりとりが、さらに八回くり返されている。

これと同様の例が「論春秋歌合」とよび習わされてきた歌群の中にも見出される。(4)

むかしの歌よみの春秋をあはせける

左　　くろぬし
おもしろくめでたきことをくらぶるに春と秋とはいづれまされり
右　こたふ　とよぬし
春はただ花こそはさけ野べごとに錦をはれる秋はまされり
左　　くろぬし
秋はただ野べの色こそ錦なれ香さへにほへる春はまされり

以下「とよぬし」は秋を、「くろぬし」は春を「まされり」とする歌がさらに七首続き、そのあとに「みつね判す」

として

　おもしろきことは春秋わきがたしただ折ふしの心なるべし

という一首でしめくくられている。

　続いて「恋するにわびしきことをくらぶるに夏と冬とはいづれまされり」という問いかけに対して「……冬はまされり」とする答えと「……夏はまされり」とする答えが交互に九首並び、そのあと「いつもいつもいかでか恋のやすからむ深き心ぞわびしさはます」という躬恒の判でしめくくられる。さらに「世の中にわびしきことをくらぶるに思ふと恋といづれまされり」という問いかけに続いて九首の答えが続き、「わびしきは思ひも恋も劣らぬを深き浅きのほどにやはあらぬ」という躬恒の判でしめくくられるというのが、この歌合の構造である。

　以上の二例から、「いづれまされり」が「どちらがまさっているか」と問いかける常套句であったことが明らかに見て取れるわけであるが、この解釈は次にあげる著名な二例にも、当然あてはまるであろう。一つは『土佐日記』の一月二十一日条に

　かくいひつつゆくに、舟君なる人、波を見て、国よりはじめて、海賊むくいせむといふなることをおもふうへに、海のまた恐ろしければ、かしらもみなしらけぬ。ななそぢやそぢは海にあるものなりけり。

　　わが髪の雪と磯べの白波といづれまされり沖つ島守

　かぢとりいへ。

とあるもので、この「いづれまされり」は問いかけ、「沖つ島守」が問いかけの相手であることは、諸注ほぼ一致して認めるところだが、その根拠となる語法が説明されることは少ない。萩谷朴氏は『土佐日記全注釈』[5]の中で「「いづれまされりや」という疑問の呼びかけを、助詞「や」を省いた形で表現することは、当時の慣用であった」とのべておられる。確かに疑問をあらわす終助詞「や」が終止形を受けるのは当然であるが、現に「や」は存在し

ないのであるから、疑問詞をもつ文が連体形ではなく終止形で結ばれている事実を問題にすべきであって、省略された「や」を想定するのは恣意的な判断と言わざるをえないのではなかろうか。

次に『元良親王集』の冒頭部を引く。

陽成院の一宮もとよしのみこ、いみじき色好みにおはしましければ、世にある女の、よしときこゆるには、あふにも、あはぬにも、文やり歌よみつつやりたまふ。げんの命婦のもとより帰り給ひて

くやくやとまつ夕暮と今はとて帰るあしたといづれまされり

とていでたまへば、ひかへて女

今はとてわかるるよりも高砂のまつはまさりてくるしてふなり

いとをかしとおぼして人々にこの返しせよとのたまへば

夕暮はたのむ心になぐさめつ帰るあしたぞわびしかるべき

又かくも

今はとてわかるるよりも夕暮はおぼつかなくてまちこそはせめ

これをなんをかしとのたまひける。

この場合も、親王が「来や来やと待つ夕暮」と「今はとて帰る朝」とをくらべると、嘆きはいずれがまさっているかと、常套句「いづれまされり」を使って問いかけ、女性たちがそれに答えているのであることは明らかだ。なお、この歌は『後撰集』には、「あひ知りて侍りける人のもとに、かへりごと見むとてつかはしける」という詞書のもとに収められ、続いて藤原かつみの返歌として「夕暮は松にもかかる白露のをくるあしたやきえははつらむ」とい

う一首がある（五一〇・五一一）。また『栄華物語』「ひかげのかづら」にもこの親王の歌と「夕暮はたのむ心になぐさめつ帰るあしたはけぬべきものを」という返歌（『栄華物語』では本院侍従の作とされている）が見られる。

小杉商一氏は論文「「いく夜ねざめぬ」の場合」(6)において、この元良親王の歌を「来ルカ来ルカト恋人ヲ待ツタ夕暮ト、ソレデハコレデト言ツテ恋人ガ帰ツテ行ク朝トハドチラモ実ニツライコトダ」と解しておられる。小杉氏は「いづれまされり」の「いづれ」を「不定（イヅレカ）の意を表はすもの」とされ、「いづれまされり」を「ドチラモ甚シイ」「ドチラトモイエヌホド甚シイ」などと解される。そして、この解釈をあてはめるには「最も不都合な用例」として元良親王の歌をとりあげ、「なんとか筆者の論法に合ふやうに理屈をつけてみやうと思ふ」として、結局右の解釈に到達されたのである。

しかしこの解釈だと、この歌は、夕暮に男の訪れを待ち、朝男を送り出す、女の立場で詠まれた歌ということになってしまう。当時、男性が女性の立場で作歌しても不思議はないが、これは『後撰集』『元良親王集』『栄華物語』など、いずれによっても、親王が女性に口頭で、あるいは手紙で詠みかけた歌であり、女性もそれに歌で答えているのであるから、これは男女間の贈答歌であって、親王が女性の立場で作歌しているとは考えられない。この歌の「いづれまされり」も、問いかけと解して不都合はないのである。

三

疑問詞をもつ文が助動詞終止形で結ばれる例として、次に「……なになり」を取り上げてみたい。まず『後撰集』の四例について検討を加えてみる。

そのほどに帰り来んとてまかりける人の、ほどをすぐし

て来ざりければ、つかはしける　　　　（よみ人しらず）

来むといひし月日をすぐすをばすての山のはつらきものにぞありける

返し

月日をも数へけるかな君こふる数をもしらぬ我が身なになり　（五四二・五四三）

（題しらず）　　　　　　平中興

恋しきも思ひこめつつあるものを人に知らるる涙なになり　（七三二）

人のもとにまかりて、入れざりければ、すのこにふし明

かして帰るとて言い入れ侍りける　　　　よみ人しらず

夢ぢにも宿かす人のあらませば寝ざめに露ははらはざらまし

返し

涙河流す寝ざめもあるものをはらふばかりの露やなになり　（七七〇・七七一）

朝忠の朝臣、久しう音もせで文をこせて侍りければ

（よみ人しらず）

思ひ出てをとづれしつる山びこの答へにこりぬ心なになり　（八七六）

これら「……なになり」が「……は何なのか」と疑う意であることは明らかといえようが、この四例のうち、平中興の作をのぞく三例が、他者とのやりとりの中で詠まれた歌であることは、そこに問いかけの働きが想定される事実である。五四三番歌と七七一番歌は、いずれも贈答歌の返歌であって、返歌で問いかけるというのは一見奇妙にも思われようが、相手の歌から誘発された疑問を投げかえす態の問いかけである。八七六番歌は朝忠からの手紙への返歌で、朝忠への「こりぬ心」に我ながら驚き、その驚きを疑問の形で相手に投げかけているのである。これら

三例の「……なになり」が、相手に働きかけ、相手の反応をうかがう問いかけの構文であることは明らかではないだろうか。

ところで、右にあげた諸例のうち、七七一番歌には「露やなになり」とあるが、「……やなになり」の形は珍しくないもので、たとえば『後拾遺集』に見出される「なになり」の用例二首は、いずれも次のように「……やなになり」の形である。

うれしきといふわらはにふみかよはしはべりけるに、こと人にものいはれてほどなく忘られにけりと聞きてつかはしける　源政成

うれしきを忘るる人もあるものをつらきを恋ふる我やなになり　(六三七)

(題しらず)　西宮前左大臣

須磨のあまの浦こぐ舟のあともなく見ぬ人恋ふる我やなになり　(六五二)

このうち六三七番歌は女性に贈った歌で、先の『後撰集』の三首と同様、「なになり」に問いかけの働きを看取することができる。六五二番歌も女性に贈った歌であろうが、仮にそうではなく、独詠歌であったとしても、自嘲を込めた自らへの問いかけと解することができよう。ともあれ、以上とりあげた六首全てが恋歌であることは、「なになり」が他に働きかける傾向の強い言葉であることのあらわれといっていいだろう。

ところで、「……やなになり」の形について、三矢重松『高等日本文法』増訂版(7)には、次のように説かれている。

此等は皆疑問文なるが、連体形にて結ばぬは此の頃よりの一種の語法にて柔なる言様なり。「ヤ何ナリ」は「何ナリヤ」と同じく、「イヅレ勝レリ」は下にヤを添へたると同じ。

このうち「いづれまされり」についての説は、先の『土佐日記』の用例についての萩谷朴氏の説と同様、恣意的な

判断と言わざるをえない。「やなになり」についての説明も、みだりに語順を入れ替えた結果、たまたま語義の相似た形が得られたというまでのことではなかろうか。なお、「柔なる言様」とあるが、実はその反対に、終止形で結ばれる文が強い調子を持っていたことが、この構文に問いかけの働きが生じた一つの要因ではないかと思うが、いかがなものであろうか。

「……やなになり」の「や」は係助詞であり、文末は連体形で結ばれるべきものだが、「なり」と終止形で結ばれているのは、係助詞「や」の規制力が及ばないほど「になり」の形が固定化していたということだろう。つまり「……やなになり」は、「なになり」が係り結びの法則を受け付けないほど強固な慣用句であったことの証拠として取り上げられるべき事例であろう。しかし、時代が下ると「なになり」も格変化を受け入れるようになったらしく、『千載集』の次の歌は、係り結びが成立している例である。

（題しらず）　　　　大宮前太政大臣

またもなくただひとすじに君思ふ恋路にまどふ我やなになる　（六七四）

なお、この一首は歌意からして恋人に贈られた歌のようで、「なになり」の固定性は弱まりつつあっても、問いかけの働きは保たれているようである。

以上、「いづれまされり」と「なになり」の語形が、問いかけの構文であることを述べてきた。そして、これらがいずれも、疑問詞をもつ文が助動詞終止形で結ばれる形であることを改めて確認して、次節へ進みたいと思う。

四

ここで源兼昌の一首「淡路島かよふ千鳥の鳴く声にいく夜ねざめぬ須磨の関守」について改めて考えてみると、

「いく夜」は疑問詞であり、助動詞終止形「ぬ」によって文が結ばれているから、これが問いかけの構文であろうことは容易に推察できるし、そう解釈して不都合な点はないように思う。

同様の例としては、契沖や景樹によって引用されていた藤原清輔の「年へたる宇治の橋守こととはんいく世になりぬ水のみなかみ」（『新古今集』七四三）が、まずあげられる。これは問いかけの相手が第五句ではなく初二句にあらわされている点で、兼昌の歌、あるいは先にあげた『土佐日記』の歌とは異なるが、「こととはん」とあるのだから続く「いく世になりぬ」が問いかけの言葉であることは明白である。また『金葉集』三奏本に太宰大弐長実の作として「住吉の松のしづえを昔よりいくしほ染めつ沖つ白波」（五三二）とあるのは、結びの助動詞が「ぬ」ではなく「つ」である点、右の二例とは異なっているが、構文は基本的に同じで、「沖つ白波」に向かって、昔から松の下枝をいくたび染めたのかと問いかけているのである。このように「いく〈　〉……ぬ」「いく〈　〉……つ」の形もまた、問いかけの構文であることは明らかだろう。なお『大鏡』（道長）に「さても、こののしる無量寿院には、いくたびまゐりて拝みたてまつりたまひつ」[8]とあるのは、世継から繁樹への問いかけの言葉であることが前後の文脈から明らかで、会話文における「いく〈　〉……つ」の用例として貴重である。また『公任集』には「うつぼの涼、仲忠といづれまされり」という、会話文の問いかけの例がある（五三〇番歌詞書）。

ところで、「いく〈　〉」は、先の「なに」「いづれ」とはいささか異なった性格をもつ疑問詞である。すなわち、「いくしほ」「いくぶすび」「いくへ」「いく秋」「いく返り」「いくか」「いくめぐり」等、疑問詞「いく〈　〉」は、数を問うという原義から、数を問わねばわからぬほどの多数、の意が生じた。右にあげた和歌の三例も、数量を問うてはいても、数えきれないくらい多いという答えを予想しての問いかけであることは明らかだろう。また、次にあげる諸例は、数の多さに驚くという意味あいが顕著なものである。

公実卿の家にて対水待月といへることをよめる

夏の夜の月まつほどの手すさみに岩もる清水いくむすびしつ　藤原基俊

（『金葉集』二度本一五四）

「いくむすびしつ」は私のいう問いかけの構文にほかならないが、ではその問いかけの相手は誰かというと、作者自身、より正確に言うなら、この歌の詠作主体（主人公）であると考えざるをえない。すなわち自問であるが、それが自らに回数を問うという形をとりながら、実は回数の多さに驚き、詠嘆していることは明らかだろう。なぜなら、月の出が待ち遠しくてじっとしていることができず、岩漏る清水をいくたび手ですくいあげたことか、というのが一首の大意であるが、月を待つ心の切実さゆえに、その動作を数えきれないくらいくり返してしまったというのが、この歌の本意であるからだ。

（七夕歌とてよみはべりける）　皇太后宮大夫俊成

たなばたのとわたる船のかぢの葉にいく秋かきつ露の玉づさ

（『新古今集』三二〇）

「いく秋かきつ」は自問であるが、実は「露の玉づさ」を書き続けた年月の長さを慨嘆しているのである。なお、これを天上の織女への問いかけと解することは、構文上は可能だが、一首の解釈としては無理であろう。年に一度の逢瀬が約束されており、その日を待ちこがれ、翌朝の別れを惜しむという七夕歌の本意に、実らぬ恋の象徴である「露の玉づさ」は、ふさわしくないからである。

千五百番歌合に、春歌　皇太后宮大夫俊成

いくとせの春に心をつくしきぬあはれと思へみよしのの花

（『新古今集』一〇〇）

これなどは、「いくとせ」を長い年月と解し、上句に問いかけの意味はないものとして一首を理解することは可能だし、それで大意は把握できていると思う。すなわち上句を「長い年月の間、私は春ごとに心を尽くしてきた」と解するのである。しかし、「いくとせ」に本来の疑問詞としての働きが残存しているならば、「どれほど長い年月の間、私は春ごとに気をもんできたことだろうか」と自らに問い、その年月の長さに感嘆するという解釈がなされよう。し、作者俊成の意図がどうであろうと、この解釈こそが「いく〈　〉……ぬ」の構文に本来ふさわしい解釈であるといえよう。

（千五百番歌合に）　左衛門督通光

いくめぐり空行く月もへだてきぬちぎりしなかはよその浮雲　（『新古今集』一二七五）

本居宣長は『詞の玉緒』において、この歌を「いく〈　〉……ぬ」の語形の一例として掲出している。確かにそのようにも解されるが、諸注の多くが、この「いくめぐり」は「空行く月」にかかり、「ぬ」まではその働きが及ばないものとして解釈している。あるいはこの「いくめぐり」には疑問の意味はなく、多数の意をのみあらわしているのかもしれない。するとこれは「いく〈　〉」なる疑問詞が、ついに本来の疑問の意を失った例と考えられよう。

森本元子氏は論文「「いく夜ねざめぬ」考」(9)の中で、次のように述べられた。

「いくよ」という語は、本来疑問の意で、「いくよかへつる」または「いくよへぬらむ」の形で用いられてきた。ところが、平安時代のなかばを過ぎるころから、この「いくよ」にすこしちがった用い方が生じた。この場合の「いくよ」は、あまたの夜の意であり、そこには疑問で下へかかる意は存しない。（「いく」に疑問が全くないわけではないが、五夜とか七夜とかいう代りに、漠然と幾夜と表現しただけのことである）。文体の上にも変化がおこり、この場合は、文末を連体形にする必要はなく、また、推量の「らむ」や「けむ」で結ぶ理由もない。「いくよ……ぬ」「いくよ……つ」という新しい文型がここに発生した。このような、いわば第二次の「いくよ」が、平安時代後期以後、本来の「いくよ」から派生的に生じ、本来の「いくよ」と併行して行なわれるようになった―と私は考えるのである。「あはぢ島」の歌の「いく夜ねざめぬ」も、その一例とみるわけである。

森本氏は「いく夜寝覚めぬ」の「ぬ」を、「ぬる」や「ぬらん」の略とする通説を疑い、これをそのままの形で解釈しようとして考察を加えられた結果、右の結論を得られたのである。私は「いく夜」にあまたの夜の意が生じたという氏の御説には賛意を表したい。しかし「いく夜……ぬ」の形に、ひいては「疑問詞……助動詞終止形」の構文に問いかけの働きを指摘する私見は、「いく夜」から疑問の意を消去して兼昌の歌を解釈しようとする森本氏説とは相容れないのである。

結び

源兼昌の「淡路島かよふ千鳥の鳴く声にいく夜ねざめぬ須磨の関守」から出発し、いくつかの用例をさぐり、「疑問詞……助動詞終止形」の形を問いかけの構文と主張して、再び兼昌の歌へと戻ってきたわけだが、ここで兼昌の歌をいま一首とりあげておきたい。兼昌が「永久百首」の作者の一人であることはよく知られた事実だが、その中の次の一首に注目してみたいのである。

にほてるややばせの渡りする舟をいくそたび見つ瀬田の橋守　（校本番号六〇四）

「いくそたび見つ」は私のいう問いかけの構文にほかならない。実はこの第四句は、『校本永久四年百首和歌とその研究』[10]において底本とされている日本大学総合図書館蔵本には「いくたび見つつ」とあり、これと同系統の書陵部蔵葉室家本を底本とする『新編国歌大観　第四巻』所収「永久百首」においても同様なのだが、『校本』によれば群書類従本ほか計六本に「いくそたび見つ」の本文がある。私はいずれの本文が兼昌の作意であるのかを判断できないが、「いくそたび見つ」の本文によって見れば、この一首が「淡路島……」の歌ときわめて類似した構造をもっていることに興味を抱かざるをえない。「淡路島……」の一首と、永久四年（一一一六）の百首に見える「にほてるや……」の一首との先後関係は不明だが、「いく〈　〉……ぬ」あるいは「いく〈　〉……つ」の構文によって世離れた場所に住む人に問いかけるというパターンを、兼昌は好評に気をよくして再度用いたのではないかと、憶測を加えておきたい。

注

（1）『金葉集』奏覧本（三奏本）にも入る（二七一番歌）。詞書は「関路千鳥といへることを」。
（2）問いかけ説をとる注釈書としては、佐々木信綱『百人一首講義』（明治27年　博文館）があげられる。この書は昭和に至るまで版をかさね、よく流布したが、問いかけ説は注目されなかったようだ。
（3）冷泉家時雨亭文庫蔵枡形本『忠岑集』（冷泉家時雨亭叢書『平安私家集　九』平成14年　朝日新聞社、所収。『私家集大成　中古Ⅰ』に『忠岑集』第四類本として翻刻された書陵部蔵本の親本）による。
（4）陽明叢書国書編第四輯『平安歌合集　上』（昭和50年3月　思文閣出版）所収「論春秋歌合」による。
（5）萩谷朴『土佐日記全注釈』（昭和42年8月　角川書店）二四八ページ。なお、「や」の省略説は、早く義門や鹿持雅澄も説いており、後に引用する三矢重松『高等日本文法』増訂版にも見られる。これらの説について此島正年は論文「露や何なり」（『国学院雑誌』第73巻第11号　昭和47年11月）の中で、「これらの説が純粋に語法的に「や」の省略を考えたのかどうかには疑問があり、むしろ解釈の便宜上「や」を下に置いて見れば通じやすいという程度の説明とすべきかも知れない。語法的に言えば、疑問詞「何」を受けて用いられるのは「か」であって、「や」にはこの用法がないと言われていることが、かなりこれらの説のじゃまになるであろう」とのべている。
（6）小杉商一「「いく夜ねざめぬ」の場合」（『東京外国語大学論集』第36号　昭和61年3月）
（7）三矢重松『高等日本文法』（昭和14年増訂改版　明治書院）六六〇ページ
（8）新編日本古典文学全集『大鏡』三五六ページ
（9）森本元子「「いく夜ねざめぬ」考」（『解釈』21巻1号　昭和50年1月）
（10）橋本不美男・滝沢貞夫『校本永久四年百首和歌とその研究』（昭和53年3月　笠間書院）一四六ページ

第十一章　式子内親王詠の新解釈

一

玉の緒よたえなばたえねながらへば忍ぶることの弱りもぞする

『新古今集』恋歌一に「百首歌の中に忍恋を」という詞書のもとに収められたこの歌は、『百人一首』の中でも特に著名な作のひとつと言ってもいいのではないだろうか。作品としての評価はまちまちだが、「式子内親王の代表作でもあり、『百人一首』中でも屈指の名歌に属する。「忍ぶる恋」の題詠であるが、この歌題こそ、内親王の美しくも追いつづけた恋の姿勢であった」という島津忠夫氏の評は、大方の共感を得ることと思う(1)。

この一首は古くから、作者式子内親王の経歴や人生と重ね合わせて鑑賞されることが多かった。特に近現代の注釈や評論の中で、当歌に看取される自虐的とも言うべき情熱が、内親王の人生を貫く基調として特筆されることが多いようであるが、このような風潮とは一線を画する久保田淳氏の次の鑑賞文は、学術書の中の一節ながら、すぐれて詩的な風韻を備えている。

忍ぶ恋において、忍ぶことが極限に達して、忍びきれなくなりそうだから、いっそ、わが命よ、絶えてしまえという、自らの内なる心への叫びは自虐の極に立つもので、悲痛である。白熱した情念の析出した結晶体という感じがする。これをしかし、作者式子内親王の実人生と短絡させて考えることは、十分警戒すべきであろう。

この激しい忍ぶ恋の情念は、百首歌という観念のるつぼの中において白熱したからこそ、純度の高い結晶体を析出しえたのかもしれないのである(2)。

ここに諸説は止揚されたといっても過言ではなかろう。ところがその後、後藤祥子氏は論文「女流による男歌―式子内親王歌への一視点―(3)」において、『源氏物語』の登場人物柏木の「心意を詩に凝らせ」たのが当歌であるとして、新たな解釈の可能性を示唆された。式子内親王の一首を糸口にして、従来の研究の盲点を指摘して話題となったこの論文は、次のような文章によってしめくくられている。

詩人の心は今、女であることを忘れ、直衣姿の貴公子となって、禁忌の恋に懊悩する。男装の内親王に対するのは、これまた、「やくやもしほ」と身をこがす女装の定家。恋歌の長い歴史の上において、新古今の女流をながめる時、生身の女体を捨象して読むことにすると、案外こうした読みも的外れと言えないのではなかろうか。新勅撰に至れば、女流による男性恋歌はもはや常識であって、中世歌人は誰一人それを奇異とはしなかった。近世以前の百人一首注釈史が、式子の恋の対象を格別詮索せずにすませてきたのは、その辺の基本的了解があったからではないかと思われる。

ここには従来の中世和歌研究の盲点が指摘され、将来の研究の進むべき方向が示唆されていると思うが、当然ながら「玉の緒よ」の一首の注釈史の上でも、これは特筆すべき論考であろう。

このように、「玉の緒よ」の一首については、近年、素朴な伝記的鑑賞の時代に終りを告げるすぐれた研究が相次いで公にされているのであるが、それはこの一首の注解にとどまらず、広く和歌史的な展望のもとに展開されていると言えるだろう。一方、この歌を語彙や技法の面から再検討しようとする試みは管見に入らない。どうやらこの一首の解釈など、とっくに自明のこととされているかのようである。

すなわち、近現代の『百人一首』や『新古今集』の注釈において、当歌については、「玉の緒」とは玉を貫きとめる糸であり、ここでは命を意味すること、「絶え」「ながらへ」「弱り」は「緒」の縁語であること等が指摘され、「我が命よ、絶えるならば絶えてしまえ。もし生きながらえたら、思いをあらわすまいとする力が弱って、恋心があらわれてしまうかもしれないから」といった現代語訳が添えられるのが通例で、これと大きく異なる注解がほとこされることは、皆無と言ってもいいのではないだろうか。

中近世の『百人一首』注釈書においても、『幽斎抄』やそれを受ける『拾穂抄』が「もぞする」を「治定」と説くのに対して賛否両論あるのが、当歌の解釈をめぐるほとんど唯一の論争めいたものであって、わずかなニュアンスの違いを別とすると、異説というべきものはほとんど見当たらない。参考までに、中近世の代表的な『百人一首』注をいくつか引いておこう。

応永抄

心は忍ぶあまり思をおし返し〳〵月日をふるに、かくてもながらへば必しのぶる事もよはりこそせめと思わびて、玉のをよたえなばたえねといへり。あらはればいかなる名もやなど、ふかくしのぶ心也。猶々よはりもぞするの詞おかしくや侍らん。

経厚抄

玉のをは命なり。絶なばたえねとは、恋故、とても絶なば、よしいま絶ねと云心。ながらへゆかば、忍よはりて名もこそたためと云心也。

幽斎抄

百首の歌の中に忍恋の心をとあり。歌の心は、忍びあまる思ひををしかへし〳〵月日をふるに、かくてもながらへば必忍ぶる事のよはりこそせめと思ひわびて、玉のをよ絶なばたえねといへり。堪忍性のある時、命も絶よと也。其故は、忍びよはりて思ひのあらはればいかなる名にかもれんなど、、深く忍ぶ心也。猶よはりもぞするの詞おかしくや侍らん。大かたならば、よはりもやせんとよむべきを、もぞすると治定したる所眼を付べし。心は、ながらへば必名にたゝん事を、おどしつけたる詞なるべし。

三奥抄

忍ぶる恋のならひ、年経て後にはおもひあまりて色にも出るためし、上の等朝臣兼盛が歌等にみえたり。しかれば我おもひも終にはさだめて忍びよはる期有べしとおしはかるゆへに、唯今の内にいのちも絶ばやとはねがふなり。人めをつゝむ心の深きによりてかくのごとし。玉の緒は命なり。それを玉をつなぐ緒によせてながらへばと云、よはりもぞするともつゞけたり。惣じて糸も綱もみじかく用るときはつよく、長くもちゆればよはきものなり。其心こもれり。

宇比麻奈備

瀬々の埋れ木あらはればいかにせんてふごとく、いといたくしのぶとすれど、ながらふるほどに、もし顕れん事おぼつかなし、今の間に命のたえなばたえねと也。しのぶるこゝろことにせち也。たまのをとは、玉をば緒につらぬく物なればいへり。さて人の魂をも、その実の玉に緒あるになぞらへいふ也。

百首異見

いかに我玉の緒よ、とても絶んとならば早くも絶ね、猶かくてながらへなば、必しのびよはりて、つゝむ思ひの世にあらはれもぞすると也。命を玉の緒といへり。玉はたましひ也。

百人一首一夕話

歌の意は、玉の緒とはもと玉をつなぎたるいとの事なり。それを魂の緒と通はして、命の事にいひならはせり。此うたは、わが命がたゆるならばたえよかし、此まゝながらへ居るならば、人めをつつみしのぶ心がもしよわる事もあらんかと案じらるゝ、もし人めをしのぶ心がよわりてうき名が世間へもれたらばかなしからんによりて、といふ心をいひ残したるものなり。玉の緒といふからに、たゆるのながらふるのと、すべて緒に縁のある詞をつゞけたまへるなり。

これら中近世の諸注は全て、秘めた思いが将来あらわれて浮名を流すことへの恐れを読み取っており、それは近代の諸注においても同じと言っていいだろう。一言でいえば「名を惜しむ」というべきこの主題は、もとより「忍恋」題の本意であり、同題で詠作された当歌にふさわしい主題であろうが、初二句の「玉の緒よたえなばたえね」という悲痛な激情に比して、三句以下の名を惜しむ心に、初二句とつりあわない卑小なものを感じるのは、私の個人的な印象にすぎないのであろうか。あるいは近代人の感覚で王朝和歌の世界をのぞきこんだ時に覚える違和感であろうか。

私は本章において、当歌についての従来の説に異をとなえようとするものではない。ただ、右のような印象をどうしても払拭できないために、何とかもう一つの解釈の可能性をさぐってみたいと思うのである。

二

「しのぶることの弱る」という歌句を、「秘めた思いが弱る」と解するのならばともかく、これを「思いをあらわすまいとする力が弱って、秘めた思いがあらわれる」と解する通説は、かなり言葉を補った解釈と言わざるをえないのではないだろうか。

歌句「しのぶること」の用例は多くない。八代集に限れば、当歌を含めてわずかに四例であり、しかもうち一例は次のようなものである。

なき人をしのぶることもいつまでぞけふのあはれはあすの我が身を

『新古今集』哀傷（八一八）のこの一首は、上東門院小少将亡きあと、故人の筆跡を見出した紫式部が、それを加賀少納言に知らせた折の歌「たれか世にながらへて見むかきとめしあとはきえせぬかたみなれども」に対する返歌であり、この「しのぶること」は故人を偲ぶことであって、「忍ぶる恋」の「しのぶ」とは性格の異なるものである。

残るは次の二例である。

思ふには忍ぶることぞまけにける色にはいでじと思ひしものを　（『古今集』恋一・五〇三・よみ人しらず）

思ふには忍ぶることぞまけにけるあふにしかへばさもあらばあれ　（『新古今集』恋三・一一五一・業平）

後者は『伊勢物語』第六十五段から『新古今集』に撰入されたとおぼしき作で、前者と紀友則の作「命やは何ぞは露のあだものをあふにしかへば惜しからなくに」（『古今集』恋二・六一五）とを取り合わせて作られた一首であろうとは、多くの『伊勢物語』注釈書が指摘するところである。

前者、すなわち『古今集』五〇三番歌は、式子内親王の「玉の緒よ」詠において危惧されている事態がまさに現実のものとなっているという点で、注目すべき一首である。上句「思ふには忍ぶることぞまけにける」は、「あの人を思う心には、耐え忍ぼうとする意思が負けてしまった」と解されようが、歌意きわめて明瞭である。内親王の「忍ぶることの弱りもぞする」という表現が、歌意の明瞭さにおいてこれに及ばないのは、「弱り」という一語が選び取られているからに違いない。今こころみに内親王の歌の「弱り」を「負け」に置きかえてみると、次のような一首ができあがる。

玉の緒よたえなばたえねながらへば忍ぶることのまけもこそすれ

『古今集』の「思ふには……」の一首を本歌として右のように詠み据えれば、名を惜しむゆえに、命よ絶えてしまえという歌意が明瞭に表現されるであろう。ところが内親王が選びとったのは「弱り」であった。

「よわる」はごく基本的な動詞のように思われるが、単独での用例は意外に少なく、たとえば『古典対照語い表』（笠間書院）にとりあげられている十四作品の中では、『源氏物語』にのみ十九の用例が見出されるとのことである。なお、それらのほとんどは身体の衰弱を意味している。和歌においても、『八代集総索引・和歌自立語編』（大学堂書店）によれば、『新古今集』にのみ五例見え、うち一例が当歌である。複合語「よわりゆく」三例、「よわりはつ」「なきよわる」「ふきよわる」各一例を加えても、八代集の和歌に「よわる」は計十一例しか見出すことができないのである。

　これら十一例について見ると、うち八例までが虫の音を「よわる」と表現している。次にその八首を列挙しよう。

　風寒み声弱りゆく虫よりも言はで物思ふ我ぞまされる　（『拾遺集』七五一・読人しらず）
　秋風に声弱りゆく鈴虫のつひにはいかがならんとすらん　（『後拾遺集』二七三・匡衡）
　夜をかさね声弱りゆく虫のねに秋のくれぬるほどを知るかな　（『千載集』三三一・公能）
　さりともと思ふ心も虫のねも弱りはてぬる秋の暮かな　（『千載集』三三三・俊成）
　鳴き弱るまがきの虫もとめがたき秋の別れや悲しかるらん　（『千載集』四七八・紫式部）
　きりぎりす夜寒に秋のなるままに弱るか声の遠ざかりゆく　（『新古今集』四七二・西行）
　人は来ず風に木の葉は散りはてて夜な夜な虫は声弱るなり　（『新古今集』五三五・好忠）
　来ぬ人を秋のけしきやふけぬらんうらみに弱る松虫の声　（『新古今集』一三二一・寂蓮）

これらはいずれも、虫の声の弱まりに託して秋の終わりの凋落感を表現した作であるが、「声弱りゆく」「夜をかさね」「声の遠ざかりゆく」「夜な夜な」など、虫の声が時間の経過につれて次第に弱まっていくさまが強調されることが多いのに注意しておきたい。

　残る二例の「弱る」は次の二首である。

竜田山嵐やみねに弱るらん渡らぬ水もにしき絶えけり　（『新古今集』五三〇・宮内卿）
竹の葉に風ふき弱る夕暮のもののあはれは秋としもなし　（『新古今集』一八〇五・宮内卿）

以上のように、歌語「弱る」は自然界の風物、特に虫の声や風について、その勢いが次第に衰えるさまをあらわすことが多いのであるが、このような歌語「弱る」の性質を、内親王の歌にあてはめてみると、どうであろうか。「忍ぶること」が時間の経過につれて次第に衰えるという解釈になろうが、そうなると、「忍ぶること」の意味については、思いを秘めておこうとする力とする通説よりも、秘めた思いそのものと考える方が、むしろふさわしいのではないか。秘めた思いが時間の経過につれて次第に衰え、色あせたものとなってゆく、といった解釈が浮上する余地があるのではないだろうか。

「忍ぶ恋」題の歌にはいくつかのパターンが認められる。「色に出づ」というのはその代表的なものであるが、他には、単にひとしれぬ思いを抱いていると歌うもの、たとえば

谷川の上は木の葉にうづもれて下にながると人しるらめや　（『金葉集』二度本・三六八・実行）

心を伝えたいと願うもの、たとえば

うき身とてさのみはいかがつつむべき言はでくやしきこともこそあれ　（六百番歌合・六一七・顕昭）

数ならぬ身を嘆くもの、たとえば

思ふこと忍ぶにいとどそふものは数ならぬ身の嘆きなりけり　（『千載集』七四一・殷富門院大輔）

などがあるが、死を意識したものとして、次のような例があげられる。

きえねただ忍ぶの山の峰の雲かかる心の跡もなきまで　（『新古今集』一〇九四・雅経）
忍びつつこの世つきなば思ふことこけの下にやともにくちなん　（六百番歌合・六二三・有家）

「忍ぶ恋」題の歌は、これらのパターンの一つによって、あるいは二つ以上のパターンを組み合わせて作られてい

るのであり、「色に出づ」はそのパターンの一つにすぎない。内親王の歌を「色に出づ」と「死」との二つのパターンの組み合わせと解く通説は有力だが、これに拘束されるいわれもない。

内に秘めた白熱した思いも、時がたてば鎮静化し、色あせるであろう。そうなるならいっそ今、命よ絶えてしまえ。式子内親王の絶唱は、このような解釈を許容する一首なのではないだろうか。

三

先に引いた『三奥抄』に、「忍ぶる恋のならひ、年経て後にはおもひあまりて色にも出るためし、上の等朝臣兼盛が歌等にみえたり」とあるのは、参議等の「あさぢふの小野のしのはら忍ぶれどあまりてなどか人の恋しき」と平兼盛の「忍ぶれど色にいでにけりわが恋はものやおもふと人のとふまで」とを、『百人一首』における「色に出づ」の類例としてあげたものだが、これに倣って言えば、心がうつろう前に命よ絶えてしまえと歌う例として、儀同三司母の「わすれじの行く末まではかたければ今日をかぎりの命ともがな」をあげることができる。ただし、これは幸福の絶頂において男の心変わりを恐れる歌であるが、私の別解による式子内親王の歌は、とげることのできない思いの頂点で、将来における自らの心のうつろいを、諦念のうちに予想しているのである。

ところで、私がたどりついたこの解釈は、当歌の注釈史の上にあらわれはしなかっただろうか。管見の及ぶ限りでは、それを明言した文献は見当たらない。ただ一つ気になるのは、東海大学付属図書館蔵『自讃歌注』(4)に見える、当歌についての次のような記述である。

此歌は忍恋の題也。玉のをとは命なれども、たゞこゝにては琴に取なしてよめり。おもひあまりいでにし玉のあるならむ夜ぶかく見えば玉むすびせよ、是を本歌にとれり。ことゝ云は秀句也。玉はほめたるこゝろなり。

ここに述べられているのは、第四句「忍ぶることの」の「こと」は「琴」との掛詞であり、命を意味する言葉として「玉の緒」が選び取られたのは、「琴」の縁語としてであるという主張である。なお「おもひあまり……」は『伊勢物語』第百十段の歌であるが、これを「本歌」としているのは、「玉」を命の意で用いた先行例の指摘という程度のことで、この注釈書には同様の「本歌」の例がいくつも見られる。

さて、形式名詞「事」と楽器の「琴」の掛詞（秀句）は、例のないことではない。たとえば『後拾遺集』の例。

女のもとにまかりたりけるに、あづまをさしいでて侍ければ　　大江匡衡朝臣

あふさかの関のあなたもまだ見ねばあづまのことも知られざりけり（雑二・九三七）

この詞書にいう「あづま」は和琴の意、歌の「あづまのこと」には「東国の事」と「あづまの琴」の意が掛けられている。これは当意即妙の機智的表現で、まだ熟した掛詞とはいえないかもしれないが、この歌をふまえた次の例はどうであろうか。

あふさかの関をばこえし身なれどもしらべも知らぬあづまごとかな（為忠家初度百首・題和琴・仲正）

これは匡衡の歌を本歌とする作で、このころ匡衡歌が人々に記憶され、「あづまのこと」という秀句が市民権を得ていたことがうかがい知れよう。

『式子内親王集』所収の第二の百首歌に

河舟のうきてすぎゆく波の上にあづまのことぞ知られなれぬる（一九二）

の一首がある。この「あづまのこと」は、右の匡衡歌以来の伝統を継承する歌句であるといえよう。ところで、「あづまの琴」（和琴）が歌語として、この一首の中でどのような意味を担っているのかを知るためには、同じ『式子内親王集』所収の「前斎院御百首」の中の、次の一首が参考になる。

伝へ聞く袖さへぬれぬ波の上夜深くすみし四つの緒の声　　（九二）

「四つの緒」とは琵琶のことで、これは『白氏文集』の「琵琶行」の世界を歌った作である。一方「河舟の……」における和琴は日本の楽器であるが、この二首は「波の上」と弦楽器との結合という点で共通している。白楽天の「琵琶行」において、琵琶をかなでるのは商人の妻であったが、それとは対照的に、内親王の歌の中で和琴をかなでるのは誰か。奥野陽子氏が『式子内親王集全釈』(5)の中で、速水淳子氏の論考(6)に拠りつつ主張されるように、それは遊女であろう。遊女が弾奏する和琴の調べこそ、この一首の主要なモチーフなのである。

以上、「事」と「琴」との掛詞をたどってきたのであるが、前記『自讃歌注』がのべるように、それは「玉の緒よ」詠においても成立するものなのであろうか。ここに「事」と「琴」との掛詞が成立しているならば、必ずやそれにかかわる縁語が一首の中に存在するはずである。

そこで思い当たるのは、後水尾天皇の百人一首講釈の中の文言で、『百人一首注釈書叢刊6　後水尾天皇百人一首抄』によれば、当歌について〈御抄〉に

後十抄云、三、玉ノ緒色々ニアリ。緒ノ事ニモ用ル。又琴ノ事ニモ読事アリ。是ハ命也。

とある。『後十抄』は後十輪院中院通村の注釈、「三」は三光院であるから、これは『後十抄』所引三条西実枝説の紹介である。ここに「玉の緒」について「琴ノ事ニモ読事アリ」とされているのに注目したい。同じ説は〈聞書〉にも

さて、玉のをといふには種々の義がある。命の事にもいふ。玉といふはうつくしき事にいふ。又ことのをの事にも玉のをという。

と見える。また『百人一首注釈書叢刊2』に収められている京都大学中院文庫本『百人一首聞書』の当歌注付箋に

三、玉のを色〳〵ニアリ。緒ノ事にも用ル。又琴ノ事にも読事あり。これは命なり。

とあって、ここにも三光院説が紹介されているのである。琴の緒によせて「玉の緒」と詠まれた歌としては、たとえば次のような例がある。

玉の緒はたえしもせぬをひく人もなきことをのみもたる身ぞうき　（永久百首・六四・題琴・忠房）

ここでは「玉の緒」には命の意と琴の緒の意が掛けられ、「こと」に「事」と「琴」とが掛けられている。このように、「玉の緒」が琴の緒によせて詠まれる例は確かに存在するので、その限りでは三光院説は正しいと言えるが、結局のところ、「玉の緒」は命の意とされているのである。当面の解釈にかかわりのない知識をも次々と披露するのは古注釈（講釈）の通例であるから、これも何ら異とするにたりないが、実枝、通村、後水尾院が当歌の講釈において、琴の緒説を語り伝えた背景に、「しのぶる事」と「琴」の掛詞、及び「琴」と「玉の緒」との縁語関係を指摘しようとしながら、それに踏み切れなかったといういきさつを見て取ることはできないであろうか。これら三条西家流の注釈と、東海大学付属図書館蔵『自讃歌注』とは、ほとんどかかわりはないであろうが、それだけにかえって、中世古注釈の世界において立場を異にする人々が、当歌の解釈に琴のイメージを付与しようとする誘惑にかられることがあったと言えるのではないだろうか。

仮に「琴」との掛詞を認めるならば、この一首に次のような、もう一つの意味のつながりが形成されるであろう。

ここに一面の琴がある。
きびしく調律された琴の緒は、一撃を加えたとたん、絶えてしまいそうにはりつめている。
それならいっそ絶えてしまうがいい。
このまま月日が経過すれば、はりつめた緒は弛緩し、その音色は聴くに耐えなくなってしまうだろうから。

このような「琴」をめぐる文脈が、一首の背景に形成されれば、当歌の解釈は従来の通説より、私が本章で提唱したもう一つの解釈、時と共に恋心が弱まり色あせるのを厭う、という解釈の方が、ふさわしいと言えるのではないだろうか。言いかえれば、私が提唱した解釈は、さらに「事」と「琴」との掛詞を想定することによって、秘められた恋心を象徴する一面の調律された琴、という甘美なイメージを喚起することができるのである。

注

（1）島津忠夫訳注『新版百人一首』（平成11年11月　角川ソフィア文庫）
（2）久保田淳『新古今和歌集全評釈　第五巻』（昭和52年4月　講談社）
（3）後藤祥子「女流による男歌―式子内親王歌への一視点―」（関根慶子博士頌賀会編『平安文学論集』平成4年10月　風間書房）
（4）王淑英『自讃歌古注総覧』（平成7年9月　東海大学出版会）五二ページ
（5）奥野陽子『式子内親王集全釈』（平成13年10月　風間書房）三六七ページ
（6）速水淳子「式子内親王A・B百首雑部の構成」（『和歌文学研究』第74号　平成9年6月）

第十二章　歌枕「松帆の浦」をめぐって

一

本章では、藤原定家が自作の中から『百人一首』及び『百人秀歌』に選んだ「こぬ人を松帆の浦の夕なぎにやくやもしほの身もこがれつつ」の一首を中心に、歌枕「松帆の浦」の発生と展開について考察したい。
この歌は『新勅撰和歌集』巻第十三恋歌三に、次のように前の歌の詞書を受けつぐ形で収められている。

建保六年内裏歌合、恋歌　　前内大臣
まつしまやわが身のかたにやくしほのけぶりのすゑをとふ人もがな　（八四八）
権中納言定家
こぬ人をまつほのうらの夕なぎにやくやもしほの身もこがれつつ　（八四九）

前内大臣は源通光で、歌合の折には権大納言であった。ところで、この「建保六年」というのは誤りで、正しくは建保四年（一二一六）閏六月九日の「内裏百番歌合」であることは、すでに指摘されている通りであるが、それはこの部分のみの誤りなのではなく、『新勅撰集』所収のこの歌合の歌の詞書十三例は全て「建保六年内裏歌合」云々とされている。一方『拾遺愚草』では、「こぬ人を」詠は正しく「建保四年閏六月内裏歌合」として収められている。

さて、この建保四年の「内裏百番歌合」において、定家の作は全て順徳院の作と合わせせられた。従って、当然ながら定家の負けが目立ち、勝二、負五、持三であるが、「こぬ人を」の一首は勝っている。その部分を引用しよう。

九十一番　左　　御製

よる浪のおよばぬうらの玉松のねにあらはれぬ色ぞつれなき　（一八一）

右勝　　定家

こぬ人をまつほのうらの夕なぎにやくやもしほの身もこがれつつ　（一八二）

およばぬうらの玉松、およびがたくありがたく侍るよし右方申し侍りしを、つねにみなれ侍らぬまつほのうらに、勝の字を付けられ侍りにし、何故ともみえ侍らず。

この歌合は衆議判で、二日後の閏六月十一日に、定家が判詞を書き上げて奉ったのであることが、群書類従本「内裏百番歌合」の行能奥書や『順徳院御記』によって知られる。判詞にいう「およばぬうらの玉松、およびがたくありがたくはべる」とは、左方の歌をたたえる右方の人々の発言で、あっさり御製の勝ちを認めているのであり、また定家は「まつほのうら」が耳遠い地名で、それが右歌の欠点とされかねないことを認識していたようである。悪くすると、奇をてらった詠みぶりとして指弾される恐れすら、なきにしもあらずだろう。それにもかかわらず、右歌を院が勝ちとしたことの意外性について、定家はあえて「何故ともみえ侍らず」とのべて、礼儀正しく驚きを表明している。衆議判とは言っても、おそらく院の意向は絶対であり、院は定家との結番において、可能な限り自作が正当に判定されることを望んでいたようである。そのことは、たとえば当歌合の一番判詞に、院が自作について「其の難の由申すべく、頻りに仰せらる」とあること、また、人々も定家も一番左の御製を口を極めて賞賛したにもかかわらず、「別して勅定に依りて、持の字をかかれ侍りき」と、一番左勝ちの故実に反してまで、自作を勝ちとはしなかったことからも明らかであろう。

「つねにみみなれ侍らぬまつほのうら」とは、この地名が『万葉集』巻六所収の笠金村の長歌に詠み込まれて以来、長きにわたって和歌に詠まれることがなかった事実を認めた文言である。定家がその金村歌を本歌としてこの目新しい地名をあえて採用したのは、新たな歌枕の創出をも歌壇の第一人者の責務と認識し、かねてからこの地名に注目しつつ、ここぞという機会をうかがっていたのでもあろうか。院もそのような定家の意図を察知し、この歌を好意的に受け入れたものかと思われる。前年（建保三年）十月二十四日ごろの「内裏名所百首」をひとつの頂点として盛り上がった歌枕への関心が、当然ながらその背景をなしていよう。

唐沢正美氏は、建保元年及び二年の内裏歌壇における三つの和歌活動、すなわち「建保元年八月十二日名所題恋十首歌合」「建保二年九月八日名所撰歌合」「建保二年九月尽日難題和歌」について考察を加え、「内裏名所百首」に先立つこの時期、順徳天皇や近臣たちの間で名所和歌に対する関心が高まりつつあり、新奇な名所を発掘しようとする傾向が見て取れること、また、『万葉集』に見られる地名が多く取り上げられる傾向があることを指摘された(1)。建保四年の「内裏百番歌合」において定家が『万葉集』歌を本歌として「松帆の浦」を自作に詠み込み、のちに院がその「松帆の浦」を『八雲御抄』名所部に取り上げたのは、いずれも建保初年以来の、名所和歌や『万葉集』の地名に対する関心の高まりの延長線上にある事実としてとらえることができよう。「まつほのうら」詠が、『万葉集』に関する知識の一端を披瀝するために詠まれた一回的な作というよりは、歌壇史的な流れの中に位置づけることが可能な詠作であることは確かだと思うのである。「つねにみみなれ侍らぬまつほのうらに、勝の字を付けられ侍りにし、何故ともみえ侍らず」とは、自らの詠作意図に理解を示してくれた院への感謝のメッセージにほかなるまい。

それでは次に、建保四年（一二一六）をさかのぼること四九〇年、神亀三年（七二六）に詠まれた笠金村の作をとりあげて、ひととおりの検討を加えておきたい。

二

『万葉集』巻六所収の笠金村の長歌（九三五）を、反歌二首（九三六・九三七）をもふくめて、伊藤博氏の『万葉集釈注　第三巻』の訓読に従い、表記を一部改めて引用する。

三年丙寅の秋の九月十五日に、播磨の国の印南野に幸す時に、笠朝臣金村が作る歌一首　併せて短歌

名寸隅《なきすみ》の　舟瀬ゆ見ゆる　淡路島　松帆の浦に　朝なぎに　玉藻刈りつつ　夕なぎに　藻塩焼きつつ　海人《あま》をとめ　ありとは聞けど　見に行かむ　よしのなければ　ますらをの　心はなしに　たわや女の　思ひたわみてたもとほり　あれはぞ恋ふる　舟楫をなみ

反歌二首

玉藻刈る海人をとめども見に行かむ舟楫もがも波高くとも

行き廻り見とも飽かめや名寸隅の舟瀬の浜にしきる白波

まずこの詠歌についての基本的なことがらについて述べておこう。聖武天皇の印南野行幸は、『続日本紀』によれば神亀三年十月七日出発、同二十九日帰京とされている。伊藤博氏『釈注』には「九月十五日は行幸の詔の発せられた日か」とある。「名寸隅」はのちの魚住の泊の地で、現在の兵庫県明石市西部の大久保町江井が島漁港あたりかとされている（吉田東伍『大日本地名辞書』昭和57年　冨山房、犬養孝『万葉の旅　下巻』昭和39年　社会思想社）。「松帆の浦」は淡路島の北端一帯の海岸で、岩屋港からは西北にあたる。江井が島の海岸から見ると、対岸にあた

る松帆の浦は、まさに一望のもとに視野に収めることができるのである。

次に「藻塩焼き」について一言しておきたい。たとえば『広辞苑』（第六版）の「もしお」の項には「海草に潮水を注ぎかけて塩分を多く含ませ、これを焼いて水に溶かし、その上澄みを釜で煮つめて製した塩。（以下略）」という説明がなされており、他の国語辞典や古語辞典にもこれと大同小異の説明がなされている。しかし、「海草に潮水を注ぎかけ」ても、潮水のほとんどはしたたり落ちてしまって、海草に「塩分を多く含ませ」ることなどできるはずはないから、その海草を「焼いて水に溶かし」たところで、濃い塩水（鹹水）が得られるべくもない。少しでも具体的に物事を考えれば、このような説明が非現実的であることは明らかであろう。

海草を利用して鹹水を得るには、次のような方法しか考えられない。まず炎天下、大量の海草（藻塩草）を積みあげ、その上から潮水を注ぐ（歌語「藻塩垂る」に相当する作業）。すると、潮水が海草を伝って時間をかけてしたたり落ちる間に、太陽熱や浜風によって水分が蒸発し、塩分濃度の高い潮水が得られる。さらに塩分を濃くするために、同じ潮水をくり返し藻塩草に注ぎかけることもあったかもしれない。こうして得られた鹹水を、塩釜あるいは製塩土器に満たし、加熱して荒塩を得たのである（歌語「藻塩焼く」に相当する作業）。潮水そのままよりも、鹹水を作って加熱するほうが効率的であることは言うまでもないことで、平安期に入り、砂を利用して鹹水を得る方法が開発されるまで、藻塩焼き製塩法は広く行われていたようである。

この製塩法についての、現代の辞書や注釈書に見られるような誤った理解は、「藻塩焼く」を海草（藻）そのものを焼くの意と誤解したところから生じたものと思われる。『色葉和難集』巻十の「もしほ」の項に、「もしほとは、藻といふ海の中にある草の塩のしみたるに、猶うしほ汲みかけ汲みかけして干つけて、それを焼きてその灰をたるるなり。是を藻塩たるとも焼くとも云なり」（『日本歌学大系　別巻二』五九三ページ）とあるのが、諸書に見られる誤解の早い例である。また一部には、海草を燃料として塩を焼くという誤解もあったようだ（顕昭が『拾遺抄注』

において明快に否定している）。なお、中世の歌人たちがこのような認識のもとに作歌していたのだとすると、その和歌における「藻塩焼く」の解釈は、作者の認識に従ってなされるべきであろう。しかし、古代の藻塩焼き製塩法の実態がこのようなものであったと解説するのは明らかに誤りである。なお、「藻塩」の語義とその解釈史についての詳細は、本書第三部所収「歌語「もしほ」考」を参照されたい。

ところで、金村の長歌に、「朝なぎに　玉藻刈りつつ　夕なぎに　藻塩焼きつつ」とあるのは、単に朝夕の労働を並べて対句となしただけではなく、朝刈り取った海草を用いて日中の陽光のもとで鹹水を作り、夕方それを煮つめて塩を作るという、一日の製塩の工程をあらわしているのではないかとも考えられる。金村がこの歌を詠じた当時は、実際に藻塩焼き製塩法が行われていたのであろうから、そのおおよその工程は、製塩に携わっていない人々にも知られていたのだろう。一方、この製塩法が行われなくなった平安時代以後は、その実態を実地に確かめることができないのであるから、「藻塩焼く」という言葉から、海草を焼くという荒唐無稽な説が着想されたのも、無理からぬところといえよう。

三

聖武天皇は印南野行幸の前年、神亀二年十月には難波宮に行幸し、笠金村、車持千年、山部赤人の三人が従駕の歌を奉った（巻六・九二八～九三四）。その折の金村の長歌の第二反歌（九三〇）は「海人をとめ棚なし小舟漕ぎ出らし旅の宿りに楫の音聞こゆ」というものだが、ここでは「漕ぎ出らし」と歌っていて、金村が「海人をとめ」の姿を見ていないようなのは、松帆の浦の「海人をとめ」について、「ありとは聞けど」と歌っていて、その姿を実見していないのと同様である。金村の詠歌における「海人をとめ」について、清原和義氏は『萬葉集の風土的研究』(2)の中で次のようにのべておられる。

神亀二年難波行幸讃歌の場の景物を規定してしまったともいいうる笠金村の第二反歌に見る「海人娘子」の表現については「神亀三年丙寅の秋九月十五日に、播磨国の印南野に幸す時」の金村の歌にも繰り返されるところである。(九三五、九三六、九三七番歌引用略)難波の海の海人娘子を歌った約一年の後、金村は印南明石にかけての海岸でやはり海人娘子を歌っている。玉藻刈り塩焼く煙は海辺の常の景であろうけれど、それが海人娘子の業であろうと想定するところに金村の海がある。浜辺に打ち寄せる白波に尽きぬ興味を示すのは常であろうけれど、人工の波止である名寸隅の舟瀬に寄せる白波に興味を抱き、その対岸に海人娘子を想定するところに金村の世界がある。(中略)金村は、制作年代は不明であるが或は天平年間の初期の頃の作と推定される角鹿の津での作(三―三六六)に於ても「……ますらをの手結が浦に海人娘子塩焼く煙……」と表現し、塩焼く煙の彼方に海人娘子を想定して、変わらぬ海浜風景に於ける海人娘子への興味を持続させている。清水克彦氏の指摘されるように、金村歌う海辺の歌は計八首(長歌三首、反歌五首)あり、そのうち実に四首に海人娘子が歌われていることは注目すべきことであり、しかもそれぞれの長歌の舞台―難波・印南・角鹿―となった海辺の海人娘子が必ず歌われているということは、それが金村の海の特性を示しているようにも思われる。

清原氏はこのように述べた上で、「笠金村個人の心の変化の分析という立場とは離れて、行幸の地に於ける、ある集団の場に於ける歌という点から」考察を進められ、「まさに金村は時代の要請に即応した詠歌の場を作りあげる座の歌人であった」と結論づけられたのである。

清原氏の言われるように、行幸先の詠歌の場において金村が、その場では目にすることができない「海人をとめ」の姿を歌に詠み、座を盛り上げたのであるならば、「海人をとめ」への関心は、金村個人に限らず、その場に居合わせた宮廷人によって共有されていたにちがいない。梶川信行氏も金村の行幸歌について、「行幸先での座興」

「当意即妙に演じられた芸としての歌」と位置づけておられる(3)。当時の宮廷人たちは、つね日ごろ奈良の都において、遠い異郷ともいうべき海岸地域で立ち働く「海人をとめ」の姿を想像に描き、行幸先の海岸においては、「海人をとめ」の存在を身近に感じることによって、期待は頂点に達していたという次第なのであろう。海人娘子を実見した感激は、「これやこの名におふ鳴門のうづしほの玉藻刈るといふ海人娘子ども」（巻十五・三六三八）などに如実に表現されている。肌もあらわに立ち働く健康的な海人娘子の姿が、都から来た官人たちの目にいかにまぶしく映ったかは想像に難くない。

このような「海人をとめ」に対する関心は、奈良の都と同じく内陸に位置する平安の都の宮廷人にも受け継がれたにちがいない。『伊勢物語』の第八十七段に、「むかし、男、津の国、菟原の郡、芦屋の里に、しるよしして、行きて住みけり。むかしの歌に、芦の屋の灘の塩焼きいとまなみ黄楊《つげ》の小櫛もささず来にけり、とよみけるぞ、この里をよみける。ここをなむ、芦屋の灘とはいひける」とあるのは、芦屋の里を都人に紹介するのに、塩焼きに従事するその里の海人娘子を詠じた古歌をもってしているのである。この一節は、平安期においても、都人の関心を海に引きつけるにあたって、海人娘子の映像が有効であったことを物語っているといえよう。

四

『伊勢物語』第八十七段では、いま取り上げた冒頭部に続いて、主人公と兄、友人たちが、滞在中の芦屋の里から布引の滝を見物に出かける場面が展開するのであるが、その部分は省略し、一行が帰途につくところからを引用しよう。

帰り来る道遠くて、うせにし宮内卿もちよしが家の前来るに、日暮れぬ。宿りの方を見やれば、海人の漁火《いさりび》多

く見ゆるに、かのあるじの男、よむ
　晴るる夜の星か河辺の螢かもわが住むかたの海人のたく火か
とよみて、家に帰り来ぬ。その夜、南の風吹きて、浪いと高し。つとめて、その家の女《め》の子どもいでて、浮き海松《みる》の浪に寄せられたるひろひて、家のうちに持て来ぬ。女方より、その海松を高坏にもりて、柏をおほひていだしたる、柏に書けり。
　わたつうみのかざしにさすといはふ藻も君がためにはをしまざりけり
ゐなか人の歌にては、あまれりや、たらずや。

ここには、海人の生業に対する都人たちの関心がよくあらわされている。「その家の女の子ども」は海人娘子そのものとはいえないが、浜辺での少女たちの海草拾いの情景には、玉藻刈る海人娘子の映像が揺曳しているといってよかろう。

　ところで、この段に描かれた芦屋の里の情景は、新古今時代、またそれに続く時代の歌人たちを強く魅了したようである。『新古今集』巻十七雑歌中には、当段の歌が次のような形で収められているのを見ることができる。

（題しらず）　在原業平朝臣
あしのやのなだのしほやきいとまなみつげのをぐしもささずきにけり　（一五九〇）
はるる夜の星か河辺の螢かも我がすむかたにあまのたく火か　（一五九一）

この二首が業平の作とされているのは、当時の『伊勢物語』享受の実態からして当然のことである。この二首を並べ収めたところに、『新古今集』撰者たちの、第八十七段に対する愛着の一端を見て取ることができるだろう。ちなみにこの二首には、四人の撰者注記が付されており、また隠岐本でも削除されなかった。

　実作への影響としては、『新古今集』巻三夏に「いさり火の昔の光ほの見えて芦屋の里にとぶ螢かな」（二五五）

という藤原良経の作があるのをまずあげることができよう。「最勝四天王院障子和歌」においては、その四十六の名所の中に芦屋の里が選ばれたこと自体、『伊勢物語』第八十七段の影響と見てよかろうが、次のように、十人の作のうち実に五首までが、当段をふまえて詠まれているのである。

ほたるとぶあしやの里にあまのたくひと夜もはれぬ五月雨の空　（後鳥羽院）
もしほやくあしやのあまのうきねだに浪にしをれてとぶ螢かな　（源通光）
いさり火のかげより外にゆく螢まがふあしやの里のしるべに　（俊成卿女）
暮れぬとはつげの小櫛をささずとも芦屋の里に螢とぶなり　（藤原有家）
いさり火にまがはぬいろの螢かなあしやの里の五月雨のころ　（源具親）

建保三年の「内裏名所百首」では、「芦屋の里」題十二首のうち次の六首に、多かれ少なかれ当段の影響が見てとれる。

あしのやのなだの塩やのあまの戸ををし明けがたぞ春はさびしき　（順徳院）
あしのやのなだの塩屋のうす霞まがふ煙を春や分くらん　（行意）
葦のやのわがすむ方の遅桜ほのかにかすむ帰るさの空　（藤原定家）
夜はに残るあまのいさり火ほのかなる葦やの里の春のしののめ　（藤原家衡）
春の夜のやみにもかよふ螢かなあしやの里のあまの焼く火に　（藤原家隆）
あしのやのなだの塩屋にたつ煙里分く春の夕霞かな　（藤原忠定）

さらに『拾遺愚草』『拾遺愚草員外』には次のような作が見出される。

ほのぼのとわが住む方は霧こめて芦屋の里に秋風ぞふく
芦の屋に螢やまがふ海人やたく思ひも恋も夜はもえつつ

このごろは南の風に浮き海松のよるよる涼し芦の屋の里

これらを一読して感じられるのは、美的形象化が著しいことである。『伊勢物語』第八十七段の歌「芦の屋の灘の塩焼きいとまなみ黄楊の小櫛もささず来にけり」に詠まれているのは、塩焼きの激しい労働に従事し、夜は身繕いの余裕もなく恋人のもとに駆けつける海人娘子の姿であった。『万葉集』に見られる開放的で健康的な海人娘子像の継承といえよう。ところが、これらの歌においては「芦の屋の灘の塩屋」で立ち働いているはずの海人娘子の姿は「あしやの里の海人の焼く火に」とはなはだ具象性に欠け、また「浮き寝（憂き寝）」すると詠まれるなど、きわめて優美である。また「もしほやく」の句は海人に掛かる枕詞のごとくであって、塩焼きの労働の実態を喚起しない。一方、第八十七段では海人の漁火にかかわって点綴されたにすぎない「螢」が、芦屋の里の代表的な景物としてクローズアップされている。

定家、及びその同時代の歌人たちにおける、『伊勢物語』第八十七段への愛着と美的形象化について見てきたのであるが、奈良時代以来、都人たちが抱きつづけてきた海浜地域へのあこがれと海人娘子に寄せる熱烈な関心が、この時代にも形を変えつつ持続していたことが知られる。海人娘子については、かつて希求された開放的で健康的な娘子像から、優美艶麗な娘子像へと変化しているのである。

五

「こぬ人を松帆の浦の夕なぎにやくやもしほの身もこがれつつ」の一首が、順徳天皇の内裏歌壇における、新たな名所の探求や『万葉集』の地名への関心という、時流に投じた作品であることを先にのべたが、まさにそれが定家の意図するところであったとしても、これが定家の自讃歌であるからには、金村の歌や「松帆の浦」に対する強い執心があってこその詠作だったと見てよいだろう。その執心は何に由来するものなのかを考える時、定家やその同時代人が愛着した『伊勢物語』第八十七段が、「松帆の浦」への橋渡しを果たしているのではないかと思うのである。

芦屋の里の海人娘子のイメージが、一日の労働を終えて恋人のもとへ急ぐ積極果敢な娘子から、平安人士の好みにあった優美艶麗な娘子へと変化した時、先に『拾遺愚草』から引いた「芦の屋に螢やまがふ海人やたく思ひも恋も夜はもえつつ」のごときが詠まれることになるのは理解できよう。これは建保三年（一二一五）九月十三日の「内大臣家百首」の中の一首で、「こぬ人を」詠に先立つこと一年足らずである。「海人やたく」は『伊勢物語』第八十七段の歌の「わが住むかたの海人のたく火か」に拠っているから漁火であり、藻塩焼きのイメージではないが、「思ひも恋も夜はもえつつ」とは海人娘子の恋心であり、しかも恋の成就ではなく恋人を待つ思いの表現であることは、王朝和歌の伝統に照らして自明であるといえよう。

こうして恋人を待つ海人娘子というテーマが出来上がれば、「こぬ人を待つ」「松帆の浦」という連想が『万葉集』に精通した定家の脳裏に浮かんだのは自然なりゆきと言えよう。そのころ特に注目されていたとも思われない金村の長歌を本歌として定家が一首をものしたのは、『伊勢物語』第八十七段に触発されて着想した、恋人を待つ海人娘子というテーマを作品化するためであった。そのために、これはおあつらえむきの本歌であり、しかも創作された一首は、当時の歌壇の好尚に投じたのである。定家にとって、これは会心の一首であったろう。

六

「こぬ人を」詠が会心の一首であったのならば、定家がこれを自らの代表作として、『百人一首』や『百人秀歌』

に採用したのは当然のことといえよう。ただし、すでに先学も指摘しておられるように、『百人一首』の撰歌にあたっては、単にそれぞれの歌人の代表作を選ぶというだけではなく、さまざまな要因が輻輳しているらしいことを考慮する時、定家自らの作についても、あるいは、定家自らの作であるからなおさらのこと、自讃歌であったという理由だけでは説明しきれない部分を想定し、考察を加えておく必要があるだろう。

私は「百人一首の巻頭歌と巻末歌の意義」（本書第一部所収）において、『百人一首』に採られている後鳥羽院と順徳院の歌について、次のように論じた。すなわち、後鳥羽院の作は建暦二年（一二一二）に詠まれた述懐歌、順徳院の歌は建保四年（一二一六）七、八月のころの作で（定家の「こぬ人を」が詠まれた「内裏百番歌合」の直後）、いずれも承久の変（一二二一）を何年もさかのぼる。鎌倉方との全面対決と朝廷方の軍事的完敗という事態が数年先に待っていようとは、だれ一人夢想だにしていなかったであろう時点での詠作なのである。これらの作については、鎌倉幕府の専横に対する憤りの歌であるとか、王道の衰微を嘆く歌であるとかの解釈が古来なされているが、それは定家の『百人一首』構成意図にかなった解釈であって、いずれも承久の変以後の政治状況の中で特に強く意識されるようになったであろう王道の衰微と幕府の専横を、両院がかねて慨嘆した作として、本来の作意を逸脱しつつ『百人一首』の巻末に屹立させられているのではないかと考えたのである。

このように、承久の変以後の政治状況が、『百人一首』巻末の二首に反映しているとするなら、定家の作についても同様の考え方はできないであろうか。後鳥羽、順徳両院の還京案が朝廷方から申請され、それが幕府によって拒否された（『明月記』文暦二年五月十四日条）というのは、あくまでも政治的なレベルの動きであるが、一方、かつて両院の恩顧をうけた人々が、両院に同情し、その帰還を願うというのは、自然な感情として底流していたにちがいない。定家においては、後鳥羽院に対する感情は複雑なものがあろうが、帰還を願う気持ちは持ち続けていたであろう。『明月記』に幕府による還京案拒否の情報を記した後、「賢者之所案、向後尤不便」と個人的な感慨を記しているところにもその思いは見て取れる。

「こぬ人」は隠岐におわす後鳥羽院、「こぬ人をまつ」のは定家。淡路島北端の松帆の浦に立てば、瀬戸内海を東上する船影をいちはやく視野に収めることができるであろう。身を焼く思いで定家は院の船を待ち続ける。一方、後鳥羽院の「人もをし人もうらめしあぢきなく世をおもふゆゑにものおもふ身は」の一首は、賀茂真淵の『宇比麻奈備』によれば、『源氏物語』須磨の巻の「かかるをりは人わろくうらめしき人多く、世の中はあぢきなきものかなとのみ、よろづにつけておぼす」という、光源氏の心内語をふまえた物語取りの一首であったということだが、(4)この説はおそらく正しい。定家が院のこの歌を『百人一首』に収めたのは、光源氏のごとき京都帰還を院の将来に期待する思いをもこめてのことであったかもしれない。あたかも松帆の浦は、京に向けて光源氏が旅立った明石の地に限りなく近い。

定家の心情をこのように忖度することができるならば、『百人一首』の定家詠と後鳥羽院詠は、院の帰還を祈念するというテーマで結ばれることとなる。もちろんこれは『百人一首』という作品にこめられた定家の思いであって、「こぬ人を」詠が恋人を待つ海人娘子の心をうたった一首であることにいささかの疑いもさしはさむものではない。

七

定家にとって会心の一首であったろう「こぬ人を」詠であるが、そののち定家が「松帆の浦」を歌に詠んでいないようなのは、二番煎じとの批判を危惧したからでもあろうか。一方、定家の息為家は、建保四年から七年後の貞応二年（一二二三）八月、「為家千首」の中に次の一首を詠んだ。

淡路島松帆の浦に焼く塩のからくも人を恋ふるころかな

金村の長歌から「淡路島　松帆の浦に」の二句を取って本歌としているように見えながら、父の作の悲恋のテーマを忠実に継承した一首である。よく知られているように「為家千首」は、為家が二十五歳にして歌道に精進し家業を継承することを決意した、彼の生涯における記念すべき作品であった。その中に、七年前父が評判をとった「松帆の浦」を早速詠み込んでいるのは、父に学び家業を継ぐ決意の表明ともうけとれよう。

為家の長男為氏は、文永二年（一二六五）七月七日の「白河殿七百首」に次の歌を出詠している。

波の上にいるまでは見む淡路島松帆の浦の秋の夜の月

為氏が「松帆の浦」を、父や弟（為教）も参加している晴の歌会での出詠歌に詠み込んだのは、祖父や父にとって特別な思いのこめられたこの歌枕を自らも詠ずることによって、御子左家の後継者たる立場を鮮明にしたものでもあろうか。ただし、この歌は恋歌ではないし、「海人娘子」も「藻塩焼き」も詠まれていない。祖父の「こぬ人を」詠の呪縛から「松帆の浦」を解放し、一個の歌枕として叙景歌に詠み込んでみようとの意図も一方にはあったのかもしれない。『親清四女集』の次の一首にも、そのような意図が感じられる。

夜をかさね松帆の浦のほととぎす波の枕にひとこゑぞきく

平親清四女の母は、後に藤原公経との間に中納言実材を生んでおり、実材は延応元年（一二三九）の生まれであるから、それ以前に生まれた親清四女は、貞応元年（一二二二）生まれの為氏よりやや年少といったところか。恋をテーマにしていないのは、「白河殿七百首」における為氏の試みに触発されてのことかもしれないが、両歌の先後関係が明らかでない以上、何とも言えない。

さて、こうして「松帆の浦」が歌枕として受け入れられていくかに見えたのもつかのま、この後しばらくは、『新編国歌大観』で検索する限りではあるが、この地名が詠み込まれた歌を見出しえない。それは、『百人一首』がようやく人々の関心を集め、やがて「二条家の骨目」（『宗祇抄』）として重んじられるようになっていく時期と重なっているようである。「京極黄門」が『小倉山荘色紙和歌』（『百人一首』）に、自らの作の中からただ一首選びぬいた「こぬ人を」詠は、いわば神聖にして犯すべからざる存在であって、「松帆の浦」を自作に詠み込むなど、当時の歌人たちにとっては、大それたこととまではいえなくとも、気の進まぬ所業であったのだろう。

天正十五年（一五八七）四月二十一日、細川幽斎は関白秀吉の九州遠征（島津征伐）に供奉すべく舞鶴の田辺城を進発し、六月には秀吉本営に参じたが、七月に入って秀吉は大坂に帰陣することとなり、幽斎は海路、瀬戸内海を東上した。途中各地を遊覧し、七月二十二日には松帆の浦を眼前に望んでいる。

是より松ほの浦見物せんとて、二十二日の暁夜船こがせて行くに、明石のわたり追風をかたほにうけて、はるばるとあはぢ嶋によりて

行ふねの追かぜきほふあかしがたかたほに月をそむけてぞみる

さて松ほの浦ちかくなれば舟をよせてみるに、明方の月浪にうかびてみえ侍けるに

あらし吹松ほのうらの霧はれて浪よりしらむ有明の月

（『九州道の記』[5]）

幽斎が松帆の浦に舟を向けたのは、定家に対する、あるいは『百人一首』に対する彼の思いからして当然で、何ら異とするに足りないが[6]、わざわざ夜船を漕がせてまで出向いているのは、松帆の浦の月をめでるためであったと推察されよう。為氏が「松帆の浦の秋の夜の月」と詠じて以来、この名所がれっきとした歌人によっては詠まれることがなかったことを想起し、折しも秋七月、松帆の浦の月をめでつつ詠歌し、為氏のあとに次ごうとしたのではなかったか。こうして、長らく歌人たちによって敬遠されていた名所松帆の浦が、初めて現地において詠まれることとなったのである。

結び

本章では藤原定家の作「こぬ人を松帆の浦の夕なぎにやくやもしほの身もこがれつつ」を取り上げ、定家がこの一首を詠ずるに至った経緯について考察し、さらに定家がこの一首を『百人一首』に選び入れるに至った胸の内を忖度したのである。その結果、明らかにすることができたと思うのは、定家があえて笠金村の長歌を本歌とし、耳慣れぬ地名「松帆の浦」を詠み込んだのは、『伊勢物語』第八十七段に触発されて着想した「海人娘子の待つ恋」のテーマを作品化するのに、それがうってつけの本歌であり、地名であったということ、また、この一首は当時の順徳天皇内裏歌壇の趨勢にきわめてマッチした作品であったということである。ただし、これが定家にとって、いかに会心の作であったとしても、あえてこの歌を『百人一首』に撰入したについては、そこには何らかの意図が隠されている可能性があろう。それは想像するしかないのであるが、巻末の後鳥羽院と順徳院の歌が、本来の詠作意図を逸脱して、きわめて政治的な意味合いを付与されているらしいことから推して、定家のこの作にも、本来の詠作意図とは別に、当時の政治状況を踏まえての、後鳥羽院の京都帰還を願う思いが託されていたのではないかと考えてみたのである。

定家の意図がどうであったにしろ、この歌が『百人一首』に撰入された結果、中世の定家崇拝者たちは、「松帆の浦」を容易には歌に詠めなくなってしまった。これもまた、『百人一首』が後世に及ぼした影響力の一端ともいえよう。

注

（1）唐沢正美「建保期の名所歌合二種及び「難題和歌」について―順徳天皇の和歌活動管見―」（『古典論叢』第19号　昭和62年12月）

（2）清原和義『萬葉集の風土的研究』（平成8年5月　塙書房）一九四ページ以下。

（3）梶川信行「金村の神亀三年印南野行幸歌」（『万葉の歌人と作品　第六巻』　平成12年12月　和泉書院）

（4）この説は、丸谷才一『後鳥羽院』（昭和48年6月　筑摩書房）に、岡本况斎『百首要解』の説として紹介されて以来、况斎の説として引かれることが多いが、况斎がこの説を『宇比麻奈備』から引用していることは明らかである。

（5）土田将雄編『衆妙集』（昭和44年12月　古典文庫）による。

（6）幽斎は小倉色紙「こぬひとを」を所有していたようであるから（細川護貞『細川幽斎』所引『綿考輯録』）、この一首に対する思い入れは格別のものがあったろう。なお、この色紙は幽斎の死後、徳川家康に贈られたが（同書）、その後、紀州徳川家の所有となったようである（『玩貨名物記』等）。

第三部　百人一首の周辺

第一章　末の松山を越す波

はじめに

私はかつて、武庫川女子大学国文学会の会誌『会員の広場』に「国文学エッセイ」と題する小文を連載していたが、平成十八年（二〇〇六）七月発行の同誌第四十九号に「国文学エッセイ（四）」として、「末の松山を越える波」なる一文を掲載した。

その中で私は、『百人一首』所収歌として著名な清原元輔の歌「ちぎりきなかたみに袖をしほりつつ末の松山波こさじとは」（『後拾遺集』恋四・七七〇）を紹介し、この歌が『古今集』巻第二十所収の東歌「君をおきてあだし心をわがもたば末の松山波もこえなむ」（一〇九三）を下敷きとして詠まれていることに言及した。さらに中世『古今集』注釈書の一つ『古今和歌集序聞書』（通称『三流抄』）に見える、末の松山にかかわる説話を紹介したのであるが、その説話では、末の松山を波が越えたと見えたのは話中の人物の錯覚であった、といった内容となっている。そして私はその小文を次のようにしめくくった。

『古今集』の歌の背後には、何らかの伝承が存在した気配が濃厚です。しかしそれは、中世の古注釈に見られる右のような説話ではなく、むしろありえないことが起こってしまった恐怖を物語る伝承ではなかったでしょうか。波が山を越えるという設定に、荒唐無稽な作り話として笑ってすませられない、なにかしら異様なリアリティーを感じてしまうのは、私ひとりではないでしょう。二〇〇四年一二月のスマトラ沖大地震によるインド洋の大津波では、ところによっては波の高さは数十メートルにも達したとのことです。まさに波が山を越したのです。惨事に遭遇した人は、きっとその経験を子孫に伝えようとするでしょう。かつて古代日本の東北地方を襲った大津波についての記憶が伝承され、それが歌の文句に反映したのが『古今集』の「君をおきて……」の一首であったと考えても、あながち見当はずれではないように思うのです。

私はこのように述べたが、もとより推測にすぎず、確たる根拠があっての話ではない。また、勤務校の学生対象の小冊子に掲載した小文であるから、研究者からの反響がなかったのも当然のことであった。ところがその後、私の推論にとって強力な助っ人があらわれた。それは河野幸夫氏の「歌枕「末の松山」と海底考古学」と題する論考である[1]。

その論考の中で河野氏は、「「末の松山」を「浪が越す」とは、どういう自然現象なのだろうか」と問題提起し、諸注釈書にはそれが説明されていないとされる。ただし和歌は、末の松山を波が越えることはありえないという前提で詠まれているのであるから、それがいかなる自然現象であったかを問うのは一首の解釈にとっては無意味であって、注釈書に説明がないのも当然のことであろう。問題の立て方としては、不可能なことのたとえといえば他にいくらでもあるだろうに、なぜ「末の松山を波が越す」という特異な発想が生まれたのかを問う、というのが妥当なところではなかろうか。

それはさておき、河野氏は続けて次のようにのべておられる。

海底考古学との関連は、ここから始まる。結論をいえば、その昔、この地方に大きな地震があり、太平洋から大津波が押し寄せ、「末の松山」を飲み込んで内陸へ逆流したのではなかったか。そのときの恐ろしい情景が、この歌のなかに〈記憶〉されて残ったのではないか。

ここに示された氏の「結論」は、先に紹介した拙文の結論と共通しており、興味をそそられる。次いで氏の論考は本論に入り、宮城県七ヶ浜町から約八キロメートル沖合の「大根堆」の調査によって海中遺跡の存在が確かめられたこと、これが貞観十一年（八六九）五月の陸奥国大地震・大津波で陥没した島であったと推定されること等をのべ、最後に次のような文章によって、その論考をしめくくっておられるのである。

史書に記された地震の記録と海底にひっそりと眠る遺跡、そして『古今集』や『百人一首』の歌に詠まれた謎に満ちた不思議な自然現象、これらは何かしら必然の糸で結ばれているように思われる。強く主張するつもりはない。ましてや、文学作品を史実や海底遺跡で解釈したとて何になろう。文学の文学たる所以を、それこそ地震ではないが破壊することにもなりかねない。

念のために述べておけば、地震の記録と海底遺跡には因果関係があると見られる。とはいえ、それを和歌の解釈に用いてよいとは思われない。次元の異なるものを証拠に用いると、どんな難問もすっきりと解けてしまう。だが、勝手に難問を作り出し、勝手に解明したと思っているだけではないのか。私は、それほど愚かではないと思っているが、貞観一一年の地震と遺跡と和歌を、ゆらりとした糸で繋いでみたくもなる。遊び心といってもよい。国文学の専門家はどう思うだろうか。

私は、河野氏の問題提起に力を得て、かつて小文に思い付きを書きつけたまま放置していたこのテーマについて、改めて検討してみることとした。地震、津波の記録と和歌文学研究を結びつけた時、どのようなことが明らかになるか、考えてみたいと思うのである。

なお、前掲「国文学エッセイ（四）」の執筆は平成十八年であり、本章の初出稿の執筆は平成二十三年秋であることを付記する。

一

『古今集』巻第二十には「東歌」として十三首の歌が収められ、それらは「陸奥歌」（七首）、「相模歌」（一首）、「常陸歌」（二首）、「甲斐歌」（二首）、「伊勢歌」（一首）によって構成されている。問題の「君をおきてあだし心をわがもたば末の松山波もこえなむ」は「陸奥歌」の七首目に位置している。『古今集』の「東歌」は宮廷で歌われていた東国歌謡であり、「君をおきて……」の歌は『風俗歌』の中に「君をおきて　あだし心をわがもたばや　なよや　末の松山　浪もこえ　こえなむや　浪もこえなむ」という類歌があることからも、歌謡として歌われていたことは確かであろう(2)。

『古今集』のこの一首は、陸奥国の人々の間に伝えられていた歌そのものではなく、宮廷風にアレンジされてはいるだろう。しかし、末の松山を波が越えることがありえないように、私が心変わりすることはありえないという、一首の基本的な発想は、オリジナルに由来するものに違いない。それは「末の松山」を生活圏にもつ人々からしか生まれようのない、ローカルな発想である(3)。仮に陸奥国に下向した都人が眼前の山の名を「末の松山」であると知らされたとしても、このような着想が浮ぶはずはなく、「松山」の名に「待つ」の意を掛けて恋歌とするのが都人好みの着想にほかならない。

この歌が『古今集』成立以前から貴族社会でよく知られていたことは、『古今集』巻第六冬歌（三二六）の、次の一首によっても明らかである。

　寛平の御時きさいの宮の歌合の歌　　　藤原興風

浦ちかくふりくる雪は白波の末の松山こすかとぞ見る

「末の松山」を波が越えるはずはないという前提のもと、海岸近くに降る雪があたり一帯を白く覆ってしまったために「末の松山」を白波が越えたかのように見える、と詠まれたこの一首によって、寛平元年（八八九）以後、寛平五年（八九三）九月以前とされる「寛平御時后宮歌合」成立のころ、「末の松山」が例の東歌に由来する歌枕として周知の地名であったことが知られる。図像的には、興風の歌から推測するに、海岸からほど遠からぬところに位置する松の生えた小山、といったイメージであったようである。その点、歌枕「高砂」と相似ている。(4) なお、この興風の歌を『拾遺集』は人麿の作として収めている（冬・二三九）。事実としてはもちろん誤りであるが、中古、中世における人麿歌享受の実態を探る材料のひとつとはなろう。

以上、『古今集』の「君をおきて……」の一首について、基本的なことがらを整理した。

二

波が山を越えることがありえないのは、山に囲まれた平安京で生まれ育った都人にとってはあたりまえの話であり、波が山を越えないように心変わりはありえないとの誓いは、大げさではあっても理屈にはかなった喩えとして受入れられたことであろう。しかしその誓いが「君をおきてあだし心をわがもたば」と、仮に「あだし心」を抱いたならばという仮定のもとに発せられ、下句に「末の松山波も越えなむ」と言い据えられる時、ありえないはずの、波が山を越えるという映像が、現実の出来事であるかのように迫ってくるのをいかんともしがたいのではあるまいか。その異様な迫力は、この歌の背後に何らかの物語の存在を想像させもしたのである。藤原清輔（一一〇八〜一一七七）の『奥義抄』に、次のような記述が見える。(5)

末の松山浪こゆるといふことは、むかし男、女に末の松山をさして、彼山に波のこえむ時ぞわするべきと契りけるが、ほどなく忘れにけるより、人の心かはるをば浪こゆると云ふ也。彼山にまことに浪のこゆるにはあらず。あなたの海のはるかにのきたるには、浪の彼松山のうへよりこゆるやうに見ゆるを、あるべくもなき事なれば、誠にあの浪の山こえむ時忘れむとは契るなり。

この記述は、波が山を越えるという発想がいかに荒唐無稽なものとして都人に受け取られていたかを物語っていよう。右の第三文は、そのような発想が生まれた理由を説明しようとしている。末の松山の背後の、ずっと離れたところにある海の波が、松山を越えるように見えるのを、男も女も普段見知っていたので、もし実際に波が山を越えたらという誓言が成り立ちえたのだというのである。そのようなことでもなければ、波が山を越えるという破天荒な発想が頭に浮ぶはずはないという、都人の常識が透けて見える。なお、第一文に語られている物語がきわめて単純なのに比して、この文章の力点が第二、第三文における解説にあることは明らかである。まさに歌学者らしい関心の持ち様といえようか。

顕昭（一一三〇頃～一二〇九以後）は『袖中抄』において、末の松山をただ「末の松」とも「松山」とも詠むといった説明を加えたあと、次のように記述している。(6)

末の松山なみこすといふ事は、昔、男、女にあひて、末の松山をさして、彼山に浪のこえん時ぞこと心は有べきとちかひけるより、男も女もことふるまひするをば、末の松山波こすと読む也。但、なに事によりて、おもひかけず山に浪こえんことをばちかひけるぞとおぼつかなきに、彼山は遠くみれば山よりあなたに海の浪の立つが山より上に見こされて山をこゆるとみゆるによりて、まことの波のこゆべきよしをちかへるなるなめり。

（以下略）

ここでも、もし山を波が越えたらという常識はずれの誓言がいかにして着想されたかに著者の関心はある。関心の所在は清輔と同様であって、物語の男女の運命には、何らの注意も払っていないようである。

鎌倉時代の、いわゆる「本説」をもって歌のいわれを説く『古今集』古注釈の一つ、『古今和歌集序聞書』(通称『三流抄』)は、この歌にまつわる物語を詳しく紹介している。原文は片桐洋一氏の『中世古今集注釈書解題　二』[7]に翻刻されているので参照されたい。ここでは片桐氏による要約文を引用させていただく[8]。

陸奥国の国司に任ぜられた男が愛する女をつれて下った。男は海上に見える末の松山という島を見て、「あの末の松山を浪が越えるようなことがあれば、我ら二人の仲は離れることもあろうが、そんなことはあり得ないから、別れることはぜったいにあるまい」と言っていたが、ちょうど男が任を終えた時、海上が荒れて白浪が島を越えているように見えたので、これは別れるべしという神仏の御告げであると思って、女を捨てて一人で京に帰った。先の女がその島をよく見ると、浪が島を越えるように見えたのは錯覚で、向こう側の白浪とこちら側の白沙が一つに見えただけであったので、女は京に上って男にその旨を告げようとしたが、男は既に別の女と結婚していたので、悲しみ恨んで死んでしまったという説話である。いかにも付会説話らしい拙い説話だが、『古今栄雅抄』にも引かれていて、中世には広く普及していたことが知られるのである。

この物語は、清輔や顕昭が紹介している話とは似て非なるものである。『奥義抄』『袖中抄』のそれは、地元の男女が普段見慣れた景観をきっかけにして波が山を越すという発想が生じたのであるという、一種の起源説話となっているのに対して、『三流抄』のそれは、都から下った男女が、山を波が越えたと錯覚したところから悲劇が生じたと物語られているのである。極言すれば、清輔、顕昭にとっては、誓言が守られようが破られようがどうでもよかった。一方『三流抄』では、誓言がなされたあとのなりゆきにこそ物語の興味はつながれているのであって、恋物語としては本格的といえようが、その出来栄えはと言えば、片桐氏が「いかにも付会説話らしい拙い説話」と評される通りであろう。

三

前節において、平安時代後期、あるいは鎌倉時代の歌書に見える二種類の末の松山伝説を紹介したのであるが、いずれも、実際に波が山を越えることなどありえないという常識から一歩も出ていないのが凡庸だし、その常識を満足させるために、山の向こう側の海が見えたとか、目の錯覚であるとか、苦しいつじつま合わせをしているにすぎない。

「末の松山波も越えなん」という歌句のもつ異様な迫力からは、その背後に何らかの伝承が存在した気配が濃厚に感じられる。ひょっとするとそれは、平安京に住む都人の想像力をはるかに越えて、ありえないことが起こってしまった恐怖を物語る伝承ではなかっただろうか。平成二十三年三月十一日に東北地方沿岸で生起した出来事を知ってしまった今、それはもはや疑いのないことであるかのように思われるのである。

河野幸夫氏は本稿冒頭に紹介した論考において、『日本三代実録』貞観十一年（八六九）五月二十六日条[9]に見える、陸奥国大地震・大津波の記事に着目し、原文を訓読して紹介するとともに、記事内容にコメントを加えている。ご専門の環境水理学の立場からの貴重な解説文であると思われるので、長い引用をお許しいただきたい。

陸奥国（福島・岩手・青森の三県を含む）に大地震があった。真昼のように明るくなった。夜の出来事だろうか。最近の神戸大震災では、前日の朝方に光が発生したという。人々は恐怖に叫び、倒れて立てなかった。寝込みを襲われたらしい。家屋が倒れて圧死する人、地面の裂け目に落ちて死ぬ人もいた。

馬や牛は走り出し、互いに絡みあい踏みつけ合った。城墎・倉庫、門櫓・墻壁は剝げ落ち転倒し、その数は計り知れない。海鳴りは、まるで雷のようであった。大波が湧き起こり、逆流し、勢いを増して城の下まで押し寄せた。「城埓」「城下」は、国府のある多賀城と見て間違いあるまい。津波は海岸から「数十百里」まで押し寄せて、その涯がどこかわからない。野原も道路もすべて海になった。船に乗って逃げようとしたが、間に合わない。山に登ろうとしたが、できなかった。溺死者は千人ほどにもなった。財産も稲の苗も穀物の種もほとんど失った。

　このような状況は、マグニチュード八・三くらいの地震だったと推定される。「数十百里」まで津波がきたとあるが、当時の一里は約〇・七キロメートルだから、海岸から七《（ママ）》キロメートルの陸地まで及んだことになる。宮城県から七〇キロメートルの福島県相馬市まで到達したことになる。山川を破壊し、建物を頽落・転倒し、人命を奪うというような甚大な被害は、それより狭い範囲、多賀城付近の平野の隅々に及んだと考えてよいだろう。溺死するものが千人ほどもあったとあるが、それは名も無き庶民たちではなく、主に多賀城に勤務する政府関係者である。死亡した庶民たちを入れれば、膨大な人数にのぼったであろう。

　先に述べたように、この大地震・津波によって引き起こされた状況は、海底遺跡をもとにシュミレーションした結果と完全に合致する。

河野氏が「海底遺跡をもとにシュミレーションした結果」というのは、貞観十一年五月の陸奥国大地震・大津波で陥没したと氏が推定される海底遺跡（大根堆）の調査等をもとに、当時の被害状況をシュミレーションされたことを言っている。

　ところで、河野氏がこのように、貞観十一年の大地震・大津波の記録と海底遺跡とを結びつけておられる研究に関しては、私は全くの門外漢にすぎない。しかし、氏がこれらと『古今集』の歌をも結び付けようとしておられる点に関しては（本章「はじめに」で引用した氏の御論参照）、いささか異論を唱えざるをえないのである。

結び

『古今集』巻第二十所収の東歌「君をおきてあだし心をわがもたば末の松山波もこえなむ」が、その背後に大津波の記憶を秘めているであろうことは、これまでに推測を重ねてきたところである。しかし、言うまでもないことながら、このような歌は大津波の体験から即座に生み出されるものではない。大津波にまつわるさまざまな事実が実感を伴いながら語り伝えられているうちは、体験から生み出された教訓が短い言葉で語られるといったことはありこそすれ、このような恋歌は生み出されるべくもないであろう。

年月が経過し、大津波を体験した人々の多くが世を去り、「末の松山を波が越えた」という驚くべき事実が実感をもって受け入れられなくなった時、それは牧歌的な伝説として語り伝えられ、いつしか民謡となって歌い継がれたのではないだろうか。このような前提に立って、仮にその大津波を貞観十一年のこととして、シュミレーションを試みよう。

貞観十一年（八六九）五月の大地震・大津波のあと、その体験者の多くが世を去り、津波の恐怖が実感をもって語られることがなくなったころ、「末の松山を波が越す」という出来事が牧歌的な伝説として語られ、そのような意味あいを持つ民謡が生み出され、それが遠く都へもたらされて歌謡として流行し、さらに「君をおきて……」という短歌形式に整えられて宮廷行事でも歌われ、これらを本歌として藤原興風が「浦ちかく降りくる雪は白波の末の松山こすかとぞ見る」という歌を詠み、それが寛平五年（八九三）ごろの歌合に提出される。このようないきさつが、はたして可能であろうか。貞観十一年から寛平五年まで、わずかに二十四年である。その間にこれだけの事の成り行きがあるとは考えがたい。

「君をおきて……」の一首の背景となった大津波は、貞観十一年のそれよりも数十年、あるいは百年、あるいはそれ以上の年月を遡ったころ、陸奥国の沿岸を襲った大津波ではなかっただろうか。近代において三陸地方を襲った大津波としては明治二十九年（一八九六）六月、昭和八年（一九三三）三月、平成二十三年（二〇一一）三月のそれらが特筆されるべきものである。(10) 近代におけるこれら大津波の頻度から類推すると、記録にこそ残されてはいなくとも、古代においても五十年や百年前後の年月をへだてつつ、大津波がくりかえしこの地に来襲していたと考えられるのではないだろうか。

貞観十一年（八六九）のころ、『古今集』東歌「君をおきてあだし心をわがもたば末の松山波も越えなむ」の元歌となった民謡はすでに成立していた。その背景をなした大津波の恐怖は、貞観十一年当時の陸奥国の人々にとって、すでに実感をともなわない過去の出来事にすぎなくなっていたのではないか。

『古今集』東歌の、一首一首の元歌の成立年代については、もとより不明であるが、この歌に関しては、その下限が貞観十一年であることは明らかであろう。もちろん、実際の成立はより古く、奈良時代にまでさかのぼると想像することも可能である。

注

（1）『国文学　解釈と教材の研究』臨時増刊号「百人一首のなぞ」（平成19年12月　學燈社）所収。
（2）片桐洋一『古今和歌集全評釈　下』（平成10年2月　講談社）六五二ページ以下参照。
（3）「末の松山」の所在地については、いくつかの説があるが、真相をつきとめるのはおそらく不可能であり、和歌文学研究の立場からすると、無用の詮索である。それら諸説が生じた背景を追求することは、近世文化史の研究テーマであろう。
（4）本書第二部所収「歌語「高砂」考」参照。高砂は平地であるが、「高砂の尾上の松（鹿）」などの歌句によって、三代集時代には、海岸近くの小山に松が生え、鹿が鳴くといった情景が、歌枕「高砂」のイメージとして定着していたことがうかがえる。

（5）『奥義抄』は『日本歌学大系　第一巻』による。
（6）『袖中抄』は『日本歌学大系　別巻二』による。
（7）片桐洋一『中世古今集注釈書解題　二』（昭和48年　赤尾照文堂）
（8）注2書六六六ページ以下。
（9）『三代実録』貞観十一年五月二十六日条の原文は次の通り。国史大系本により、一部表記を改めた。
陸奥国地大振動。流光如昼隠映。頃之。人民叫呼。伏不能起。或屋仆圧死。或地裂埋殪。馬牛駭奔。或相昇踏。城墎倉庫。門櫓墻壁。頹落顚覆。不知其数。海口哮吼。声似雷霆。驚濤涌潮。泝洄漲長。忽至城下。去海数十百里。浩々不弁其涯涘。原野道路。惣為滄溟。乗船不遑。登山難及。溺死者千許。資産苗稼。殆無孑遺焉。
（10）前二者については吉村昭『三陸海岸大津波』（平成16年3月　文春文庫。原著『海の壁―三陸沿岸大津波』は昭和45年7月　中公新書）から基本的な知見を得た。

第二章　清原元輔享年考

はじめに

『百人一首』の歌「ちぎりきなかたみに袖をしほりつつ末の松山波こさじとは」の作者、清原元輔の生年は延喜八年（九〇八）、没年は永祚二年（九九〇）、享年八十三とは、どの文学辞典、解説書の類にも記載されている通りで、常識といってもいいだろう。『三十六人歌仙伝』に「永祚二年六月卒　年八十三」とされているのがその根拠で、異本『三十六人歌仙伝』にも同じ記述がある。[1]『三十六人歌仙伝』の資料的価値の高さから見て、これは疑いようのない事実とも考えられよう。しかし、従来さして注意されていないことであるが、これを事実として受け入れるには躊躇せざるをえない、いくつかの問題が存在するように思う。あらかじめ結論を述べさせていただくならば、その没年が永祚二年であることは動かせない事実としても、享年は八十三ではなく、十歳ほど減じて七十三前後と考える方が、さまざまな問題点について説明がつきやすく、生年は延喜十八年（九一八）ごろではなかったかと推定するものである。本章では元輔の生涯と年齢に関する問題点を整理し、元輔伝に新たな照明を当ててみたい。

一

いくつか伝わる『清原氏系図』によって元輔の家系を見ると、そのほとんどが、深養父━春光━元輔、あるいは深養父━顕忠━元輔と記載している。『古今集』歌人として著名な深養父の孫として元輔を位置づけ、春光あるいは顕忠なる人物を父として明示しているのである。このうち顕忠については、清原ならぬ藤原元輔の父である右大臣顕忠との混同による誤りであり、清原元輔の父の名は春光、とする岸上慎二氏のお考えは納得できるものといえよう。(2)「春」字は平安貴族の名に見ない用字であるとして「春光」に疑問を呈し、異本『三十六人歌仙伝』によって「泰光」と正す説もあるが、(3)在原滋春、在原時春、小野春風などの名が、深養父の同時代人として思い浮かぶから、深養父が男子に春光と命名したとしても、違和感はなかったのではなかろうか。

余談ながらここで、私のささやかな空想を述べておきたい。深養父とは「深く父を養う」という、儒教の徳目「孝」を具現した命名であろうが、それは「貫之」「有朋」などのように、儒学の経典から言葉を選んで命名する当時の風潮と軌を一にするものと考えられる。しかし、深養父はそのことを承知しながらも、「ふかやぶ」なる名が「深藪」を、昼なお光もささぬ深い藪を連想させることにある種のわだかまりを持ち、それを自らの不遇と結びつけてはいなかったであろうか。深養父の作「光なき谷には春もよそなれば咲きてとく散るもの思ひもなし」(『古今集』雑歌下・九六七)における「光なき谷」のイメージは、「深藪」のそれに近いようである。もしもこのように、深養父が自らの名前にいくらかでも忌避感、自嘲感を覚えることがあったならば、深養父が嫡男に「春光」と命名した気持ちは、親心としてよく理解できるように思う。

さて、話を本筋にもどして、深養父の経歴を見よう。『古今和歌集目録』『中古歌仙三十六人伝』によると、延喜八年（九〇八）に内匠大丞に任じられ、延長元年（九二三）に内蔵大丞に任じられ、同八年（九三〇）に従五位下に叙されている。『古今集』歌人の中では最年少クラスに属していたとの通説に従い、仮に延喜五年に三十歳であったと仮定すると、生年は貞観十八年（八七六）、延喜八年に三十三歳で初の任官、延長八年、五十五歳で叙爵となって、中下級の官人の経歴として、妥当な線といえるのではないだろうか。ちなみに、同時代人たる紀貫之は延喜十七年（九一七）に叙爵しており、その誕生を貞観十年（八六八）とする説に従うならば五十歳、貞観十四年とする説に従うならば四十六歳での叙爵であって、深養父についての右の推測に従えば、深養父は年齢的に貫之よりやや遅い叙爵ということになる。なお、『中古歌仙三十六人伝』は深養父について「（延長）八年十一月二十一日叙従五位下」と記した後に「御即位叙位。諸司労二十年」と割注を付しているが、延喜八年からこの年まで二十二年であるから、「二十年」というのは、延喜八年の任内匠大丞からの年数の概数として理解できる。

村瀬敏夫氏は、「（元輔は）安和二年六十二歳で叙爵しているが、平安朝の下級貴族の叙爵は父祖の例に倣うことが多いので、仮に深養父も六十歳位で叙爵したとすれば、その生年は貞観十三（八七一）年頃となる」と考証しておられる[4]。これは元輔の生年を延喜八年とする通説に基づくもので、その生年を疑問とする本章としては、そのまま受け入れることはできないが、六十歳ごろでの叙爵というのは、深養父程度の下級貴族には、ありえないことでもなかろうし、叙爵以後の経歴が伝わらないのは、高齢での叙爵を暗示しているとも考えられよう。しかし、家系や境遇にさほど大きな違いがあるとも思えない貫之の叙爵年齢とくらべて十歳、あるいはそれ以上の遅れがあるというのは、やや解し難いところである。

萩谷朴氏は、紀貫之の叙爵を五十歳と推定し、深養父の叙爵も同年齢と仮定して、その生年を元慶五年（八八一）と推定しておられる[5]。これまた、ひとつの推定として成り立ちうるであろう。ただし萩谷氏は、この推定に従えば元輔の生年とされる延喜八年（九〇八）には深養父は二十八歳であり、これでは元輔を深養父の孫と考えることはできないとして、『尊卑分脈』所収の清原氏系図が、深養父と元輔を父子としているのを傍証として、二人の関係を父子と結論づけておられるのである。しかし、他の全ての清原氏系図、あるいは『三十六人歌仙伝』『中古歌仙三十六人伝』が、二人を祖父と孫の関係としているからには、萩谷氏の結論は容易には承認しがたいだろう。むしろ、『尊卑分脈』所収の清原氏系図の記載は、萩谷氏と同様の考証に基づき、深養父と元輔との間の一代が削除された結果と考えられなくもないのである。

以上、清原深養父の生年について、貞観十三年（八七一）、同十八年（八七六）、元慶五年（八八一）の三説をあげたが、これらによれば、孫元輔の生年とされている延喜八年（九〇八）における深養父の年齢は、それぞれ、三十八歳、三十三歳、二十八歳ということになる。二十八歳での孫誕生は、ほとんど不可能であろう。三十三歳での孫誕生は、ありえないことではないが、かなり不自然と言わざるをえない。三十八歳での孫誕生は、当時としては、特に珍しいとは言えないかもしれないが、これは深養父の叙爵を六十歳ごろと仮定するという、かなりきびしい条件のもとで初めて成り立つ推定である。

ところで、元輔の生年を延喜八年ではなく、同十八年（九一八）と仮定してみよう。すると、延喜十八年における深養父の推定年齢は、右の三説によれば、四十八歳、四十三歳、三十八歳である。四十八歳、あるいは四十三歳での孫誕生は、当時としてはごく当たり前のことであろうし、三十八歳での孫誕生も、さほど不自然ではなかろう。深養父伝は不明な部分が多く、生年にしても右の通り、諸説に十年の幅があるのだが、どの説をとるにしても、元輔を孫と認める以上、元輔の生年を通説の延喜八年より十年ばかり引き下げる方がより自然であり、通説に従う限り、不自然、あるいは不可能の度が高まるのである。もちろんこれは状況証拠にすぎず、元輔の生年を引き下げるべき確実な根拠とはなしがたいのであるが、とりあえずここでは、ひとつの問題点として指摘しておく次第である。

二

次に元輔の晩年について、問題点を指摘してみたい。『三十六人歌仙伝』によれば、元輔は寛和二年（九八六）正月に肥後守に任じられ、永祚二年（九九〇）六月に没している。肥後守の任期は五年であるから、在任中の逝去である。任地で亡くなったとする大方の推定に、疑問の余地は少ないであろう。なお、後任者（源為親）が任命されたのは同年八月三十日のことであった（『小右記』同日条）。

ところで、先に見たように、『三十六人歌仙伝』には「年八十三」での卒去とされており、これに従うならば、肥後守に任命された寛和二年には七十九歳であったということになる。当時、いわゆる受領階級に属する中流貴族たちが、地方官のポストを手に入れるために激烈な猟官運動をくりひろげていたことは周知の通りである。元輔もご多分にもれず、有力者や女官に手蔓を求めて盛んに運動し、それがかなわなかったと言っては嘆いていることが、『元輔集』(6)の随所から見てとれる。詞書のみいくつか列挙してみると、「つかさえ給はらで、つかさめしの又の日、うちの右近がもとにつかはしはべりし」（六）、「正月つかさめし、中文つけ侍りし蔵人のもとに」（一五四）、「つかさめしの後、内にさぶらひし内侍がもとにつかはしし」（一五八）、「つかさもえ給はらで、春、人につかはしし」（一六三）、「正月つかさめしのころ、申文たてまつらする人のもとにつかはしし」（一七〇）など、数多い。

さて、その年齢についての通説に従うならば、元輔は七十八歳の高齢に至っても相変わらず猟官運動に奔走し、ようやく念願かなって、七十九歳の正月に肥後守に任官することができたということになる。何もしなくてもお情けでころがりこんでくるポストでないことは確かだからだ。しかし、はたして七十九歳での国守任官などということがありうるものであろうか。

七十九歳（満七十八歳）といっても、現代日本においては矍鑠としてご活躍の方々が多いことは言うまでもないが、当時の人々にとっては、七十九歳は極めて高齢と認識されたであろうことは疑えない。おそらくそれは、現代日本において、百歳近い高齢者に対して我々が抱く感覚に近いといっても過言ではないように思うのである。そのような高齢に至った元輔が、任期四年、あるいは五年の地方官への任官を強く希望するほどの精神的、肉体的な活力を維持していたかが問題となるが、それについては後で改めて考えることにして、まず考えてみたいのは、任命者の立場からの問題である。

七十八歳の高齢に至っても後世安楽を願うことなく、現世に執着して猟官運動にうつつをぬかす人間に対する不快感という、当然予想される当局者の感情は、この際不問に付すこととしても、どうしても気になるのは、七十九歳の高齢者を、遠国の、しかも任期五年の国守として赴任させることの危険性である。国守の任に堪えうるかどうかが心配であるのみならず、任地で死去する可能性も少なくない（現実にそうなった）。もしそうなれば、国政が停滞するのはもとより、後任人事や引継ぎにかかわるやっかいな事案が多数発生し、当局者は頭を痛めなければならない。より若い人物を選んでおけば生じる可能性の少ない、このようなトラブルの危険をあえて犯してまで、七十九歳の元輔を任命するメリットがはたしてあったのだろうか。

高齢に至っての国司任官の例として、元輔と同時代人である平兼盛の場合について検討してみよう。兼盛の没年は正暦元年（九九〇）であり（『日本紀略』『三十六人歌仙伝』）、奇しくも元輔の没年と同じである。その生年は不明だが、父篤行の没年が延喜十年（九一〇）であるから、そのころ以前であることに疑いはない。高橋正治氏は兼盛の生年を延喜八年と仮定しておられるが、妥当な線といえよう。(7) 兼盛は天元二年（九七九）に駿河守に任じられているのであるが（『三十六人歌仙伝』）、高橋氏の推測に従うならば、その年兼盛は七十二歳ということになる。では、七十二歳での国守任官の例があるのだから、七十九歳での任官もありうるかといえば、それは少々考えものであろう。言うまでもなく、七十二歳は七十九歳より七歳もの年少である。しかも、赴任先の駿河国は都から数日で行き着くことのできる近国で、(8)任期は四年である。任期五年の遠国肥後とは大違いといえよう。兼盛の任駿河守の例を根拠に、元輔の任肥後守における七十九歳という年齢の妥当性を主張することはできないだろう。

また、後世の例ではあるが、高齢で地方に赴任した著名人として源経信（一〇一六～一〇九七）をあげることができる。経信は正二位権大納言に至ったが、寛治八年（一〇九四）、七十九歳にして大宰権帥に任じられ（権大納言と兼任）、翌年下向して、任地で没している。元輔が肥後守に任じられたとされている年齢とほぼ同年齢での地方赴任なのである。しかし、これは権大納言ともあろう人物の任大宰権帥であり、きわめて政治的な色合いの濃いものであるから、(9)一受領にすぎない元輔の例と同日には論じられないであろう。

そこで先程と同様、元輔の享年を十年ほど少なく見積もり、延喜十八年の生まれと仮定するならば、六十九歳での肥後守任官となって、高齢であることに変わりはないが、七十九歳よりははるかに現実味のある年齢ということができよう。七十歳が官界を退くひとつの目安であることは、古代極東文化圏における常識といえようが、その年齢を目前にした元輔が、最後のお願いとばかりに猟官運動をしたところ、幸い要路の人物の同情を買うことができたといったいきさつは、容易に想像することができる。ただし、これまた状況証拠にすぎず、元輔の生年を引き下げる決定的な根拠とはなしがたいのであるが、ひとつの問題として指摘しておきたい。

三

先程、元輔の任肥後守が七十九歳であったとすると、その年齢で長い地方官生活を強く希望するほどの精神的、肉体的な活力を維持していたかどうか疑問と述べた。このうち体力については、元輔は極めて頑強で、高齢にもかかわらず若い者にも負けない知力体力を保持していたのであろうと推測することもできるし、それを否定する根拠は何もない。しかし、心の問題に関して言うと、元輔が七十九歳にして国司任官を望むとは考えがたい要因が、『元輔集』などから読み取れるように思うのである。

元輔は叡実という僧と親しかった。叡実のいる神名寺をしばしば訪れ、叡実と語らっていたようである。叡実は当時著名な法華経の持経者で、『今昔物語集』（巻第十二・第三十五話）や『法華経験記』（巻中・第六十六話）、『続本朝往生伝』（十四）、『発心集』（第四—四）等に逸話が見られる。『小右記』天元五年六月三日条には、左近少将藤原惟章と右近将監藤原遠理が、神名寺で叡実を導師として出家したという記事がある。『元輔集』を引こう。

叡実がもとにまかりて、つかさのほしく侍るは功徳のためなりなどいひて、よみ侍りし

世をわたすひじりをさへやなやまさん深き願ひのならずなりなば　（一三四）

叡実のもとにおもむいて、「私が官職を望みますのは、仏への功徳のためなのです」などと言って、詠んだ歌は、「衆生を済度なさる聖（叡実のこと）をさえ悩ませることになりましょう。もし私の深い願いがかないませんでしたら」というものであった。

おそらく叡実との会話の中で、猟官運動という俗世への執着と、仏道に心を寄せて後世安楽を願うこととの矛盾が話題となったのであろう。元輔は、官職に就くことによってこそ経済的に安定し、仏への功徳を積むことができるのだという、きわめて現実的な発想によって折り合いをつけようとしている。歌にいう「深き願ひ」とは熱望している役職のことで、念願の役職にもし就けなければ、あなた（叡実）への十分な経済的援助もできず、高徳の聖をお悩ませするという、罰当たりな結果となりましょうと言うのである。これまたあけすけなほど現実的な物言いで、叡実としては返歌のしようもないといったところかもしれないが、これほどざっくばらんな物言いができるほ

どに、元輔は叡実に心を開いていたし、叡実もまたそのような元輔を受け入れていたと推測することができよう。

三月ばかりに、しまうといふ寺に桜の花のいとおもしろう咲きたるに、風の夜いといたう吹き侍りしかば

くれてのちうしろめたきを山桜風の音さへ荒く聞こゆる　（補五）

これが返しを、叡実がよみて侍りし、又返し

長き夜の夢の春こそかなしけれ夢を夢とも思はれぬ身は　（一四二）

まかりかへるとて、また

山桜見捨ててかへる心をば何にたとへて人に語らん　（一四三）

「しまうといふ寺」というのは神名寺のことのようで、御所本と同系統の冷泉家時雨亭文庫本(10)には「なにとかやかみの名といふてら」とある。山桜が散らないかと、日が暮れてから後のことが心配なのに、風の音が荒々しく聞こえてますます心配だという「くれてのち……」の一首は、御所本では欠落しており、歌仙家集本によって補った。この歌に叡実は返歌をしたが、拙劣だったからであろうか、その歌は省略されている。叡実の返歌に対する返歌が一四二番歌で、この世の無常を悟りえない我が身が、無明長夜の夢にも等しい俗世の春に執着していることを悲しむ内容である。この歌から推測すると、叡実の歌は、桜の花が散るはかなさを見て、この世の無常を悟るべきであるといった内容であったのかもしれない。元輔が叡実を法の師として敬い、叡実もそれに応えていたことをここに読み取ってもいいのではないだろうか。一四三番歌からは、元輔が神名寺の桜にいかに心惹かれていたかを見て取ることができるが、ついに元輔は、この寺に庵室を設けるに至ったようなのである。

山里にまかりかよひし所侍りしに、花見にとて人々のまうで来たりしに

とふ人もあらじと思ひし山里に花のたよりに人目見るかな　（一五九）

同じ山里に侍る比、人々とぶらはむとてまうできて、ものなどいひ侍りしをりに

惜しからぬ命やさらに延びぬらんをはりのけぶりしむる宿にて　（一六〇）

元輔はある「山里」にしばしば出かけ、そこに滞在することがあり、訪れてくれた知友に挨拶の歌を贈っているのである。この「山里」については、右の詞書と歌からは、桜の花が美しい所であること、火葬の煙を目にする場所であることがわかり、神名寺らしく思われるのであるが、次に引く『拾遺集』によれば、これがまさに神名寺であったことが知られる。なお、「神明寺」は「神名寺」と表記は異なるが同じ寺である。

神明寺の辺に無常所まうけてはべりけるが、いとおもしろく侍りければ　もとすけ

をしからぬいのちやさらにのびぬらんをはりの煙しむるのべにて　（五〇二）

第五句に異同があるが、『元輔集』一六〇番歌と同一歌であることは明らかだ。なお、『元輔集』一五九番歌も『拾遺集』に収められているが（春・五一）、こちらは「題知らず」である。

この「無常所」について後藤祥子氏は、「無常所はこれまで「墓所」と考えられてきたのであるが、『拾遺集』詞書の「いとおもしろく」はおよそ墓の概念とマッチしない。（中略）無常所はむしろ寺の住房または寺域に、心静かな臨終を迎えるために用意された庵室のようなものと考えるべきであろう」と述べておられるのであるが[11]、従うべき見解であろう。神名寺に「無常所」を設けて折々そこに滞在し、叡実と親しく交わって仏道への思いを新たにし、静かで美しい環境の中で読経・念仏にいそしみ、立ち上る火葬の煙を目にしては世の無常に心を致し、臨終にあたっては、この無常所で叡実に見取られながら最期を迎えるというのが、元輔の思い描いた美しい晩年の姿で

あったと考えて、ほぼ間違いはなかろうと思うのである。

それにもかかわらず、当時としては超高齢というべき七十八歳に至ってもなお猟官運動に奔走し、七十九歳で任期五年の肥後守に任じられて赴任し、八十三歳にして任地で没するという元輔の最晩年の姿は、かの美しい夢に比して、無慙に過ぎると言わねばならない。もちろん、先に見た『元輔集』一三四番歌とその詞書にも、現実生活と仏道への願いとのジレンマが読み取れたように、出離を願いながら現世のほだしを断ち切ることができないのが凡夫の性であり、人間性の発露でもあろうが、しかし、ものにはほどということがあろう。「無常所」での最期を夢見ながら七十九歳での肥後赴任というのは、いくらなんでも不自然ではなかろうか。

そこでこれまでと同様、元輔の享年を十年ほど少なく見積もり、延喜十八年の誕生と仮定するならば、この不自然さはかなり解消するだろう。いま一度の地方官任官が一族郎党の生活保障のために必要とあれば、六十九歳の高齢をおしてでも地方官としての赴任を希望するであろうし、四年あるいは五年後、任期を終えて七十台半ばで帰京のあかつきには、余生を「無常所」での仏道三昧で過ごすという人生設計を立て、幸い健康に恵まれておれば、それは実現の可能性が高いものと元輔が考えたとしても不思議はなかろう。残念ながら、任国での逝去という不幸な結果に終わりはしたが。

ただしこれもまた、これまでの議論と同様、状況証拠をあげたにすぎず、元輔の生年を引き下げる決定的な根拠とはなしがたいだろう。しかし、元輔の享年を見直すきっかけとなるひとつの問題点として指摘することは許されるのではなかろうか。また仮に、享年八十三という通説にあくまで従う立場に立つならばなおさらのこと、元輔最晩年の不可思議な身の処し方について考察を加えることは、この興味深い人物の全体像に迫るために避けては通れない課題ではないだろうか。

四

清原元輔の享年を、『三十六人歌仙伝』の記述に従って八十三とし、その没年である永祚二年（九九〇）からさかのぼって延喜八年（九〇八）の誕生とするのが通説だが、この通説の見直しを迫るかのような問題点を三つとりあげて検討を加えてきた。ひとつは生年にかかわる問題で、元輔が深養父の孫であるからには、延喜八年の誕生では早きに過ぎるという疑問である。残る二つは七十九歳での肥後守任官という、最晩年の事跡にまつわる問題で、このような超高齢者の地方官人事が、任用権者の立場からしてありえたかという疑問、また、『元輔集』等からうかがうことのできる、元輔の仏道に寄せる深いこころざしからして、この年齢での猟官運動や地方赴任がありえたかどうかという疑問である。それぞれの議論の末尾に付言しておいたように、いずれも通説を覆す決定的な根拠ではありえず、状況証拠にすぎないのであるが、しかし『三十六人歌仙伝』の記述にしても、その全てが正しいと断ずることはできないのではないだろうか。元輔の享年を通説より十年ばかり少なく見積もり、その生年を延喜十八年ごろと仮定すると、上記三つの疑問がほぼ解消されることは、これまでに説いてきた通りである。またそれだけではなく、次に挙げるような、元輔伝にかかわるいくつかの気になる問題を解消することも可能となろう。

元輔の詠歌のうち、その詠作年代が判明するものの中で最も早い歌は、『後拾遺集』賀に「少将敦敏、子生ませて侍りける七夜によめる」として入集している「姫小松大原山の種なれば千年はただにまかせてをみん」（四二七）であると諸家の見解は一致している。敦敏は天暦元年（九四七）十一月十七日に没しているが、幼児の誕生がそれ以後であった可能性も勘案すると、この歌が詠まれたのは天暦二年以前ということになる。萩谷朴氏はこれを天慶六年（九四三）、元輔三十六歳の折の詠作と考証し、さらに「この賀の歌は、その詠作年時を天慶七年から天暦元年まで引き下げても、元輔の和歌作品の中で、詠作年時の証明される最古のものであるから、歌人元輔の存在は、世に知られることが意外に晩かったものというべきであろう」とのべておられる。[12] 一方、後藤祥子氏は、『元輔集』においてこの歌に付された詞書がまちまちであるのを、「故少将あつとしが、子生ませて侍りし七日夜」と校訂し、「元輔の歌人的社会活動は、家集からすれば左少将敦敏の亡くなった天暦元年（九四七）か二年の産養の祝い歌に始まる。小野宮の嫡子の死を悼み、その遺児の誕生に思いをいたす複雑な祝い歌である」とのべておられる。[13] 天暦二年とすると、通説によれば元輔四十一歳である。両氏も述べておられるように、若年より和歌に親しみ、修練をつんでいたには違いなかろうが、専門歌人としての出発が三十六歳乃至四十一歳であったとすると、意外に遅いと言わざるをえない。しかしこの問題も、元輔の生年を通説より十年ばかり引き下げることによって、その不自然さは払拭される。二十六歳乃至三十一歳での公的デビューということであれば、特に問題はないであろう。

『元輔集』によれば、元輔と多くの人々との交流が知られるが、中でも藤原国章（九一九～九八五）との交際は、きわめて親密なものである。国章の名が見える詞書を全て列挙するならば、「大弐国章が妻の、母が賀し侍りけるに、よみて侍る」（四二）、「大弐国章の朝臣の家に、むまごの五十日しはべりしに、わりごの歌絵に、書かせて侍りし和歌」（六七）、「大弐国章が、睦月に腹赤といふ物をおこせて侍りしに」（一〇九）、「おなじ国章が妻の死にて侍りし又の年の忌日の日つかはしし」（一一〇）、「大弐国章の朝臣妻の、なくなり侍りにける後に、筑紫へつかはしし」（一一四）、「同じ国章が秋風よさむなりしをよみて侍りし、かへし」（一一五）、「大弐国章が、蘇芳おこせて侍りしに、遣はしし」（一二七）、「大弐国章が玉の帯を借りてまかりのぼりて、その帯また返しつかはししに」（一四二）、「おなじ比、国章の朝臣、あまたの春を過ぐすことなど、とぶらひてはべりし返事に」（一六四）、「つかさえ給はらぬことを、前の大弐国章の朝臣の、鶯の音しらせんなどやうなる心ばへを詠みて侍り、返事」（一七一）、「前大弐国章朝臣の四十九日のず経し侍るに、詠みてそへはべる」（一八四）のごとくである。

国章は従三位に叙され、大宰大弐、皇后宮権大夫を歴任しているから、元輔よりははるかに高位高官に至った人物だが、右の詞書によれば、身分的なへだたりを越えた交流があったようである。国章の立場から見ると、正月元日の宮中における「腹赤のにへの奏」のために筑紫から献上するのと同じ魚をわざわざ贈っているのは、元輔への特別な好意のあらわれであろうし、家格の低い元輔から玉帯を借用しているのは、体面にこだわる必要もないほど心を許していたといえよう。妻の死後、「秋風よさむなりし」を訴えたり、任官できなかった元輔を慰めたりしているところには、心こまやかな交流が知られる。一方、元輔からも、国章の妻の死にあたっては、たびたび九州まで弔問しているし、国章の死後、四十九日の法要のために、僧に布施物を贈るなど、両者の間に、共に人生を生きる者として、深い交流があったことに疑いはないのである。

このような交誼のよってきたるところについて考えてみると、よほど気が合ったのだろうと言ってしまえばそれまでだが、両者の年齢が接近しており、子供の誕生、叙任、近親者の死など、人生の節目節目の出来事を同時期に体験しつつ共に年老いるという、人生の同伴者としての親しみが、その深い交誼を支えていたのではないかと想像してみたくなるのである。通説に従い、元輔の生年を延喜八年とすると、国章の生年は延喜十九年であるから、その年齢差は十一歳である。ところが、元輔の生年を通説より十年引き下げ、延喜十八年と仮定すると、その年齢差は一歳にすぎず、右の想像に合致する。もとよりこれも、元輔の生年を引き下げるべき決定的な根拠とはなしがたいのであるが、再考をうながすひとつの事実と言えるのではないだろうか。

結び

『三十六人歌仙伝』に元輔の享年が八十三と明記されている事実は重い。しかし、先にものべたように、同書の記述に全く誤りがないと断ずることも学問的とは言えないだろう。元輔の生年を伝える資料に、本来「延喜十八年」と記されていたにもかかわらず、たまたま「十」字の縦棒が短く書かれていたために、横棒の多い「喜」字と続く「十」字がごっちゃとなって「十」字が見落とされ、「延喜八年」と誤読・誤写されたといったいきさつは、ありえないことではなかろう。そのような誤った資料を見た『三十六人歌仙伝』の編者が、延喜八年から永祚二年までの年数を数えて、「年八十三」と記したと想像してみたいのである。もちろんこれはひとつの可能性にすぎず、この考え方にこだわるつもりはないが、これに類する何らかの錯誤を想定することは、果たして荒唐無稽な想像であろうか。

言うまでもなく、元輔の生年を延喜十八年ごろとし、享年を七十三前後とする本章の主張は、状況証拠と想像にもとづく仮説にすぎない。私としては、本章の仮説に固執し、元輔年譜を書き換えるべきであるなどと強弁するつもりは毛頭ないのである。しかし、この仮説を否定し、従来の定説に従う立場に立つならば、本章で提出したさまざまな疑問点についての説得力のある説明が要請されよう。それによって、より奥行きの深い元輔像が提出されることに期待したい。それは清少納言伝の研究にも、新たな光を投げかけるものと信ずる。

注

（1）新藤協三『三十六歌仙叢考』（平成16年5月　新典社）に翻刻されている宮内庁書陵部所蔵『歌仙伝』による。
（2）岸上慎二『清少納言』（昭和37年7月　吉川弘文館・人物叢書）
（3）後藤祥子『元輔集注釈』（平成12年2月第二版　貴重本刊行会）
（4）村瀬敏夫『平安朝歌人の研究』（平成6年11月　新典社）所収「清原深養父―その歌人としての生き方」。初出は『まひる野』第425号（昭和57年9月）。
（5）新潮日本古典集成『枕草子　上』「解説」（昭和52年4月　新潮社）

（6）宮内庁書陵部蔵御所本三十六人集『元輔集』を底本とする和歌文学大系『三十六歌仙集㈡』（平成24年3月　明治書院）による。歌番号も同様。なお、引用にあたっては、一部表記を改めた。
（7）高橋正治『兼盛集注釈』（平成5年6月　貴重本刊行会）
（8）『延喜式』主計上によれば、京から駿河国へは下り九日、上り十八日である。ちなみに肥後国は、京から大宰府まで下り十四日、上り二十七日、海路ならば三十日で、更に大宰府から肥後国まで下り一日半、上り三日である。
（9）森下純昭「源経信の任大宰権帥をめぐって」（『名古屋平安文学研究会報』3号　昭和54年5月）参照。
（10）冷泉家時雨亭叢書『平安私家集　三』（平成7年　朝日新聞社）所収。
（11）注3書・二五四ページ。
（12）注5に同じ。
（13）注3書・九四、五二五ページ。

第三章　歌枕「有馬」「猪名」をめぐって

有馬山猪名の笹原風ふけばいでそよ人を忘れやはする

『百人一首』所収のこの歌の出典は『後拾遺集』で、その巻十二・恋二に「かれがれなる男の、おぼつかなくなど言ひたりけるによめる」という詞書を付して収められている。「いでそよ」に女の息づかいまでが感じられるような、印象的な秀歌といえよう。作者大弐三位は紫式部の娘、藤原賢子、父は藤原宣孝である。後冷泉天皇（在位一〇四五〜一〇六八）の乳母として後宮で力があった。本章では、この一首に詠み込まれている歌枕、有馬山と猪名とを取り上げ、古典和歌の世界において、これらがどのようなイメージのもとに詠みつがれたのかを明らかにしてみたい。

一

有馬山と猪名とを取り合わせて一首の中に詠み込むことは、『万葉集』巻七（一一四〇）に見える次の作者不明歌に端を発する。

しなが鳥猪名野を来れば有馬山夕霧たちぬ宿りはなくて

一本云、猪名の浦廻《うらみ》をこぎ来れば

猪名野で行き暮れた旅人の旅愁を、実感をこめてうたい上げたこの一首は、後世に大きな影響を及ぼした。この歌は『新古今集』巻十羇旅歌（九一〇）に収められることになるのであるが（ただし第二句「猪名野をゆけば」、第五句「宿はなくして」）、四人の撰者名注記が付されており、隠岐本『新古今集』にも採られていて、新古今時代の歌人たちに、この万葉歌が強い印象を与えていたことを物語っている。

なお、『万葉集』が「一本云」として伝える異伝歌は「しなが鳥猪名の浦廻《うらみ》をこぎ来れば夕霧たちぬ宿りはなくて」という、海路をたどる旅人の立場に立っての作で、畿内と西国とを往来する旅人たちが、この型の歌を自らの旅路にふさわしく歌い替えていたらしいことが想像される。また『古今和歌六帖』の巻二に「しながどり猪名野をゆけば有馬山雪ふりしきてあけぬこの夜は」（八五〇）とある一首は、作者「ひとまろ」とされているのはもちろん伝承であって事実ではなかろうが、これも案外早くから替え歌として歌われていたのかもしれない。

猪名は『万葉集』では「猪名野」「猪名の浦廻」のほか「猪名川」「猪名の湊」などと詠まれている。猪名野は猪名川の流域に広がる平野で、その大半は現在の伊丹市と尼崎市の市域に含まれる。兵庫県東南部を流れる猪名川は神崎川と合流するが、その合流点である尼崎市神崎町のあたりがかつては猪名川の河口、すなわち猪名の湊であった。猪名の浦廻はその沖合であろう。猪名山は猪名川の上流、現在の宝塚市、川西市、池田市、箕面市あたりの山々をさしていうのであろう。

『万葉集』で猪名野といえば、巻三に収められている高市黒人の作（二七九）が特に有名である。

わぎもこに猪名野は見せつ名次《なすき》山角《つの》の松原いつかしめさむ

旅の歌人として知られる黒人にとって、猪名野はなじみの深い往還であったにちがいない。名次山は現西宮市名次町の丘陵、角の松原は同市松原町一帯で、猪名野の単調な風景に倦み疲れた旅人の目を楽しませる風光明媚な土地であったのだろう。なお、この一首は現代でこそ『万葉集』中の著名歌であるが、中古中世においては先に取り上げた「しなが鳥猪名野を来れば……」の方がはるかに大きな影響力をもっていたのである。

二

平安時代に入ると、「猪名のふし原」「猪名の笹原」「猪名の篠原」「猪名の柴山」「猪名の端山」など、さまざまな歌句が試みられた。勅撰集における猪名の初出は『拾遺集』巻十「神楽歌」に見える次の一首（五八六）である。

しなが鳥猪名のふし原飛びわたる鴫がはね音おもしろきかな

この歌は「しながとる　や　猪名のふし原　あいそ　飛び来る鴫が羽音は　音おもしろき　鴫が羽音」とうたわれた神楽歌に由来するもので、この『拾遺集』歌をふまえて、次の『金葉集』冬所収歌（二度本・二七三）は詠まれているのであろう。

百首歌中に氷をよめる　　藤原仲実朝臣

しなが鳥猪名のふし原風さえて昆陽の池水氷しにけり

「百首歌」は『堀河百首』である。昆陽池は行基によって作られた灌漑用の溜池として有名で、その位置はまさしく猪名野の一角にあたる。「しなが鳥猪名のふし原」の歌句から同所の昆陽池の冬景色を連想した題詠歌である。ちなみに、これとは逆に、昆陽を詠み込んだ能因法師の著名歌「芦の屋の昆陽のわたりに日は暮れぬいづち行くらむ駒にまかせて」（『後拾遺集』羇旅　五〇七）は、「昆陽のわたりに」の一句から猪名野を連想させることによって、万葉歌「しなが鳥猪名野を来れば……」の変奏を試みた一首として味わうことができるだろう。

『後拾遺集』巻六冬（四〇八）には「猪名の柴山」を詠む次の一首が見出される。

いかばかり降る雪なればしなが鳥猪名の柴山道まどふらん　藤原国房

（題しらず）

安田純生氏は『歌枕試論』において、国房が出入りしていた橘俊綱の伏見の山荘では、雪の日には旅人に扮した人物が庭にしつらえられた山道に登場し、客人を楽しませていたのではないか、この一首はそのような折の歌会で詠まれたのではないかと、興味深い推測を加えておられる(1)。

『堀河百首』には「千鳥」題で詠まれた、藤原顕仲の次のような作が見出される。

風寒み夜やふけぬらんしなが鳥猪名の湊に千鳥しば鳴く

『万葉集』においては「大海に嵐な吹きそしなが鳥猪名のみなとに舟はつるまで」（巻七・一一八九）と、海路の不安におののく人々にとって命のよりどころであった猪名の湊も、顕仲には千鳥の鳴き声が冬の情緒をつのらせる歌枕の地と認識されていたのである。

これらのように、平安時代中期からは、猪名は冬の景物や情緒をともなって詠まれることが多くなるのであるが、それは『万葉集』以来、猪名と強く結びついていた旅の不安が次第に実感を失い、歌枕としての美的形象化がなされた結果であるといえよう。

ところで、これまでに取り上げた歌の多くが「しなが鳥猪名」と詠まれていることに注目してみたい。『万葉集』にはただ一例、「しなが鳥　安房につぎたる　梓弓　すゑの珠名は……」（巻九・一七三八）と、「しなが鳥」が「安房」にかかる例が見出されるが、これをのぞけば『万葉集』以来、「しなが鳥」は「猪名」にかかるのが常である。「しなが鳥」の「し」は息の意で、息の長く続く鳥、すなわち水鳥をさすと考えられている。特にカイツブリのことする説もある。それがなぜ「猪名」にかかるのかについても諸説があるが、結局のところは不詳といわざるをえないのではないだろうか。

『俊頼髄脳』には「しながどりゐな野」と続け詠む由来として次のような説が紹介されている。

ゐな野は津の国にある所なり。ゐな野と言はむとてしなが鳥とは続くる事を、人の尋ぬる事にて、たしかなる事もきこえず。むかし、雄略天皇、その野にて狩し給ひけるに、白きかのししの限りありて、ゐのししはなかりければ、言ひそめたるなり。しなか鳥と言へるは、白きかのししの限りさされたれば言ふなり。ゐなのとは、ゐのししのなかりければ言ふなりとぞ申し伝へたる。射るに狩衣の尻の長ければ、土に狩衣の尻をつけじとて取ればしかなりとは申す人もあり。それは見苦し。いづれの野山にかは、射むに狩衣の尻のつかざらむ。

（小学館日本古典文学全集『歌論集』による）

意味が取りにくい文章であるが、およそ次のようなことが言われているのであろう。

猪名野は摂津の国にある名所である。「ゐな野」と詠もうとする時に「しなか鳥ゐな野」と続け詠む理由については、人が疑問とするところだが、確かな説はない。「昔、雄略天皇が、その野で狩をなさったところ、白いカノシシ（鹿）ばかりがいて、イノシシはいなかったので、「猪無野」と言い始めたのである。「しなか鳥」と言うわけは、白いカノシシばかりが刺されたので「白な鹿獲《しかと》り」と言うのである。「ゐな野」とは、イノシシがいなかったので、そう言うのである」と語り伝えられている。別の説では、「矢を射る時、狩衣の尻（裾）が長いので、地面に狩衣の尻をつけまいとして手に取るので、「尻長《しながと》取り射」と言うのだ」と説く人もいる。そのような格好は見苦しい。どこの世界の野山で、矢を射る時に狩衣の尻が地面につかないなどということがあろうか（それをいちいち手に取るなんてことは、ありえない）。

この説の片鱗は、『能因歌枕』（広本）に、「しなかとりゐなとりといふことは、むかししろきししをとれりける処にてよみつたへたるべし」として見えるが、『俊頼髄脳』にその全貌が右のように紹介され、それ以後の歌学書にも少しずつ形を変えながら継承されてゆくこととなる。一般に枕詞の意味やかかり方については不明とされることが多いのであるが、古人にとってもそれらは大きな疑問であり、それを合理的に説明しようとするこのような説が生み出されたのもゆえなしとしない。なお『千載集』秋歌下（三一三）に

夜泊鹿といへるこころをよめる　　藤原隆信朝臣

うきねする猪名の湊にきこゆなり鹿のねおろすみねの松風

とある作などは、この説に由来する猪名と鹿との取り合わせと考えることができよう。

三

有馬は古来有名な温泉地で、現在の神戸市北区有馬町である。有馬温泉の効能については古来よく知られており、山中温泉に浴した松尾芭蕉が「その効、有間につぐといふ」と『奥の細道』に記しているのは、有馬温泉の名声がよくよく高かったことを物語る一例といえよう。早く『日本書紀』舒明天皇三年九月条に「津の国有間温湯に幸す」（原漢文）とあるのをはじめとして、多くの貴顕が来遊しており、藤原定家や宗祇など、文学史上著名な人々も足跡をしるしている。

有馬山は、有馬一帯の山々をさしていう場合もあっただろうが、先に取り上げた「しなが鳥猪名野を来れば有馬山夕霧立ちぬ宿りはなくて」の一首によってみると、有馬山は猪名野から遠望される山々ということになる。猪名野から西北に望まれる六甲山系（旧称「武庫の山」）の奥が有馬であるから、この歌の場合、有馬の方角に見える山々を漠然とさして言ったものであろう。しかし先にも見たように、平安時代においてこの歌やその異伝歌の強い影響のもとに猪名の歌枕的イメージが形成されたために、有馬山は猪名野や猪名の湊のほど近くにそびえる山と認識されるに至ったようで、先にあげた藤原隆信作の「うきねする猪名の湊に……」のように、鹿の声が峰の松風に

誘われて猪名の湊に聞こえてくると詠まれることもあったのである。実際にはそのようなことはありえないのであるが、歌枕のイメージは長い年月をかけて、いくつもの要因が重層して形成されるものであるから、現地の実情と相違するのは当然のことであった。(2)

『万葉集』の「しなが鳥猪名野を来れば……」が第五句「宿りはなくて」（『新古今集』では「宿はなくして」）と詠まれているところから、『玉葉集』旅（一二〇三）の

雨中旅といふことをよませ給うける　院御製

とまるべきかたやいづこに有馬山やどなき野べの夕暮の雨

という本歌取りの歌が詠まれることにもなるし（「院」は伏見院）、またこの歌のように、有馬の「あり」が動詞「有り」と掛けられることもあった。『千載集』神祇の次の一首（一二六七）もその例である。

有馬の湯にしのびて御幸侍りける御ともに侍りけるに、湯の明神をば三輪の明神となん申し侍りける、ものにかきつけて侍りける　按察使資賢

めづらしくみゆきをみわの神ならばしるしありまのいで湯なるべし

「御幸を見」と「三輪」、「しるし有り」と「有馬」が掛けられているこの歌は、後白河院の有馬御幸に随従した院の近臣源資賢が、湯の明神（式内温泉神社。湯泉神社とも）の神徳を賛美して詠んだ神祇歌である。大己貴神《おおなむちのかみ》を祭る温泉神社は大和国三輪の大神神社の祭神が勧請されたものであることを知った資賢は、三輪の神ならばしるしがあるはずと、三輪山のしるしの杉（『古今集』雑歌下の「我が庵は三輪の山もと恋しくはとぶらひ来ませ杉立てるかど」に由来する）を連想しているのである。頓阿の『草庵集』に

有馬湯にて、社頭の杉といふことを

跡たれていつよりここに有馬山杉をしるしの三輪の神垣

とある一首は、この連想をよりはっきり表明したものであるが、三輪明神にちなんで温泉神社の社頭に杉が植えられていたらしい事実をも伝えている。

永久四年（一一一六）に藤原仲実によって企画され、七人の歌人が詠進した『永久百首』の百題の中に「出湯」題があり、この題で詠まれた七首のうち二首が有馬をとりあげている。

なげきのみ有馬の山にいづる湯のからくてよにもふる我が身かな　　源忠房

わたつ海ははるけきものをいかにして有馬の山に塩湯いづらん　　源兼昌

いづれも有馬温泉の泉質の塩辛さを詠み込んだ異色作であるが、忠房の歌は「有馬」と「有り」、「鹹《から》く」と「辛く」の掛詞を駆使した述懐歌で、古典和歌の枠からはみだしてはいない。それにくらべて兼昌の歌は、作品としてはどうと言うこともない代物だが、『百人一首』に「淡路島かよふ千鳥の鳴く声にいく夜ねざめぬ須磨の関守」が採られたこの歌人が、端倪すべからざる存在であることを物語る大らかさであるといえよう。

ところで、病気療養や健康増進のため海水を沸かした湯に入浴することを「塩湯浴み」と言い、都の貴族たちが阪神間の海岸でしばしばこれを試みていることが記録に見える。たとえば『詞花集』雑上（二七五）に

播磨守に侍りける時、三月ばかりに舟よりのぼり侍りけるに、津の国に山路といふところに、参議為通朝臣、塩湯浴みて侍るときき てつかはしける　　平忠盛朝臣

ながゐすな都の花も咲きぬらんわれもなにゆゑいそぐ綱手ぞ

とあるのはその一例である。山路は現在の神戸市東灘区の深江、青木、本山、魚崎、住吉のあたりで、その東隣の芦屋市をも含め、この一帯が「芦の屋の灘の塩焼きいとまなみ黄楊の小櫛もささず来にけり」（『伊勢物語』第八十

七段）とうたわれた芦屋の里である。都から貴族が来遊するのにふさわしい土地柄ということができよう。(3)

先ほどの兼昌の歌に「塩湯」とあるのは、海浜での塩湯浴みからの連想であるが、有馬温泉での入浴も「塩湯浴み」と称されることがあったようである。俊恵の歌集『林葉和歌集』に

有馬にまかりて塩湯浴み侍りしに、月あかかりし夜
有馬山猪名の柴屋に月もればいでゆゑもなく袖ぞぬれける

とあるのはその一例だが、この歌は第四句に工夫があって、「いでゆゑもなく」は「出で湯」と「いで故もなく」の掛詞となっている。大弐三位の作「有馬山猪名の笹原風ふけばいでそよ人を忘れやはする」の本歌取りであることは言うまでもない。

四

猪名川の流域に広がる荒漠たる猪名野に、有馬山から風が吹き下ろす。猪名の湊では、秋には鹿の鳴き声が、冬には千鳥の鳴き声が舟人の心を傷ましめる。猪名山を越え、昆陽池をうちすぎ、猪名の笹原、篠原を分け行く旅人は、行き暮れた不安に胸をしめつけられる。

平安時代、あるいは中世における歌枕「猪名」のイメージは、およそこのようなものであったろう。大弐三位の作は、このようなイメージを背景として詠まれ、「猪名の笹原」という歌句を定着させるのに力があった。時代が下り、猪名が冬の情景と結び付けられることが多くなると、慈円の「しなが鳥猪名の笹原わけゆけば払ひもあえずふるあられかな」（『拾玉集』）や藤原定家の「有馬山おろす山風さびしきにあられ降るなり猪名の笹原」（『拾遺愚草員外』）などのように、風にそよぐ笹原ではなく、霰たばしる笹原が多く詠まれるようになる。

一方、慈円は文治四年（一一八八）、西行勧進の二見浦百首を詠むが、その冬十首の中に

しなが鳥猪名の旅寝の笹枕あはれにたどる夢路なりけり

という作がある（『拾玉集』五五三）。猪名の笹原で行き暮れた旅人は、草枕ならぬ笹枕をむすぶ。「笹枕」という一風変わった歌語は、歌枕「猪名」の伝統的なイメージの組み合わせの中から新たに創り出されたものであった[4]。このあと歌語「笹枕」はひとり歩きを始め、猪名とかかわりなく詠まれることにもなるのである。

注

（1）安田純生『歌枕試論』（平成4年9月　和泉書院）七七ページ。なお、同書には「猪名の柴山」「猪名の中山こえくれば」「千鳥鳴く猪名の湊の鹿と月」の三編が収められており、参考とさせていただいた。

（2）この点、歌枕「高砂」のイメージ形成と似通っている。第二部第六章「歌語「高砂」考」参照。

（3）芦屋の里については第二部第十二章「歌枕「松帆の浦」をめぐって」参照。

（4）歌語「笹枕」は丸谷才一の長編小説のタイトルとなり、主人公の過酷な人生を象徴している。

第四章　歌語「もしほ」考

平安時代の和歌に、山野や海浜における庶民たちのなりわいが詠まれる場合、そこに現実からかけはなれた美的世界が描かれることになるのは当然のなりゆきであったろう。本章では、海浜で生活する人々（海人《あま》）にとって大切な生業の一つであった製塩に着目し、製塩にかかわる重要な歌語「もしほ」を取り上げて、王朝和歌の世界に描き出された海浜風景の一端を明らかにしてみたい。

一

歌語「もしほ」は「もしほたる」「もしほくむ」「もしほやく」「もしほの煙」などと詠まれ、また他の語と結合して「もしほ草」「もしほ木」「もしほ火」などの歌語を構成する。この「もしほ」の語義について、現代の主要な国語辞典、古語辞典の説くところを摘記してみよう。引用にあたっては、振り仮名等を一部省略した。

『時代別国語大辞典　上代編』（昭和四十二年　三省堂）

海の藻を焼いて採った塩。「朝凪に玉藻刈りつつ夕凪に藻塩焼きつつ海人をとめありとは聞けど」（万九三五）

〈考〉海の藻を集めて乾かし、それに潮水を汲みかけて塩分を十分よく含ませてのち、その藻を焼いて水に垂らし、上澄みの水を釜で煮て塩を採る。

『日本国語大辞典』（旧版　昭和五十一年　小学館）

①海藻を簀の上に積み、潮水を注ぎかけて塩分を多く含ませ、これを焼いて水に溶かし、その上澄みを釜で煮つめて製した塩。また、その製塩法。万葉—六・九三五「朝凪に　玉藻刈りつつ　夕凪に　藻塩焼きつつ〈笠金村〉」　山家集—上「もしほ焼く浦のあたりは立のかで煙たちそふ春霞かな」　正徹物語—上「藻しほは、藻にしみたる塩也」　②藻塩を製するためにくむ塩水。新古今—雑上・一五五五「もしほくむ袖の月影おのづからよそにあかさぬすまの浦人〈藤原定家〉」（以下略）

『古語大辞典』（昭和五十八年　小学館）

海藻から採る塩。海藻を簀子の上に積み、海水を掛けて焼き、それを水に溶かし、そのうわ澄みを釜で煮詰めて製する。「淡路島松補の浦に朝凪に玉藻刈りつつ夕凪に—焼きつつ」〈万葉・六・九三五〉。「—は、藻にしみたる塩なり。定家は『—の枕』と読み侍り。ただ塩ならば枕にはすべからず」〈正徹物語・上〉

『岩波古語辞典』補訂版（平成二年）

海藻からとる塩。海藻を簀子の上に積み、海水をかけて塩分を多くし、焼いて水にとかし、その上澄みを釜で煮つめて作る。「夕なぎに—焼きつつ」〈万九三五〉

『広辞苑』第六版（平成二十年　岩波書店）(1)

①海草に潮水を注ぎかけて塩分を多く含ませ、これを焼いて水に溶かし、その上澄みを釜で煮つめて製した塩。万六「夕なぎに—焼きつつ」②1を製するために汲む潮水。

これらの語義説明は、基本的な部分に関しては、言い回しの違いを別にすると、判で捺したように一致しているといっても過言ではないだろう。唯一の大きな相違点は、『広辞苑』と『日本国語大辞典』が「塩」と「潮水」の二義を立てているのに対して、『時代別国語大辞典　上代編』『古語大辞典』『岩波古語辞典』が「塩」の一義しか立てていないことである。二義を立てるのは「もしほ焼く」の用例と「もしほ汲む」の用例とに対応するためであって、妥当な処置であるといえよう。

『岩波古語辞典』は「もしほ」の項の下に「もしほたれ」の項を立て、「塩をとるための海藻にかけた海水が垂れる」と語義を説明しているのであるが、これでは「もしほ・たれ」の「もしほ」は「塩をとるための海藻にかけた海水」の意となってしまい、「海藻から採る塩」の一義のみを立てた「もしほ」の語義説明と矛盾する。『古語大辞典』も「もしほ」の項の下に「藻塩垂る」の項を立て、「塩を採取するために海藻に海水をかける」と説明しているのは、『岩波古語辞典』と同様の矛盾である。

なお、『古語大辞典』は「もしほ」の用例の一つとして『正徹物語』の一節を引いているのであるが、これは「もしほの枕」という定家の歌の歌句を根拠にして「ただ塩ならば枕にはすべからず」（塩そのものであれば枕にはすることはできない）とのべているのであるから、「海藻から採る塩」という語義にはふさわしくない用例といわざるをえない。『日本国語大辞典』は同じ用例を「藻しほは、藻にしみたる塩也」とのみ、非常にきりつめて引用しており、この部分を読む限りでは「塩」にふさわしい用例のようだが、これは『古語大辞典』の誤りのさきがけをなすものであって、文脈に留意しないで用例文を切り取った結果、原文の意図が見失われてしまったのである。

ところで、『日本国語大辞典』第二版（平成十三年）には「語誌」として、旧版にはなかった次のような記述が付け加えられており、注目される。

（1）藻はあくまでも海水を濃縮するためのもので、焼きはしない、という説もある。晴天の下、藻を重ねた上から海水を注げば水分が蒸発してより濃い海水が得られるので、それを煮詰めて塩にする、というのである。

（2）平安時代の製塩法については、「奥義抄」（一一三五～四四年頃）に砂を利用して塩を作っていたことが記されている。当時、藻塩製塩法は既に過去のものであり、「もしほ」は、製塩の実態とは離れて、和歌の世界にのみ存在する語となっていたとも考えられる。

これらの記述は、本章の初出論文「歌語「もしほ」考」(『武庫川国文』第四十四号　平成六年十二月)の論旨の要約であるようで、筆者の新説が早速こうして取り上げられたことを、うれしく思うものである。しかし、「という説もある」「とも考えられる」と、あくまでも異説の紹介という形での言及であり、肝心の語義説明は、いくつかの用例が新たに付け加えられてはいるものの、旧版と全く変りはない。『広辞苑』の最新版(第六版　平成十八年)の「もしお」の項の記述が、過去の版のそれと同一であることをも含め、藻塩製塩法の実態、あるいは歌語「もしほ」の語義について、国語辞書の世界ではおおむね従来の説が継承されていることが見て取れるのである。ほぼ唯一の例外は、『角川古語大辞典』(平成十一年)における「もしほ」の語義説明であるが、これについては後で言及したい。

二

前節にて現代の主要な辞書の「もしほ」「もしお」の項を摘記し、比較を試みたが、次にやや詳しく、その内容に立ち入ってみたい。

これらの辞書に共通する記述を『日本国語大辞典』によって代表させ、再掲すると、「海藻を簀の上に積み、潮水を注ぎかけて塩分を多く含ませ、これを焼いて水に溶かし、その上澄みを釜で煮つめて製した塩」というのであるが、この説明にはどうしても腑に落ちかねるところがある。海藻を積み、そこに海水を注ぎかけても、海水の大部分はしたたり落ちてしまって、藻の堆積の中に残存する海水の量はたかがしれているから、この藻を焼いたところで、得られる塩分はさほど多くはないはずである。それを「水に溶かし」とあるが、真水に溶かしたのでは塩分濃度が薄くなってしまうから、ここは「海水に溶かし」とあるべきところだろうが、そうしたところで、海水の塩分がわずかに濃くなる程度であって、それは到底、水気を含んだ大量の藻を焼く火力と労力に見合う成果ではなかろうと思う。その上さらに「上澄みを釜で煮つめ」るために燃料を必要とするのであれば、いっそのこと最初から海水を釜で煮つめる方が、火力と労力の節約ではないだろうか。

もちろん、海水をそのまま煮つめるというのは原始的な製塩法であり、何らかの方法で海水の塩分濃度を高めて濃い塩水（鹹《かん》水）を作り、それを煮つめるというのが進んだ製塩法であることは言うまでもない。それにしても、鹹水を得る手段として現代の諸辞書が「もしほ」（もしお）の項に説いている作業工程は、あまりにも不合理かつ非現実的と言わざるをえないのではないだろうか。

このような疑問に対する一つの解決策として案出されたと思われるのが、『時代別国語大辞典　上代編』に見られる「海の藻を集めて乾かし」という工程である。そしてそれが、これらの辞書に大きな影響を与えたはずの『大言海』に、早くも見出されるのは興味深い。その説くところは次の通りである。[2]

海藻ノ汐水ヨリ採ル塩。海藻ヲ掻キ集メ、乾シテ、簀ノ上ニ積ミ、汐水ヲ汲ミカケテ垂レシム。コレヲ藻汐草ト云ヒ、又、藻汐汲ム、藻汐垂ル、汐垂ル、ナド云フ。其汐ノ染ミ付キタル藻ヲ焼キテ、水ニ掻キ垂レ上澄ヲ釜ニテ煮テ塩トス。其薪ヲ藻汐木ト云ヒ、随ヒテ、藻汐火、藻汐焼ク、藻汐ノ煙、ナド云ヘリ。

一読して、先に引用した諸辞書の記述の淵源がこれであることは明らかだが、注目されるのは「乾シテ」である。確かに乾燥させた海藻に海水を注ぎかければ、かなり多量の海水が吸収されるであろう。なかなか説得力のある説明であって、どうしてこの乾燥説が、『時代別国語大辞典　上代編』をのぞく諸書に継承されていないのか、不思議である。とはいえ、乾燥説にも疑問はつきまとう。わざわざ海水を汲み上げて注ぎかけなくても、乾燥させた海藻を直接海水に浸した方がより効果的だし、労力も節約できる道理ではなかろうか。

ところで、『大言海』をはじめ、これまでに引用した辞書の語義説明には、より本質的な矛盾がはらまれているように思う。それら諸書に説かれているのは、古代の製塩法に関する百科事典的な解説にほかならない。ところが用例は全て和歌、あるいは歌学書からの引用であって、「もしほ」は歌語と認定せざるをえないのである。

奈良時代以前はともかく、平安時代や中世の歌人たちが、藻塩製塩法の実態を把握していたとは到底考えられない。それは、歌人たちが都人であって、現地で製塩にたずさわった人々ではなかったという、あたりまえの事実のみならず、製塩史家によれば、平安時代にはすでに藻塩製塩法は過去の製塩法であったとされているからである。したがって、古代に実際に行われていた藻塩製塩法と、平安時代以後の和歌における歌語「もしほ」とは、ひとまずは別物と考えざるをえない。

ところで、近現代の諸辞書の説く藻塩製塩法の淵源を探ろうとするとき、次に掲げる『色葉和難集』巻十の「もしほ」の項は注目に値する[3]。

> もしほとは、藻といふ海の中にある草の塩のしみたるに、猶うしほ汲みかけ汲みかけして干しつけて、それを焼きてその灰をたるるなり。是を藻塩たるとも焼くとも云なり。

これは中世の歌学者によって唱えられた歌語「もしほ」についての一説であり、『大言海』への影響は顕著であると言えよう。ただし、これが古代の藻塩製塩法の実態に近いという保証はどこにもないし、これが中世の歌人、歌学者たちの共通理解であったという保証もない。中古中世の歌語「もしほ」は、平安時代以後の和歌の世界に存在した幻の製塩法にかかわる歌語であり、その実態についての探求の末に着想されたのが右の一説であったと考えておいてよいのではなかろうか。

三

平安時代の和歌の中に「もしほ」の用例を探る時、古く、かつ著名な例としてまっ先に目に付くのが、『古今集』雑歌下（九六二）の次の一首である。

田村の御時に、ことにあたりて津の国須磨といふ所にこもり侍りけるに、宮のうちに侍りける人につかはしける
在原行平朝臣

わくらばにとふ人あらば須磨の浦にもしほたれつつわぶとこたへよ

この歌の「もしほたれつつ」については諸注の多くが、泣くの意の「しほたれ」との掛詞を指摘しつつ、「もしほたれ」を海人の仕事と見、具体的には、製塩作業の一工程として、海藻に海水を注ぎかける作業を意味すると解釈している。確かにこれ以外の解釈はありえないであろうし、「宮のうちに侍りける人」も、そのように受け取ったことであろう。つまり「もしほたる」という歌句についての共通認識が存在したはずであって、それは行平が藻塩製塩法を実見したかどうかよりも重要である。

次に、右に見た「もしほたれつつ」についての解釈から歌語「もしほ」の意味を推測してみるならば、「もしほ」とは製塩のため藻に注ぎかける海水とするのが最も素直な理解ではないだろうか。『八雲御抄』巻三枝葉部「塩」に「もしほ　もにくみかけてたるゝなり」とあるのは、まさにこのような理解にもとづく記述であろう。なお、『新古今集』雑歌上（一五五七）に、次のような一首がある。

（和歌所歌合に、海辺月といふことを）
定家朝臣

もしほくむ袖の月かげをのづからよそにあかさぬ須磨の浦人

これによって、定家も「もしほ」について、右と同様に理解していたことが明らかである。「もしほくむ」は藻に注ぎかける海水を汲む、の意としか考えられないからである。新日本古典文学大系『新古今和歌集』の当歌注に、「藻塩くむ」について「製塩のために藻に汲みかける海水を潮桶で汲む」とあるのはゆきとどいた説明である。

ここで、先にとりあげた『古語大辞典』等が引用していた『正徹物語』の一節について触れておきたい。

藻しほは、藻にしみたる塩也。されば藻に寄する恋にも、もしほと読むべき也。定家は藻塩の枕と読み侍り。只塩ならば枕にはすべからず云々。(4)

これがその一節の全文であるが、言わんとするところは、「藻に寄する恋にも、もしほと読むべき也」につきているる。歌語「もしほ」は塩（潮）としてではなく藻として詠むべしとのべて、題詠に際しての実際的な知識を伝授しているのである。

さかのぼって第一文「藻しほは、藻にしみたる塩也」を解釈するならば、「もしほ」は海藻にしみついた塩（潮）であって、海藻と別に「もしほ」が存在するのではないと説いているものと見られる。ここにのべられている説は、先にも述べたように、「もしほ」についての近現代の辞書の説明と相違している。また行平の歌にもとづいて「もしほ」を「藻に注ぎかける海水」とした先ほどの推定とも、また「もしほくむ」という定家の歌句ともあいいれない。ところがこの説の根拠としてあげられている歌は、同じ定家によって詠まれた次の一首なのである。

須磨の浦やもしほの枕とふほたるかりねの夢路わぶとこたへよ

これは建仁二年（一二〇二）六月の「水無瀬殿釣殿当座六首歌合」において「海辺見螢」題で詠まれた一首で、後鳥羽院の「津の国や芦屋の里にとぶ螢たがすむあとの海人のいさり火」に合わせられ、勝っている（勅判）。院の判詞にものべられているように、この歌は行平の「わくらばに……」の一首と、『伊勢物語』第四十五段の歌「ゆく螢雲の上までいぬべくは秋風吹くと雁につげこせ」とを本歌とした作であって、「須磨の浦にもしほたれつつわぶ」と訴えた行平が、夜は「もしほの枕」に伏して「かりねの夢路」をわびしくたどっているのだと、螢に語りかけているのである。「かりね」と言えば「草枕」が思い浮かぶが、この歌は、須磨の浦で「もしほたれ」る行平は「草枕」ならぬ「もしほの枕」に伏しているという趣向であって、「もしほの枕」には「もしほ草の枕」の意がこめられているのであろう。

歌語「もしほ草」は筆跡の美称として用いられることが多く、『源氏物語』幻巻の著名な一首「かきつめて見るもかひなしもしほ草おなじ雲ゐの煙とをなれ」も、今は亡き紫上の手紙を「もしほ草」と表現したのである。しかし、これが本来、製塩に用いる海藻を意味する歌語であったことは、この一首が「かきつめ」「かひ（貝）」「煙」と、海浜生活にかかわる縁語によって構成されていることによっても明らかであるし、定家の「もしほの枕」の先蹤と見てよいかと思われる『千載集』羇旅の次の一首は、この歌語を筆跡、手紙の美称としてではなく、まさしく海藻の意味で用いている貴重な例といえよう。

（住吉社の歌合とて、人々歌よみ侍りける時、旅宿時雨といへる心をよみ侍りける）　俊恵法師

もしほ草敷津の浦のねざめにはしぐれにのみや袖はぬれける　（五二六）

「もしほ草」を敷いて寝る旅宿の寝覚めのわびしさを詠むこの一首は、定家の「もしほの枕」におそらく影を落としているだろう。このように見てくると、定家はある時は「もしほくむ」と詠み、ある時は「もしほの枕」と詠んでいるが、定家の歌語「もしほ」に対する理解に矛盾があったわけではないことが知られる。『正徹物語』の説は、次にとりあげる「もしほ焼く」「もしほの煙」などの用例に対する誤解から生じた説ではないかと思うが、それについては後まわしとしたい。

四

「もしほたる」を中心に見てきたのであるが、「もしほ」の用例としては「もしほ焼く」「もしほの煙」などと詠まれる方がはるかに多く、また「もしほ木」「もしほ火」などの歌語も生み出された。先ほど歌語「もしほ」を、製塩のため藻に注ぎかける海水と解したが、それをこれらの例にあてはめてみると、海藻に注ぎかけた海水が垂れ落ちたのを塩釜に満たし、煮詰めて塩を作るのが「もしほ焼く」という作業とみなされていたのではないかと推測される。

晴天の下、大量の海藻を積み重ねた上から海水を注げば、海藻を伝ってゆっくりと滴り落ちる間に、直射日光や吹き付ける浜風のために水分が蒸発し、塩分の濃い塩水（鹹水）が得られる。それを集めて繰り返し海藻に注げば、さらに塩分濃度を上げることができよう。こうして得られた鹹水を塩釜で煮詰めて塩を作る。平安時代の歌人たちの多くが思い描いていた藻塩製塩法は、このようなものではなかったかと思う。これは『色葉和難集』や近現代の辞書が説く藻塩製塩法とくらべて、はるかに簡明かつ合理的で、素人にも理解しやすい方法といえるのではないだろうか。

念のために付け加えておくと、このような製塩法が平安時代に行われていたという証拠はないし、奈良時代以前に実際に行われていた藻塩製塩法の実態がこのようなものであったと主張するものでもない。あくまでも平安時代の歌人たちの認識を推定したにすぎないのである。ただし、これが藻塩製塩法の実態にかなり近いとの推測は可能だろう。

次に、「もしほ焼く」あるいは「もしほの煙」と詠んでいるいくつかの歌を取り上げて検討を加えてみたい。

『万葉集』巻六の笠金村の長歌（九三五）は、『万葉集』の中で「もしほ」を詠み込んだ唯一の作例として貴重である。(5)

名寸隅《なきすみ》の　舟瀬ゆ見ゆる　淡路島　松帆の浦に　朝なぎに　玉藻刈りつつ　夕なぎに　藻塩焼きつつ　海人《あま》を
とめ　ありとは聞けど　見に行かむ　よしのなければ　ますらをの　心はなしに　たわや女の　思ひたわみて
たもとほり　我れはぞ恋ふる　舟楫をなみ

これがその一首であるが、この歌が作られた神亀三年（七二六）ごろには、製塩史家が説くように、藻塩製塩法は実際に各地で行われていたのかもしれない。しかし歌による限り、金村はそれを実見していないようだし、これだけの歌句からその詳細を推し測ることはできない。わずかに憶測できることは、「朝なぎに　玉藻刈りつつ　夕なぎに　藻塩焼きつつ」というのは、朝夕の労働を並べて対句としたのみならず、朝刈り取った海藻を用いて海水の塩分濃度を高め、夕方その塩水（鹹水）を釜で煮つめて塩を作るという、一日の製塩作業を詠じているのではないかということである。

なお、この長歌が『百人一首』の定家自撰歌「こぬ人を松帆の浦の夕なぎにやくやもしほの身もこがれつつ」の本歌であることはよく知られている。「もしほくむ」と詠み、「もしほの枕」とも詠んだ定家が、ここでは「やくやもしほの」と詠んでいるわけだが、先に見た定家の歌語「もしほ」理解から類推すると、「やくやもしほの」を『百人一首』諸注の多くが海藻を焼くの意と注しているのは再検討の必要があろうかと思う。

『後撰集』秋中の次の一首は、平安時代における「もしほ焼く」の初出例といってもいいだろう。

寛平御時后宮歌合に　　よみ人しらず

浦ちかく立つ秋霧はもしほ焼く煙とのみぞ見えわたりける　（二七三）

この「もしほ焼く」煙と、霧や霞との組み合わせは、次にあげる『拾遺集』雑春・雑秋の二首にも共通して見出すことができる。

　　小一条のおほいまうちぎみの家の障子に　　　　能宣

たごの浦に霞のふかく見ゆるかなもしほの煙立ちやそふらん　（一〇一八）

　　天暦御屏風に　　　　（よみ人しらず）

もしほ焼く煙になるる須磨の海人は秋立つ霧もわかずやあるらん　（一〇九六）

三首いずれも、三代集の時代に流行した類型的な風景描写がなされている。作者たちが藻塩製塩法について具体的にどのような認識を抱いていたのか、これらの歌からは全くわからない。

ところで、右の能宣の歌について、顕昭の『拾遺抄注』に次のような記述があるのが注目される[6]。

モシホトハ藻ニテ塩ヲバ焼ナリ。故ニモシホトハ云ナリト書タルモノハベレド、イカガトオボユ。モシホタルトハウシホヲ藻ニシメテ、コレヲタレテヤクナリ。塩木トテ木ニテヤクナリ。ソレヲモシホヤクトハ申ナリ。

（以下略）

顕昭は「モシホトハ藻ニテ塩ヲバ焼ナリ。故ニモシホトハ云ナリ」という説をとりあげて、これに「イカガトオボユ」と疑問を呈しているのである。常識的に考えても、塩を焼くには強い火力を長時間保つことが必要であるから、海藻を燃料として塩を焼くことはありえない。「塩木トテ木ニテヤクナリ」という顕昭の説に、疑問の余地はないように思われる。しかし、このような現実的な判断を古歌の解釈に及ぼすことには問題がなくもない。「藻ニテ塩ヲバ焼」くという説が存在したのであるなら、その説にしたがって「もしほ焼く」「もしほの煙」などと詠まれた歌も存在したであろう。しかし、それらを弁別することは困難である。

「藻ニテ塩ヲバ焼」説が生み出された背景は、容易に推測することができる。「もしほ焼く」「もしほの煙」「もしほ火」などの歌句、歌語の存在は、海藻そのものを焼くという誤解を容易に生むであろう。また、先に取り上げた

『源氏物語』幻巻の一首のように、「もしほ草」を焼く煙がしばしば詠まれるうちに、その多くが手紙を焼く煙を詠んでいたとしても、海藻を焼く煙というイメージが助長されたにちがいない。

この説は空想の世界にとどまっているうちはともかく、顕昭によって実証的に批判されてしまえば、もはや成り立ちえない説であることは誰の目にも明らかであったにちがいない。しかし「もしほ焼く」とか「もしほの煙」といった歌句は、海藻から立ちのぼる煙というイメージと固く結びついていたために、海藻を焼くという条件を満足させる新説が模索されていたのではないだろうか。先にとりあげた『色葉和難集』や『正徹物語』の説は、このようないきさつの末に生み出されたものではなかったか。

『色葉和難集』の「もしほとは、藻といふ海の中にある草の塩のしみたるに猶うしほ汲みかけ汲みかけして干つけて、それを焼きてその灰をたるるなり。是を藻塩たるとも焼くとも云なり」という説は、濃い塩水を作る工程において、塩分を含ませた海藻を焼き、その灰を水にたらすという、まさに画期的な（しかし現実的ではない）新説であった。燃料として海藻を焼くという旧説の不合理は払拭され、後世において高く支持されたのは当然のことかもしれない。『正徹物語』が「もしほは、藻にしみたる塩也」としているのも、くり返し海水を汲みかけて塩分を多く含ませた海藻が「もしほ」であると言うのであって、『色葉和難集』と同根の説であることは確かであろう。

五

『拾遺抄注』における、歌語「もしほたる」と「もしほ焼く」についての顕昭の説明は、古歌の用例をふまえつつ合理的な推測を加えたものであろうが、藻塩製塩法の実態にかなり迫っているようである。ただし顕昭は、藻塩製塩法がすでに過去の製塩法であり、実際にはより進化した製塩法が行われていることを知っていたと思われる。

顕昭の義兄清輔が『奥義抄』の中で、『後撰集』恋五所収の源英明の歌「伊勢の海の海人のまくかたいとまなみながらへにける身をぞうらむる」[7]について、次のようにのべているからである[8]。

あまは塩やくとては、しほひのかたのすなごをとりて、すすぎあつめて、そのしるをやくなり。さてそのすなごをばもとのかたにまきまきするをあまのまくかたとはいふなり。しほひのまにいそぎいとなめばいとまなきことによせて、いとまもなくて久しくとはざりける身をなむうらむるとよめるなり。あまのことなればうらむともそへていへるなり。

言葉を補いつつおおよその意味を示すならば、次のようになるだろう。海人は塩を焼くにあたっては、潮が引いた干潟の砂を集積して、それに海水をかけて垂らした濃い塩水をあつめて焼くのである。それから、その使用済みとなった砂をもとの干潟にまく作業を「あまのまくかた」と言うのである。潮が引いている間に急いで作業をするので暇がない、というのにことよせて、暇がなくて久しく訪ねなかった身を恨むと詠んだのである。海人にかかわりのあることなので「うら（浦）む」と掛けて詠んだのである。

これは海藻ではなく砂を利用して海水から濃い塩水を得る製塩法についてのべたもので、まさしく平安時代後期における製塩の実態をあらわしたものであろう[9]。この『奥義抄』の記述について顕昭は『六百番陳状』の中で、次のようにのべて、その事実性を保証している。

塩焼く案内者等に相尋ねて、海人のまくかたと云ふ事を能く知りて、其の由委しく註し付けたり。其の自筆の押紙、愚本に侍り[10]。

この後、顕昭はさらに筆を進めて、当時の製塩の実態について、詳しく記述している。これは『六百番歌合』において、顕昭の歌「もしほやく海人のまくかたならねども恋のそめきもいとなかりけり」（寄海人恋）をめぐってくりひろげられた、「まくかた／まてかた」論争のひとこまであるが、顕昭と俊成との、それぞれの所説の当否についてはともかくとして、顕昭のみならず俊成も、当時の製塩法の実態にかなり通じているようであり、したがって藻塩製塩法がすでに過去の製塩法であることも承知していたはずである。またこの論争を通じて、定家もそのことを知りえたはずであって、「こぬ人を松帆の浦の夕なぎにやくやもしほの身もこがれつつ」と詠んだ定家は、古代淡路の海人乙女を主人公としてこの一首の情景を仮構しているのである。大量の砂を利用する当世の製塩法については、和歌世界とは無縁の労働と認識していたのではないだろうか。

結び

以上のべてきたことがらを箇条書きに整理しておきたい。

一、「もしほ」は、製塩に必要な鹹水（濃い塩水）を得るため、積み重ねた海藻に注ぎかける海水を意味する歌語であった。

一、「もしほたる」は、海藻に海水を注ぎかける作業を意味する歌句であった。

一、「もしほ焼く」は、こうして得られた鹹水を釜で煮つめて塩を作る作業を意味する歌句であった。

一、以上の認識は、平安時代の歌人たちの多くに共通しており、顕昭や定家も同様の認識を抱いていたであろう。

一、ところが、「もしほ焼く」「もしほの煙」等の歌句から、海藻を焼く煙というイメージが生じ、海藻を燃料として塩を焼くという、実際にはありえない製塩法が一部で信じられた。

一、右の説が否定された後も、海藻を焼く煙のイメージは生き続け、これを満足させるべき新説が模索されていた。

一、海藻に海水を注ぎ、塩分を含ませた上でこれを焼き、その灰を水に垂らすという『色葉和難集』の説は、右のような状況のもとで生み出された。『正徹物語』はこれを継承するものである。

一、近現代の辞書の多くも、右の説を継承している。

ところで、近現代の辞書の中で『角川古語大辞典』（平成十一年）のみは、「もしほ」の語義について、先に引用した他の辞書とは異なった説明を加えており、注目される。その「もしほ」の項の全文を引用しよう。

名歌語。製塩に必要な鹹水を得るために、積み重ねた海藻に注ぎ掛ける海水。「もしほ垂る」は、海藻に海水を注ぎ掛ける作業、「もしほ汲む」は、その海水を潮桶でくむ作業、「もしほ焼く」は、こうして得られた鹹水を釜で煮詰めて塩を作る作業を意味した。「もしほ　もにくみかけてたるる也（八雲・三）」もこうした理解に基づく。平安時代には、このような製塩法から、「あまは塩やくとては、しほひのかたのすなごをとりて、すぎあつめて、そのしるをやくなり（奥義抄・中）」の塩浜式製塩へ移行していたと考えられる。『色葉和難集・一〇』の「もしほとは、藻といふ海の中にある草の塩のしみたるに、猶うしほ汲みかけ汲みかけして干しつけて、それを焼きてその灰をたるるなり。是を藻塩たるとも焼くとも云なり」という説は、古代の藻塩による製塩法が不明になっていたことによる誤解であろう。「朝なぎに玉藻刈りつつ夕なぎに藻塩焼きつつ」（万葉・九三五）「わくらばに問人あらばすまのうらにもしほたれつつわぶとこたへよ」（古今・雑下）「浦ちかくたつ秋ぎりはもしほやく煙とのみぞ見えわたりける」（後撰・秋中）「もしほくむ袖の月影をのづからよそにあかさぬすまの浦人」（新古今・雑上）

本章の初出論文の論旨が肯定され、このように過不足なく要約されていることを、うれしく思う次第である。

余説

歌語「もしほ」考は以上で終るが、余説として、海藻を利用した古代の製塩法に関するいくつかの文献を紹介しておきたい。

渡辺則文氏は『日本塩業史研究』（昭和四十六年　三一書房）の中で、次のように述べておられる。

八世紀の文献にみられる「垂塩」の語句、平安期以降の歌にしばしば出てくる「藻塩たる」の語句、又「煎釜」や「塩山（塩木山）」の存在、あるいは塩分の付着した砂をあつめてそれに海水をかけ鹹水（濃い塩水）をとることを江戸時代でもモンタレ（藻垂）をとるといわれている点、あるいは塩釜の上に海藻をかかげ、海水をそそいで煮詰める宮城県塩釜神社末社（御釜社）のいわゆる「藻塩焼神事」、これらの点からみて「藻塩焼く」と表現される製塩工程は、海水の濃縮作業と煮沸の二つの工程を、さらに、あるいは焼き塩の工程をも同時に表現したものであり、その場合、藻はもっぱら濃縮工程に利用されたものと推定できる。

渡辺氏はこのようにのべた上で、藻を濃縮工程に利用する具体的な作業として、近藤義郎氏の「藻を乾燥させて塩の結晶を付着させ、それに海水をそそいでそれをうける。そうして貯めたやや塩度の高い海水を、ふたたび乾燥させた藻の上にかけ、さらに塩度を高めるといったことをくりかえしていたものと判断される」（『図説日本庶民生活史Ⅰ』）という見解を紹介しておられる。なお、釜神社（御釜社）の藻塩焼神事については宮下章氏著『ものと人間の文化史・海藻』（昭和四十九年　法政大学出版局）に、紹介文と写真が収められている。

平島裕正氏著『塩の道』（昭和五十年　講談社現代新書）には、次のような興味深い記述がみられる。

昭和四十八年八月二十五日、二十六日の両日、福井県小浜市の若狭考古学研究会の会員たちが、「藻塩採鹹法」

で塩つくりの実験をこころみた。

その春、奈良・平安時代の製塩炉跡が見つかった同市阿納海岸で、約二メートルの高さの櫓を組み、五段の層をつくって、各階に乾燥したホンダワラを置き、櫓の上から何回も海水をかける。こうして海水の濃縮をはかり、この鹹水を、直接、炉にかける奈良時代の船岡式製塩土器（直径二十〜六十センチの浅鉢）と、独立支脚の上にのせかける平安時代の傾式製塩土器とによって、約十時間焼き上げ、二百グラムほどの黒い塩を得た。

古代さながらの塩づくりの実験であった。

こうして見てくると、古代の藻塩製塩法について多くの辞書に、海藻に塩水を注ぎかけて塩分を多く含ませ、これを焼いて水に溶かし、その上澄みを煮つめるといった説明がなされているのが誤りであること、本章で推測した藻塩製塩法がかつての実態に近いのではないかということが、このような実地研究からも裏付けられるように思うのである。

注

（1）『広辞苑』第六版のこの記述は、昭和四十四年刊の第二版以下と、表記のわずかな相違を別にすると、同一である。
（2）『大言海』は昭和五十七年冨山房刊の新編版より引用。
（3）『日本歌学大系　別巻二』五九三ページ。
（4）日本古典文学大系『歌論集　能楽論集』（昭和36年9月　岩波書店）による。
（5）『万葉集』の引用は伊藤博『万葉集釈注　三』（平成8年　集英社）による。
（6）『日本歌学大系　別巻四』四〇〇ページ。
（7）定家本では第二句「あまのまてかた」であるが、清輔、顕昭の主張する「まくかた」説によって本文を掲げた。
（8）『日本歌学大系　第一巻』二八五ページ。

（9）海浜の砂を利用して海水を濃縮する方法は長く続き、近世の入浜式塩田においては、きわめて高度な技術が開発された。その実態はシーボルトの『江戸参府紀行』（昭和42年3月　平凡社東洋文庫）に生き生きと描写されている。昭和三十年ごろ流下式が導入されるに至って、この方法はようやく廃れた。なお、枝条架を海水が滴り落ちる間に水分を蒸発させ、鹹水を得る流下式は、規模こそ異なるが、その発想において藻塩製塩法と相似ている。

（10）小西甚一『新校六百番歌合』（昭和51年6月　有精堂出版）により、一部表記を改めた。

あとがき（付・初出一覧）

平安時代の和歌文学についての研究を続けるうちに、『百人一首』にかかわりのある論文を少なからず公表することができた。特に「百人一首成立論の変遷」を執筆する機会を与えられたことは、私の『百人一首』研究の礎となっている。これらを何とか一本にまとめてみたいという希望はそのころから抱いていたが、その後さらにいくつかの小論を加えることができたので、不十分な成果ながらここに刊行し、大方の御批正を願うものである。

各章の初出論文は次の通りである。いずれも本書に収めるにあたって、少なからぬ修正を加えた。

第一部

第一章　百人一首成立論の変遷

同題で風間書房刊『百人一首と秀歌撰』（平成6年9月）に収載。今回、結末部分を書き改めた。

第二章　百人一首の成立についての試論

「百人一首成立試論」と題して『国文論叢』（神戸大学）第二三号（平成7年4月）に発表。

第三章　百人一首の巻頭歌と巻末歌の意義

同題で『武庫川国文』第六〇号（平成14年11月）に発表。

第四章　百人一首の人麿と定家

同題で『武庫川国文』第七二号（平成21年3月）に発表。

第五章　百人一首の中の三十六歌仙
　同題で『武庫川国文』第七三号（平成21年10月）に発表。

第二部

第一章　喜撰法師の歌に見る宇治
　同題で関西文化研究叢書一〇『関西文化のメカニズム』（平成20年11月）に発表。

第二章　小野篁の船出
　同題（副題―「わたの原八十島かけて」考―）で『武庫川国文』第七四号（平成22年11月）に発表。

第三章　小野小町の歌と美人伝説
「古今集の女歌―美人伝説の意味―」と題して學燈社『国文学　解釈と教材の研究』（平成16年10月）に発表。

第四章　在原行平の離別歌をめぐって
　同題（副題―離任時説の再検討―）で『日本語日本文学論叢』第六号（平成23年3月）に発表。

第五章　文屋康秀の歌の作者について
「康秀と朝康」と題して『武庫川国文』第五〇号（平成9年12月）に発表。著書『古今和歌集の遠景』（平成17年4月）に収録。今回、改訂を加えた。

第六章　歌語「高砂」考
　同題で『日本語日本文学論叢』第二号（平成19年3月）に発表。

第七章　凡河内躬恒の一首から源氏物語へ

同題で和泉書院刊『古今和歌集連環』（藤岡忠美編　平成元年5月）に収載された。今回、結末部を書き改めた。

第八章　朝ぼらけ有明の月と見るまでに

同題で『武庫川国文』第二二号（昭和58年11月）に発表。著書『古今和歌集の遠景』（平成17年4月）に「吉野の山にふれる白雪」と改題して収録。今回、改訂を加えた。

第九章　紫式部の歌の本歌について

「紫式部詠「めぐりあひて……」の本歌―小大君と寂照との贈答歌をめぐって―」と題して『日本語日本文学論叢』第五号（平成22年3月）に発表。

第十章　いく夜ねざめぬ須磨の関守

同題（副題―問いかけの構文―）で『武庫川国文』第三八号（平成3年11月）に発表。

第十一章　式子内親王詠の新解釈

「忍ぶることの弱りもぞする―もう一つの解釈を求めて―」と題して『武庫川国文』第四七号（平成8年3月）に発表。

第十二章　歌枕「松帆の浦」をめぐって

「歌語「松帆の浦」をめぐって」と題して風間書房刊『講座　平安文学論究　第十七輯』（平成15年5月）に収載された。

第三部

第一章　末の松山を越す波

同題で『武庫川国文』第七五号（平成23年11月）に発表。

第二章　清原元輔享年考

同題で『日本語日本文学論叢』創刊号（平成18年9月）に発表。

第三章　歌枕「有馬」「猪名」をめぐって

「有馬山猪名の笹原」と題して和泉書院刊『阪神間の文学』（平成10年1月）に収載された。

第四章　歌語「もしほ」考

同題で『武庫川国文』第四四号（平成6年12月）に発表。

論文の転載をご許可下さった出版社各位に御礼申し上げます。また、勤務校の紀要、学会誌に多くの小論を掲載していただいたことに感謝しています。

最後になりましたが、出版を快くお引き受け下さり、いい本を作って下さった和泉書院の廣橋研三社長とスタッフの皆様に、厚く御礼申し上げます。

平成二十七年五月二十七日

徳原茂実

人名索引

本書に取り上げた人名を、現代仮名遣い五十音順に掲出した。
貴族男性の諱は訓読によって配列した。
貴族女性の諱は便宜的に音読によって配列した。
本名が判明していても通称で掲出した場合がある。(例) 大弐三位 (藤原賢子)
架空の人名には※印を付した。(例) 光源氏　夏山繁樹
書名の中の人名については、おおむね省略した。(例) 貫之集　幽斎抄

き

く

け

こ

さ

し

す

む

め

も

や

ゆ

よ

り

わ

和歌索引

本書に引用した和歌を、表記を歴史的仮名遣いに統一し、五十音順に掲出した。
本文の一部しか引用していない和歌も、論旨に関わる場合は掲出した。
二句目までを掲出したが、必要に応じて三句目以下も掲出した。
『百人一首』所収歌には※を付した。

あ 行

か 行

さ 行

た 行

な 行

は 行

ま 行

や 行

わ 行

■**著者紹介**

徳原茂実（とくはら しげみ）

昭和二六年　大阪市生まれ

昭和五七年　神戸大学大学院文化学研究科博士課程修了

学術博士

現在　武庫川女子大学文学部教授

著書

『躬恒集注釈』（共著　貴重本刊行会）

『古今和歌集の遠景』（和泉書院）

『紫式部集の新解釈』（和泉書院）

『三十六歌仙集㈡』（共著　明治書院）

研究叢書462

百人一首の研究

二〇一五年九月五日初版第一刷発行

（検印省略）

著者　徳原茂実

発行者　廣橋研三

印刷所　亜細亜印刷

製本所　渋谷文泉閣

発行所　有限会社　和泉書院

大阪市天王寺区上之宮町七－六

〒五四三－〇〇三七

電話　〇六－六七七一－一四六七

振替　〇〇九七〇－八－一五〇四三

ISBN978-4-7576-0755-2 C3395

研究叢書

451	近世武家社会における待遇表現体系の研究 桑名藩下級武士による『桑名日記』を例として	佐藤 志帆子 著	一〇〇〇〇円
452	平安後期歌書と漢文学 真名序・跋・歌会注釈	鈴木 徳男・北山 円正 著	七五〇〇円
453	天野桃隣と太白堂の系譜並びに南部畔李の俳諧	松尾 真知子 著	八五〇〇円
454	現代日本語の受身構文タイプとテクストジャンル	志波 彩子 著	一〇〇〇〇円
455	対称詞体系の歴史的研究	永田 高志 著	七〇〇〇円
456	心敬十体和歌 評釈と研究	島津 忠夫 監修	一八〇〇〇円
457	語源辞書 松永貞徳『和句解』本文と研究	土居 文人 著	一一〇〇〇円
458	拾遺和歌集論攷	中 周子 著	一〇〇〇〇円
459	『西鶴諸国はなし』の研究	宮澤 照恵 著	一三五〇〇円
460	蘭書訳述語攷叢	吉野 政治 著	一三〇〇〇円

（価格は税別）